思い出探偵

寻找回忆的人

[日] 镝木莲 —— 著

郑舜珑 —— 译

九州出版社
JIUZHOUPRESS

图书在版编目（CIP）数据

寻找回忆的人 / （日）镝木莲著 ； 郑舜珑译. — 北京 ： 九州出版社， 2017.9（2018.6重印）
ISBN 978-7-5108-5969-4

Ⅰ. ①寻… Ⅱ. ①镝… ②郑… Ⅲ. ①长篇小说一日本一现代 Ⅳ. ①I313.45

中国版本图书馆CIP数据核字(2017)第239425号

寻找回忆的人

作　　者	［日］镝木莲 著　郑舜珑 译
出版发行	九州出版社
地　　址	北京市西城区阜外大街甲35号（100037）
发行电话	(010)68992190/3/5/6
网　　址	www.jiuzhoupress.com
电子信箱	jiuzhou@jiuzhoupress.com
印　　刷	北京嘉业印刷厂
开　　本	880毫米×1230毫米　32开
印　　张	10
字　　数	238千字
版　　次	2018年3月第1版
印　　次	2018年6月第3次印刷
书　　号	ISBN 978-7-5108-5969-4
定　　价	42.00元

目　录

第一章　书写温暖字迹的男人

1

实相浩二郎望向窗外，才发现事务所的招牌灯没关，他离开计算机，逃也似的起身关上。

浮现在白底亚克力板上的“回忆侦探社”几个字顿时失去色彩。

他抬头看时钟，现在是凌晨五点。和委托人约好九点领取报告书，还有四个小时的缓冲时间。三小时完成报告，再把校正工作交给八点起床的妻子，接下来整理完照片等资料，说不定还能悠闲地喝上一杯咖啡。当然，前提是须将三十分钟前入侵的瞌睡虫一扫而空。

浩二郎不擅敲键盘。五年前辞去京都府警的刑警一职，除非必要，他尽量不碰计算机。他爱用粗字钢笔，字迹不算漂亮，但清楚好读，风评不错。自从踏入这行，他渐渐地学会独自完成报告书的编辑工作，但他也到这时才认识到数字信息的简便性。考虑到效率问题，浩二郎深深体悟到，坚持用自豪的钢笔字写原稿只会拖累进度，于是逐渐改用键盘。

浩二郎起身关灯，走到外面呼吸新鲜空气。清晨的薄雾缭绕在眼前的京都御苑四周，路边还有一对散步的老夫妇。时序迈入七月，但拂在脸庞的微风并未带着令人烦躁的热气。

无论写过几次“回忆侦探报告书”，浩二郎仍觉得这门差事劳心费神。委托人寻找回忆，而非人或物品，调查内容是否获得认可，报告书的质量是关键，委托人的主观判断决定一切。

侦探委托备忘录上明载，若报告书不得认可，委托人只须缴付成本开销。利用别人的回忆换取金钱一事，常让浩二郎感到愧疚。浩二郎最初并未打算将搜寻回忆当成工作，更别提当成一门生意。独子逝世后，浩二郎将所有精力放在办案上，忽略了耽溺酒精的妻子，家庭步步崩坏。

毕竟，失去一个读高一的儿子，打击非同小可。他的儿子在冬天的琵琶湖溺死。

滋贺县警在他儿子用暑假打工挣的钱买来的全新计算机中，发现一首疑似遗书的诗，研判他为自杀。虽然平时几乎不在家，但浩二郎笃定儿子不会自我了断，更别说身为母亲的三千代，更是完全无法接受儿子自杀的事实。浩二郎不相信滋贺县警给出的结论，于是独自进行调查。然而，警方不允许他恣意妄为。与上司发生无数次冲突后，浩二郎提交辞呈。

现在他有空了。查明儿子的死亡真相，或陪妻子治疗，他都可以自由进行，再也不必受到任何制约。

三千代的病情若继续恶化，可能会从酒精性肝炎变成肝硬化，接着也许会迎来死亡——浩二郎对出现幻视、幻听，人格也开始崩坏的妻子怜惜不已。妻子总盯着与儿子相关的事物，比如妈妈手册、相本、小学时期的联络簿与教科书，整天反复听儿子喜欢的CD。无法接受浩志死去的心情，将她囚禁在过去。

她一头栽进回忆中，否定当下的生活。

过了一阵子，她沉溺酒精，说服自己打从一开始就没有这个孩子，钉死浩志的房门。她不断与回忆对抗，最后遍体鳞伤。

浩二郎尽可能一直陪在她身边。

为了解决浩志事件，支持妻子，浩二郎下定决心，接下来要为她空出大把时间。

2

某日，浩二郎遭遇了一件事，这让他了解了回忆对人生的意义。

一如往常，他带着妻子到K大医院，在看诊结束前，他想晒晒初秋的太阳。医院的玄关到大路间，设置了大片奢侈的广场空间。他找张长椅坐下，既可享受日光浴，又看得到妻子出来，十分合适。

正要坐下时，他忽然听见一道叫声：“喂，你给我站住！”

他转头看，空无一人。

三十公尺远处，一个一头棕发、穿宽松T恤的年轻人朝这里跑来。一位老妇人则蹲在年轻人后面。他猜是街头行抢，身体发生条件反射，他不朝年轻人的正面，而是冲向偏左侧的位置，撞击对方的肩膀。年轻人闪避不及，失去平衡跌倒。

年轻人的脸险些撞到地面，浩二郎抓住他的手臂，转身用自己的身体保护他的头部。逮捕术的原则就是极力避免对方受伤。虽然数月前已辞去刑警一职，但体技却深深烙印在浩二郎的身体中。唯一让他觉得不习惯之处，就是即使擒住对方的手臂，确保他人身安全，也没有逮捕他的权力。

“可恶，我还她就是了嘛！放开我啦，大叔。”听到年轻人大吼，浩二郎的脑中掠过送交警察的麻烦手续，不自觉地减轻了力道。

年轻人甩开手臂，啧了几声就当场逃跑。

浩二郎苦笑着拾起被劫匪丢在地上的提包，亲手交给步履蹒跚的妇人。

“太太，您没受伤吧？”

“真不好意思，谢谢，多亏帮忙。要是弄丢这东西，我……”妇人不停地点头道谢。接着，她从提包中掏出一个看起来有些年头的皮革制钱包，爱惜地摩挲几下，又收进提包。

“我猜他大概来不及抽走里面的东西，不过保险起见还是确认一下比较好。”

老练的匪徒通常会迅速抽走钞票，不像那个年轻人，紧抓着包包逃跑。

“钱不要紧，我出门没带太多钱。钱包还在就行了。”

“这东西对您来说一定很重要。”浩二郎脱口而出时发现自己多嘴了。这句话隐含着另一层意思：如此破旧、斑驳的钱包有什么价值？

“这是我儿子用他的第一份薪水买给我的。修修补补，用了二十年了。”老妇人似乎看穿了浩二郎的心思。

“用惯的东西最好了。”

“是啊，得好好谢谢你。”

“不用，您有这份心意就够了。”

“不，要是弄丢钱包，我会失去活着的动力。真的很谢谢你，感激不尽。”

不管浩二郎怎么推辞，妇人丝毫不退让。不得已，浩二郎提议请她在院内的西雅图咖啡店喝杯饮料，才得到妇人首肯。

3

浩二郎前往妻子的诊间，告诉认识的女护理师自己的去向之后，再度回到咖啡店。他和妇人没有共同的话题。既然在医院相遇，他们很自然地就聊到关于生病的事情。

“看我的样子就知道，我身体健壮得很，主要是太太身体不好。您呢？”浩二郎问妇人。

“腰痛和腱鞘炎，还有类风湿性关节炎。不过，我现在可不能倒下。”

妇人散发出想吐露心事的意思。浩二郎想，离妻子结束问诊、批价还有一个小时，相逢有缘，他决定听妇人吐苦水。

“真是辛苦您了。”

“哪里，刚才我提到的那个儿子，他长年卧床不起，已经二十年了。”

“二十年？”浩二郎忍不住复诵。

听说就算是慢性疾病，最多半年就会被迫转院或出院。姑且不论高龄者的疗养状况，从妇人的外观推算，她儿子应该正值壮年。那名青年若不是非常严重的病症，就是罹患身体无法自由活动的重病。

“他发生事故时撞到头，无法恢复意识。”

她儿子因为事故的后遗症，现在只能眨眼和活动右手的手指。

“原来如此。”

“为了居家照顾儿子，我们改建了房子，但改建完没多久，我丈夫就骤逝了。前阵子才办了十二周年忌日的法会。”

由于医院互踢皮球，她儿子转了好几家医院，最后他们选择居家照护并重新翻修房屋。妇人的腰痛和腱鞘炎应该是长年照护病人引起的。她人生不顺遂，始于一桩意外。家里打造成适合居家照护的环境后，丈夫却因为蛛网膜下腔出血去世，年仅四十八岁。

这是儿子用第一份薪水买的钱包，再怎么破旧，她依旧珍惜。浩二郎完全可以体会她的心情。

“这个钱包……”妇人双手伸进提包捧出钱包，接着说，“他用第一份薪水买给我的。他那时在印刷工厂实习的薪水只有七万元左右，扣掉滋贺租屋、吃饭的费用，手头仅有四万元。”

儿子用剩下的薪水购买了要价两万元的钱包送给母亲。她至今无法忘记许久未回家的儿子骄傲地将钱包递给她的表情。妇人从未见过如此高级的皮革钱包，她非常在意价钱，循着包装纸的印刷字往该店探查。一周后，儿子遭逢事故。他骑着速克达从滋贺回老家京都，在国道遭到砂石车追撞。

“警察说没死已经是奇迹。幸好，他活下来了。”

浩二郎不是没看过遭遇意外事故后从濒死状态起死回生的案例，但他并未遇到过有人埋首照护病人二十年，还笑眯眯地说幸好他活下来了。

“不过……我儿子的病情最近不乐观。”妇人喃喃细语。

“这么辛苦的时候还遇到这么不幸的事。”浩二郎叹息道。

“一看到钱包，我就会想起他念小学时受过伤，升中学后离家出走，读高中时和我先生大吵一架……好的回忆不多，尽是操心事。我心想，虽然辛苦，但也都熬过来了。要是弄丢钱包，儿子好像会离我越来越远……我一直很珍惜它。”

妇人靠回忆儿子生病前的点滴，撑过辛苦的照护时期。老旧的钱包象征健康时期的儿子，也是祈祷儿子康复的寄托。不难想象，妇人历经了多么艰苦的操劳。但看到儿子的钱包，她就能得到慰藉，努力活下去。

回忆……

浩二郎回顾过去四十五年的人生，几件事至今仍深深烙印在脑海里。每当他站在人生的十字路口时，都会想起这些，反省，然后得到疗愈。他辞去刑警一职后，这种心情特别强烈。当时他坐困愁城，掠过脑中的竟是九年前病死、生前也是刑警的父亲。

浩二郎的老家在京都北郊外，现由哥哥建一居住。哥哥改建老家庭院，开了一间叫“无心馆”的剑道馆。此处被称为洛北地区，浩二郎小时候一家人居住在此。房屋紧邻山脚，若走入深山，可见小溪潺流，是捕捞香鱼或山女鱼的绝佳场所。

七岁的浩二郎冒险精神旺盛，与人比试胆量，闯入被告诫傍晚时分不准进入的山林。不懂得黑暗恐怖，少年浩二郎失去方向，在森林里迷路了。两天后，他被当地的消防队救出。这两天，他肚子饿就喝溪水，虽然疲累，但健康无碍。他担心父亲大发雷霆。当父亲赶去医院时，浩二郎躲在棉被里痛哭流涕地道歉。

平安无事就好。

父亲隔着棉被紧抱浩二郎。此后，浩二郎不再夜晚入山。

浩二郎还有另一件同等重要的往事。某日，父亲逮捕过的杀人犯来到家中。那人出狱后最想见到的人是浩二郎的父亲。父亲还特地迎接他回家。还是中学生的浩二郎认为父亲把杀人犯带回家，会对家人的生活造成威胁，是非常鲁莽的行为。老实说，他觉得杀人魔很可怕，而且他瞧不起有前科的人。这种心情反映在他的行为上。五十岁左右的男性礼貌地打招呼，但浩二郎视若无睹。

瞬间，父亲揪住浩二郎的胸口，甩他一个巴掌。一下而已，但他至今记得那份疼痛。“谅解犯错者的心，给我变成那样的人！”父亲说完话，缓缓松开紧揪胸口的手。

浩二郎听母亲说，因为卧病在床的母亲受不了病痛的折磨，苦苦哀求他杀死自己，那人才吞泪用枕头闷死母亲，又因为害怕而选择逃亡，躲避追捕。父亲抓到他的那天，一回到家，就说工作很累，不停地挥舞竹刀到深夜。然而，尽管了解事情的原委，浩二郎仍无法理解自己为什么被打，憎恨着父亲。

脸颊的痛与隔着棉被的温暖拥抱，反复出现在他的脑海中。某刻，他豁然开朗。

那是对弱者的慈悲。

一边是反省自己失败而哭泣的儿子，一边是亲手杀死自己的母亲并在监狱服完刑的犯人，两者的共同点是精神软弱。原来父亲教导自己，这种人需要关怀。

若父亲还活着，看到由于浩志之死而身心俱病的妻子，会说什么呢？看到怀疑儿子死因不单纯、为了调查真相不惜脱离组织的自己，又会说什么呢？思及此，浩二郎脑中掠过父亲的拥抱。

一起受苦，不也是慈悲吗？

浩二郎提交辞呈后，心境反而海阔天空。

妇人道别时不停地点头道谢。

人们认为，藏在物品背后的回忆，它的重要性远大于其本身的价值。有时，活过的足迹就是生存的意义。浩二郎从妇人身上体悟到这个道理。

浩二郎作为刑警，成天看到人心的黑暗面，如今心灵仿佛被洗涤一番。妇人极度珍惜色泽斑驳的钱包，以及回忆儿子健康时受到鼓舞的模样，让浩二郎开始觉得，帮助别人寻找与回忆相关的人、事、物，是很有意义的事。

他与妻子两人将时间花在帮助有困难的人身上，并且经思考后付诸行动。当义工也无妨，只要能帮到别人，这对无法将浩志之死视为回忆的妻子是很好的精神复健。他抱着这样的心情，从事回忆侦探这份工作。

他在自家墙上挂上广告牌，立刻引来当地媒体采访，委托量大增，案件大多是帮助人们寻找遗失物。然而，免费调查反而让人起疑——媒体上开始出现这样的意见，另外，委托人有愿意支付一笔远高于必要开销的侦探费的，因此，浩二郎决定将收费标准定为必要开销加上报告制作费，成为真正的“回忆侦探”。

因为续住在原本的家会阻碍妻子复原，他们买下一栋屋子后正式开业，将其当作住家和事务所。前屋主是税务代理。

浩二郎深切体悟到，回忆是一把双刃剑：它既可以将人禁锢在内心世界，也可以成为人活下去的动力。

人生无非就是回忆的累积，不管好或不好，都是活过的证明。喜怒哀乐全藏在回忆中，充满人性，而深入挖掘就是回忆侦探的工作。

若真心想与他人的回忆打交道，就须以慈悲待人。他仿佛听到死去的父亲这么说。

透过回忆侦探这份工作，浩二郎相信，总有一天自己与妻子都能接受浩志之死，并一起取出存放在事务所三楼的儿子遗物，将之化为回忆。

4

浩二郎对咖啡的接受度越来越高了，刚才喝过长时间保温的黑咖啡，却无法赶走睡意，现磨现煮的咖啡香味更能有效驱赶瞌睡虫。浩二郎心里如此想着，眼睛盯着咖啡机时，玄关传来摩托车的熄火声。

得救了。

那是行政兼调查员一之濑由美。三十四岁，离过一次婚，九岁女孩的母亲。她是骑 750cc 的重机骑士。

由美原是护理师，浩二郎与她在妻子看病的医院中认识。她善于照顾人，据说在院内当到护理长。然而，她后来与利用职权骚扰女护理师的医师冲突不断，最后辞去医院职务。事务所成立之初，浩二郎只是请她来帮忙，但委托量快速增加，由美逐渐变成事务所不可或缺的存在。

“你又熬夜了，我就知道。”

由美腋下夹着安全帽走进事务所，操着温言软语的京都腔。从外表完全看不出她是位 750cc 的重机骑士。

“老样子，思绪一片模糊，没由美的咖啡就是提不起劲。”

“好的好的，我来泡。”由美回话，把安全帽放在自己的座位下面，走进更衣室，准备把一身红白相间的骑士装换下。她换上鲑鱼粉的衬衫，配上棕色裙子，看起来紧实挺拔，宛如高挑的模特。

“不可以老是熬夜啦。要不要去做一次健康检查？”

“不用了，身体强健是我的卖点，若去做健康检查，不就坏了我的招牌吗？”

“我看你是不敢吧？”

由美在厨房清洗餐具，熟练地把咖啡豆放进磨豆机，按下开关。

当咖啡的香味飘散在事务所中时，浩二郎又提起劲继续为报告奋斗。

“还要再花点心思。”浩二郎看着计算机屏幕低喃。

报告书已经写完了，但为了琢磨贴近委托人心情的字眼，须一字一句推敲。虽然按照报告书的体裁来说，照着时间轴把调查过程写下即可，但浩二郎偏好推测委托人的心情，思考对方对回忆的期待，希望尽量写出符合期待的内容。

比如说，好不容易找到想见的人，对方却已去世，或对方想不起委托人是谁，这些状况都很常见。无法重逢的失落感，须用别的幸福感来填补。例如，强调对方的人生很顺遂，一生都过得很幸福。

浩二郎不说谎，但有时光事实就够令人伤心的了。如何不捏造事实而让真相自然浮现，这很考验侦探的本事。回忆侦探和调查杀人命案或外遇事件的征信业者，本质上完全不同。

“由真谁照顾？”浩二郎盯着指着六点的时钟，问端来泡好的咖啡的由美。由真是由美的独生女。

“现在放暑假啦，送去我妈那儿了。”

“暑假啊，没有小孩都忘记还有这东西。”

“小时候都希望早点放长假，身为母亲反而希望学校赶快开学。”

每年暑假，由美都将女儿寄放娘家。她老家在京都市郊外大原的山中，自然环境优美，气温较低，对小孩来说极为舒适。

“三千代姐应该还没那么快下来，我帮你校正。”

由美称浩二郎妻子为三千代姐，她在医院时就如此唤她。

“也好，这样早点做完。她八点后才会下来，雄高大概也拍完戏才来，佳菜子的上班时间也还没到。”

本乡雄高三十二岁，他是浩二郎哥哥介绍来的打工青年，立志当演员。他也是浩二郎哥哥剑道馆门下的弟子。他最大的愿望是当上时代剧演员，进来工作前已经和浩二郎说好，只要太秦[1]那边有工作，以拍戏为先。他最大的烦恼就是年纪不轻了。听他描述，鹿儿岛乡下的双亲唠叨不停，不是催促他快点成家，就是催促他回老家帮忙务农。

话说回来，假设雄高现在回老家，最伤脑筋的人应该是浩二郎。雄高不在的话，跑外务的人只剩浩二郎，到时他势必要推掉三成以上的委托。最好的状况是雄高继续当临时演员，同时在回忆侦探社帮忙。

另一位员工橘佳菜子是个二十七岁、个子娇小的女性，身材纤细，外表给人柔弱的印象。体弱多病的她高中毕业后，每份工作都干不久，有些甚至没几天就辞职。她很愿意工作，也很努力，但身体不配合。浩二郎知道，她的身体这么差，是因为她在十七岁时遭遇了一个事件。十年前，浩二郎负责办一起杀人命案，佳菜子正好是被害者。

佳菜子遭一名陌生男子纠缠，她的双亲向当地伏见警察局报案。然而虽然那名男子会打电话、写信给佳菜子，甚至曾戴棒球帽和太阳眼镜尾随，但没具体的犯罪行为，警方没采取行动——不，应该说该辖区负责人并未主动采取行动。

但橘家接到莫名电话与没贴邮票的信的次数却在增加，显然那名男子的情绪越来越激动，一家人都相当害怕。之后，双亲数次登门警察局，每次都提出证据，希望警察至少查出男子身份。但双亲期望落空，悲剧突然降临。

从大型商店街转进狭小巷弄后，眼前是造酒厂林立的住宅区，佳菜

[1] 时代剧片场的所在地。

子的家就在这里。当时是星期六早上，佳菜子上完书法课从学校回家，准备好下午要到补习班。那时她正等着上同一间补习班的朋友来。自从被怪人缠上，她都先和朋友约在自己家碰面，再一起搭公交车。

已经过了约定时间，朋友还没现身，担心不已的佳菜子决定到商店街的派出所看状况。她不经意地往派出所瞄了一眼，朋友正和警察说话。一问之下才得知，原来朋友在商店街被可疑男子抓住手臂，事后急忙跑到派出所报案。

可疑男子戴着棒球帽和太阳眼镜，与纠缠佳菜子的男子特征一致。没想到那人不只针对自己，连朋友也不放过。佳菜子大受影响，打消了上课的念头。请假后，两人回家，见到了难以置信的景象。

当浩二郎匆忙赶到现场时，佳菜子的父亲倒在玄关，背部插了一把菜刀。母亲在客厅被人笔直一刀划过颈项，倒在血泊中。

佳菜子描述状况时，口吻仿佛在说别人家的事，浩二郎见状便明白她创伤极深。他听哥哥说，假使用日本刀等锐利刀器快速给予对方致命一击，当事者可能会在什么也没察觉的状况下死去。佳菜子的情况类似，一瞬间目睹双亲惨死的冲击过大，情感来不及反应。

浩二郎推测正确。之后，佳菜子因为过度呼吸症，接受精神科治疗，住院一年半。佳菜子出院，因为某名男子跳楼自杀。那人在遗书中细述了杀害她双亲的始末。

浩二郎向上司反映，光凭一纸用计算机打的文章，实在很难让人信服。但遗书甚至描述了未公开的现场情况，这被视为关键的证据。

佳菜子今年初突然说她想来“回忆侦探社”上班。再次相会时，她已经变成成熟的大人。她在那件事后过着什么样的人生？浩二郎除了在面试时询问过她的部分经历外，其余一无所知。

5

“这是佳菜接手的第一个案件吧？”由美探头看了计算机一眼。

“嗯，但线索只有一个——看起来很温暖的字迹。佳菜学过书法，第一眼就注意到字迹特征。她这次表现很好。”

佳菜子是否已经走出过去的创伤，表面无法得知，但透过参与案件，浩二郎从她的眼神中看见一股力量。佳菜子非常认真地体会委托人的心情，因此，这次名为“书写温暖字迹的男人”的案件才能圆满解决。再也没有比体会他人心情更劳神费心的事了，浩二郎这么认为。至少佳菜子的内心已有多余空间让别人进驻。正因如此，浩二郎希望写出让委托人满意的报告书，增添佳菜子的自信。

事务所处理这宗案件时，并未劳师动众。

梅雨结束时，当时的委托人来到回忆侦探社。那是个五十岁左右的女性，撑着半透明塑胶伞，望着在玄关附近的雄高打招呼。但她声音太小，雄高并未察觉，反而是佳菜子注意到妇人而起身接待。

“听说你们专门帮人调查回忆？”

这次坐在远处的浩二郎也听到了妇人说话。他吩咐佳菜子带客人到会客区。他先让妇人坐下，而在佳菜子端来咖啡时，他要她也一同入座。佳菜子进公司半年来，浩二郎确实不放心让她接手委托，但这次是让佳菜子积极参与的好机会。

“和回忆有关，什么案件我们都可以受理。我是负责人实相浩二郎。”递过名片后，浩二郎坐在沙发上，“这位是我们的调查员，橘。”浩二郎这么一介绍，佳菜子有些慌张，急忙起身点头。

“我叫越智京子。越过的越，智慧的智，越智；京都的京，孩子的子，京子……只要和回忆相关就行吗？”越智侧头低喃。

她五官端正，脸颊还有弹性。但灰色洋装配上黑色针织衫，单调的色系让她显老三四岁。

“请问是调查人、事、物中的哪一种呢？”浩二郎问。

“人。我想找一位素未谋面的人。我想见他，向他致谢。”

“没问题，越智女士，请您放心，这正是我们的工作。”

越智似乎稍微放松下来，不再紧张。她对佳菜子露出微笑。佳菜子也替她高兴似的面露笑意。

浩二郎开始说明费用包含成本开销，加上调查员一天一万五千元的津贴。此外，依委托不同而定，估价将以五万元起跳。假使委托人不满意报告书，侦探社仅收取成本费用。每当浩二郎说明收费标准时，总不自觉地竖直背脊。

“我明白了。”越智感受到浩二郎认真的态度，正色回答。

浩二郎仔细观察对方的反应，琢磨委托人的性格。基本上，他须分辨是不是恶作剧或暗询价格，至少别成为犯罪的帮凶，另外，这也可当作报告书的参考。

“请您告诉我详细的情形。”

浩二郎将桌面的小型录音笔开关调到ON。

6

越智独居在冈崎公园附近，今年四十七岁。她与在建设公司上班的丈夫因故离婚，两个儿子也各自独立。离婚时，她分到一间透天厝，平时在超市当计时人员，自力更生。两个儿子每月补贴她一些生活费，生活不算富裕，但也不匮乏。但一个人生活实在太寂寞，两年前，她养了一只小猫。她说，当她看到超市“寻找·转让”留言板上贴着一张猫咪照片时，第一眼就被深深吸引。

“这是我们家的Sujata。”越智把照片放在桌上。

这只猫咪身体的大部分是黑色，只有鼻子旁圆圆一撮白毛，颜色看起来就像将奶精倒入咖啡一样，所以取名Sujata[1]。

“好可爱哦！”佳菜子发出高中生般的惊叹。

“很可爱吧？它真的给了我很多抚慰。”

“它走丢了吗？”

浩二郎注意到越智哀伤的眼神以及过去式的口吻。

“它来我家的时候才六个月大。我最初只想把它养在家里，但一岁大时，我想它晒晒太阳也好，将它带到院子。这真是个错误的决定。”

尝过外面空气的Sujata，常耍赖要在院子里玩，不愿在家中玩耍了。

半年后，猫不小心从院子穿过缘廊，直接冲到大马路上，被车撞死了。

“都是我的错。”越智低头，眼泪滴在照片上。

越智泣不成声，用毛巾按住眼角。浩二郎不难想象她有多么疼惜Sujata。他突然想起丧子的失落，不禁胸口一闷。

越智轻按着眼角，拿出一条坠饰。坠子是只小玻璃瓶，模样如早期流行的装星沙的瓶子。浩二郎接过坠饰，窥看瓶身。瓶内装着略脏的小鸟羽毛及半透明、类似稻壳的碎片，实在称不上美观。

[1] 由名古屋制乳公司名酪出产的奶精产品名称。品名的由来是传说释迦牟尼苦行时，有一位牧羊女献上牛奶粥供养，牧羊女的名字就叫Sujata。

"这是？"

"你一定觉得这东西不好看。老实说，我也觉得不好看。正因如此，我才想向判断它很重要的人道谢。"小瓶子里原来装着Sujata一岁五个月时在院子抓麻雀失败，仅勉强抓到的鸟羽，以及它死后脱落的小猫爪。

她不经意间将这条挂着瓶子的坠饰弄丢在嵯峨的名胜——清凉寺境内。

"我从少女时期就很迷《源氏物语》。到这把年纪，我还是很崇拜光源氏。我通常选人烟稀少的梅雨季节到清凉寺，在他的坟前吊唁，然后静静望着那里的正殿或庭院，悠闲度过一整天。回家前，还一定要去清凉寺境内的店家吃烤麻薯。"

寺庙的前身是《源氏物语》主人公光源氏原型源融的山庄"栖霞观"。越智补充着，里面有一座宝箧印塔，盖在清幽静谧之处，那就是融的坟墓。此外，烤麻薯是把小块麻薯穿在竹签上，撒上黄豆粉，经过火烤，蘸着甜白味噌酱吃的京都名产。越智会伫立在印塔前片刻，遥想历史上真实存在的作为光源氏原型的融究竟过着什么样的生活。

"但我连最重要的坠饰弄丢都没发觉。"越智回想起此事，悔恨地说。

"越智女士，您从家出发后，搭什么交通工具到清凉寺？"

"公交车和岚电。"

岚电的正式名称是京福电铁岚山本线。路程连接京都市中心的四条大宫到嵯峨野的岚山，整趟车程约二十分钟。

"公交车二十分钟，岚电二十分钟，总共大概四十分钟通勤时间。"

她推测捡到坠饰的人不曾见过她，也不认识她。那人似乎和委托人完全没交集。

浩二郎接下来询问越智关于坠饰最后物归原主的来龙去脉。

“我一回到家，立刻发现脖子上的坠饰不见了，我以为掉在公交车里，赶紧联络京都市交通局，报告搭乘时间，请他们帮我查一查，但依然没下落，我又联络京福电铁，但……我一听到他们的回答，立刻昏了过去。”

根据越智对Sujata的爱，浩二郎相信，她说“昏了过去”绝不夸张。

她将爱猫之死归咎于自身，下定决心不让它离开自己身边，所以才将猫咪当作玩具的鸟羽及脱落的爪子一起装进坠饰，随时带在身边。对越智来说，失去这条坠饰等同于经历第二次丧失宠物综合征。

“既然没有掉在交通工具上，或许掉在寺庙境内。”

越智回想走到融坟前的行动，一路边走边找。若小玻璃瓶不小心被人踩到，必定粉碎无疑，羽毛和爪子大概再也找不回来了。六七月虽非樱花或枫叶季，却是学生毕业旅行的旺季。天龙寺、二尊院、大觉寺及落柿舍一带古寺名胜林立，往来的人络绎不绝。而且，今年的梅雨量不幸偏多。

“平时走在这一带会觉得雨水打在竹林间，别有一番情趣。但那天听雨水打在雨衣上，真奇怪，我怎么听都像是Sujata的脚步声。”

越智走火入魔似的沿路回溯着关于Sujata的记忆。

“但最后没找到。”

“我拼命找了整整四天，几乎趴在地上找，但我放弃了。不，其实我内心一直没放弃，不过找不到就是找不到，无可奈何。”

越智筋疲力尽，步履蹒跚地走往岚山车站，湿淋淋的身体因为梅雨低温，不禁微微颤抖。她抬头看到车站前的咖啡店的灯光，不知怎的觉得特别温暖。

“我很少进咖啡店。我讨厌烟味，而且有些过敏。”

“完全禁烟的咖啡店真的不多。”佳菜子低语。

“即使如此，越智女士仍走进了咖啡店吗？”浩二郎追问。

“我想喝点热咖啡。”

当时，她看到咖啡店留言板“遗失物品”处写着“小玻璃瓶坠饰，于清凉寺境内捡到。应该很重要，特地送来此处”——留言板上还贴着一张纸条。

越智连咖啡都忘了点，直接问老板。

“我当时根本失去理智，一直指着坠子说‘那是我的东西，那是我的东西’。老板不断安抚我，倒水给我喝，要我深呼吸。”

越智很珍惜地把坠饰拿在手上。坠饰完全无法刺激人的物欲，想必咖啡店的主人绝不会以为有人假冒失主。

“老板应该二话不说就还给您了。”

“是的。”好不容易找回，越智高兴得快要流下眼泪，自然想要感谢帮忙送来的热心人士。

“您想找出这位热心人士，当面向他道谢？”浩二郎为求慎重地确认。调查目的须明确，写报告书时才不至于偏离主轴。越智不只委托找人，还要见到当事人致谢，否则无法满足她。

“我询问过咖啡店老板，还有附近邻居……咖啡店老板说他是新客人。他戴着布质帽，帽檐压得很低。此外，他大热天还戴着棉质手套，令人印象很深刻。”老板告诉越智，他向自己要了贴留言板用的纸条，还花很长时间写好，久到让人怀疑他是不是身体不适。

“这就是贴在留言板上的纸条。”越智从钱包中取出纸条，小心翼翼地摊开。纸条约一本文库本大小。

“好厉害！”佳菜子赞叹。

“无可挑剔的好字。”连浩二郎也忍不住赞叹。

大概是用钢笔写下的，那是字迹极粗又工整的楷书。不算高手，但运笔间有独特韵味。分开看每一个字，欠缺平衡，线条不匀称。但整体来看，又具稳若磐石的安定性，给人一种安心感。十分不可思议的文字。纸条几乎没留白，字迹把纸面填满。

“自成一派，很美。”佳菜子盯着纸条上的字。

“佳菜学过书法，你觉得他自成一派吗？”

“书法中也有创意派，不能一概而论。”

“他花了很长时间才完成，这点你怎么看？”

浩二郎心想，说不定对方出于幼稚的动机，故意用创意书法的方式留言。

“花很长时间应该是因为他运笔速度非常慢。你看他的字，收和挑的部分有同等墨水量。”佳菜子补充道，即使用原子笔写字，运笔速度也会影响墨水量，其中最明显的地方就是收和挑。

“经你这么一说，收的部分比较肥厚可以理解，可是连挑的地方也一样。”

“这表示他写每一笔画都力道过大。运笔过程还有些颤抖。刚学书法的人大多会这样。”

“原来如此，所以应该不是创意书法。”

“真不愧是侦探。”听到两人的对话，越智表示佩服。

“这条坠饰太宝贵了，我须先还您，不过请让我们用数码相机拍下来。另外，这张纸条可否借我们影印一下呢？”

“当然，还要请你们多费心。不当面道谢，我就浑身不得劲。”

“越智女士，我们会尽全力，尽快为您解决。”

浩二郎递过估价表，并且送越智到玄关。

“线索是……文字。”浩二郎低语着，想象着写出如此文字的男人究竟什么模样，期待新的邂逅赶紧到来。

7

翌日，照惯例，浩二郎应先决定主要负责的调查员，之后他会视情况支援。但这次他决定和佳菜子共同调查。佳菜子说自己还没自信独自在街上走动。

两人一起结伴，立刻动身前往设置留言板的咖啡店。

考虑到要尽可能重现委托人当时的行程，浩二郎决定搭京福电铁前往岚山车站。由于市区内停车场少，除非交通不方便、行李太多或为了载人等情况，浩二郎非必要不会选择开车。找停车位很浪费时间，更别提这次的目的地是观光地区。

搭乘岚电行走在市区街道，感受和搭乘早期的市电相仿。浩二郎读中学时，在京都主干道上都可看见路面电车。他觉得岚电稳定的震动声和市电很像，不同的是市电行走车道，岚电行走铁轨，风景相异。

沿路见到住宅、店家、寺院的后院，电车仿佛将两边景色缝起般前进，往窗外伸手便能碰到树篱。不一会儿，电车就抵达岚山车站。这里有大量观光客前来造访，但车站小巧，格外充满魅力。来访的年轻女性不禁发出“好可爱哦”的赞美。

不巧，雨从清晨起一直下个不停。

佳菜子跟在浩二郎后头，她穿着深蓝套装，不知情的旁人或许会误认为她是错过征才活动的学生。很快，他们找到了越智说的咖啡店，它位于从车站往北走没几步路的位置。以观光地区的餐饮店来说，坐落位置无可挑剔。浩二郎选在早上十点拜访，因为他算准这个时间早餐供应刚好告一个段落，又还不到准备午餐的时间。

浩二郎走进店里，心想自己猜测得不错。四张桌子，只有三名客人，八个吧台座位空无一人。他们两人坐在吧台旁，点了热咖啡。浩二郎判断，与老板隔着吧台前并列的虹吸壶，趁着泡咖啡交谈是最好的。

“老板，我听我朋友说，有人捡到一条坠饰送到你这里来？”浩二郎望着正要将刚磨好的咖啡粉倒进虹吸壶的男性说。对方并未否认老板的称呼，浩二郎想自己没认错人。

“是啊，吓了我一大跳。”老板回溯着记忆，很快回答，“他下午四点多突然走进店里。就像我跟几个常客说的，这世界还是很有希望的。”

“那一定是很昂贵的物品。”浩二郎佯装不知详情。面对从事服务业的人，浩二郎尽量不显露侦探身份。特别是和委托人接触过的对象，侦探更要小心谨慎。

“我看倒不至于昂贵，只是一条系着小玻璃瓶的项链。”

“不过后来失主有现身吗？”

“我还真没想到会有人来认领。毕竟不是掉在我们店里，一般来说会送到寺庙或派出所。瓶子里装着鸟羽毛和碎屑一样的东西。”

寄放至第五日，老板本打算将坠饰送去派出所或清凉寺的寺务所，没想到越智那天刚好走进这家咖啡店。

“为什么那个人觉得这条坠饰很宝贵啊？”

“你说捡到的人？呃，不好意思，当时我压根儿不觉得会有人来认领。”

“说也奇怪，那人居然特地送来这里。他是什么人？老板有看清他的长相吗？”

“这我不太清楚。他没脱帽，又戴着有色眼镜。”

那人一进店就坐在窗边的位置，拿起立在凸窗旁的书翻阅。“《都名所图会》是一本古书，有点类似江户时期的观光手册，我拿来摆在窗边营造气氛用的。不过，我端水过去，准备点餐时，他很快放下书，随口点杯热牛奶。我们家是靠卖好喝的咖啡起家的，他或许觉得没点咖啡有些不好意思，所以立刻说起坠饰的事。”

沸腾的热水发出声响，穿过杯上壶的细管制出褐色液体，香浓的气味传到浩二郎的鼻子里。老板算好时间移开酒精灯，让火苗离开烧杯。这时，咖啡缓缓流下。

“大概是惜物的人吧。”浩二郎用老板听得到的音量喃喃自语。

“他说话含糊不清，很难懂。外表看起来六十多岁，但说话像七十岁。”

那人仪态还算不错，但步步留心。老板描述着拾主的身体特征。浩二郎对佳菜子使眼色，看还有没有别的要问。佳菜子开口：“请问，那位先生是不是写了张纸条贴在留言板上？”浩二郎明白她想试着从书法角度切入。

“他一个字一个字慢慢写，像把笔藏在手掌心似的，我还以为他身体不舒服。”

“一个字一个字地写吗？”

“没错。啊，还有，他用自己带的笔写。”老板将温好的咖啡杯置于托盘上，慢慢地把咖啡倒入杯中，再端到二人面前。浩二郎觉得这里的咖啡味道比事务所的淡，但很好喝，这让他对咖啡有了新的认识——原来咖啡不只用来提神。

浩二郎喜欢喝黑咖啡，而佳菜子喜欢牛奶较多、加糖的拿铁。

两人各自享用完喜欢的咖啡口味后离开咖啡店。

雨势越来越大。两人走在单行道上，穿过湿漉黑亮的马路，终于看见清凉寺的大门。烟雨朦胧的寺院已经很有情调，加上拍打在雨伞上的雨滴声，气氛格外浪漫。

“实相大哥，我还是觉得那些字不像是用钢笔写的，太粗了。”佳菜子难得提高音量，她跟在浩二郎身后，面对着他湿透的夹克说。

“你说纸条上的字？但也不像用原子笔写的。”

“所以我才说那些字不论力道还是运笔都很有特色。”

“若自成一派，写成那样已经很厉害了。我对书法外行，不过总觉得他的字有一股难以言喻的魅力。大概是辛勤练习的成果。好想知道他是什么样的人。”

清凉寺位于京都西边，属于净土宗，素有“嵯峨的释迦堂”之称，是当地民众熟悉的寺庙。穿过高耸的仁王门，视野变得开阔，一眼望尽远处的本堂，而且境内宽阔，和一路走来的小径各异其趣。

广场上塑胶伞朵朵开。仔细看，原来是毕业旅行的学生们。天空阴暗，但学生们的身影对浩二郎来说依旧刺眼，他总忍不住将他们看作浩志。

浩二郎快步穿过学生人群，不朝本殿正面，左转朝多宝塔前进。

据越智描述，融的坟墓位于多宝塔西边尽头。

穿过嵯峨天皇、皇后陵墓旁的鸟居，即可看见被雨淋湿的印塔。对

《源氏物语》没有特别感受的浩二郎，进到这里并未引发他的思古之情，但越智认为这里的氛围让她一头栽进源氏的世界。

浩二郎付了两人的门票，进入本殿。

参拜释迦如来立像以及十大弟子并非此行目的，但当浩二郎看到安置于正面的佛龛，窥见里头据说是模拟的释迦牟尼三十七岁时的立像时，不由得倒吸一口气。苦行过后，佛陀的脸颊和手指枯瘦，不如常见的佛像那般丰腴，但表情依然给人急于救济众生的感觉。

浩二郎的三十七岁又过得如何？儿子和妻子皆安康，心中没有任何恐惧。他当时浑身傲气，认为只要靠自己的力量，人生没有办不到的事。浩二郎甩甩头，穿过本殿后的渡廊朝方丈房走去。方丈房中的庭院是枯山水样式。他回想年轻时曾和妻子在这里约会。两人相偕到龙安寺的庭院，印象中那段时间很无聊，真是少年不识愁滋味。

“实相大哥，你还好吧，刚才就怪怪的。”

“没事，我被这片景色迷住了。还有这场雨，下得真美。”

浩二郎指着被雨滴拍打、微微摇曳的群木，像要掩饰自己沉浸空想的窘样似的说：“假使这里办茶会，应该会留下芳名录，但不是每个人都会签名。”

“如果这里有像直指庵《回忆录》之类的东西就好了。”佳菜子凝视着湿漉漉的树林，突然想起什么似的说。

“回忆录？”浩二郎反问。

佳菜子说，同样位于嵯峨野的直指庵中，有一本名为回忆录的小册子，每个人都可以在里面写下人生烦恼，非常受女性欢迎。媒体报道后更是众所皆知。

“就是这个，佳菜，很可能有。走，我们去看看。”

两人从回廊走进方丈房，看到一张面对庭院的长几案。

几案上有一本被重复翻阅、书页蓬松的小册子。

“啊，实相大哥，你看这个！”

浩二郎注视着佳菜子摊开给他看的小册子。“这是……”浩二郎噤住。小册子上面的字迹散发出一股暖意。

“微微歪斜的粗字体，看起来认真真挚，而且温暖。能写出这种字的人，世界上大概找不到第二个。”

他赶紧翻阅小册子，希望找到住址和姓名。他在不同日期的页面上又看见他的字迹。

“从其他人留下的日期推断，他应该连续两天来到这里。”

第一天：“旅途中病倒，isaru之人也消沉。生命可贵。”

第二天：“omiya满载。热泪盈眶。除了感谢，还是感谢。”

佳菜子将这两行字记在记事本上。

“好，总算获得新线索了。”浩二郎露出笑容，接下来就是回忆侦探发挥本领了。

浩二郎与佳菜子下午一点后离开清凉寺。

“住在京都那么久，还不知道清凉寺有庭院，而且那么宽阔。”

为了调查周边寺院，他们走小路。

“要把这么多寺庙全看一遍，一定很累人。”

浩二郎说话时，同时将佳菜子抄写下来的字句输入手机。输入完后，浩二郎传给所有职员，请他们有线索随时汇报。浩二郎体验过警察自上而下的领导模式，他不是很喜欢，所以鼓励职员不要只顾自己的案子，要积极交换情报。大家互相关心别人的案子，就不会把它当作个人案件，而是当成侦探社全体的工作。因此，浩二郎养成习惯，不管多小的情报都分享给大家。比起单打独斗，集结连同妻子在内的五名员工，倾团队之力调查每个案件的效果更佳。

“他为什么将坠饰寄放在咖啡店呢？”浩二郎收起手机自言自语。

“他不知道寺务所在哪儿？”

“或没赶上关门时间。清凉寺四点就关了。”

“越智女士说很冷的时候，刚好见到咖啡店的灯光，或许那个人当时也觉得冷。”

“他随口点了热牛奶，他也许不爱喝咖啡。”

趁雨势减缓，两人很快抵达下一个调查点：落柿舍。

8

落柿舍是江户时期俳人松尾芭蕉的弟子向井去来的别馆。去来在这间草庵开设俳句道场。想学俳句的人，不问身份都能来学习。为了保留这份精神，管理单位针对观光客设置写有“请投下您的精心杰作”的竹制投句箱，获选佳作就会印在落柿舍的导览手册上。浩二郎联络事务局，告知正在寻人，并询问最近这周是否出现类似该字迹的投稿。但这段时间投稿的大多是毕业旅行的学生，没有年长者。

两人快步访查落柿舍、祇王寺、泷口寺、天龙寺，结果一无所获。两人无计可施地踏上归途。他们沿着马路往南到车站前的咖啡店时，发现岚山车站的左前方坐落着一家医院。

“大概四百公尺。”浩二郎在可以同时看见车站和医院处驻足。

“什么意思？”佳菜子也停下脚步，将伞靠向浩二郎。

“他不是写自己在旅途中病倒了吗？”

浩二郎在脑中刻画戴着帽子、眼镜、棉质手套的六七十岁男人走路的画面。

“小册子上面是这么写的，没错。”

“也就是说，他从某处到京都，却在这里生病了。以此为前提，就不难理解他为何连续两天到清凉寺散步。不然就是他很喜欢这座寺庙。”

“还是说，就地理位置而言，清凉寺比较容易参访。”

“假使他住进医院了呢？”浩二郎盯着医院大楼的标志。

“那家医院到清凉寺来回大概三公里，虽然有点远，但还是可以走到的。”

“好。”浩二郎拿起手机打给由美，问她认不认识这家医院的员工。

“有一个叫中井志保的专职护理师，我和她同期进医院。我私下帮你问。”由美开朗地回答。

“你问她最近有没有见过一个六七十岁、从其他县市来的男性。他的特征是声音混浊，这个季节却戴棉质手套，外出时戴帽子和有色眼镜。还有，他的字迹很特别。我桌上印有一张他写过的留言，请你看着那张纸跟中井小姐描述特征。我现在就在医院附近，要是你能替我牵线，我们可以直接见面。涉及个人资料可能有些困难，不过还是拜托你了。”

“了解，我待会儿回复。”

浩二郎挂断电话十分钟左右，由美回电。浩二郎推测得不错。

“名字和住址因为保密义务问不出来，不过确实有个特征跟你描述的很像的人三周前被救护车送进医院。他是脑梗死，幸好处理迅速，没有大碍。”

这名男子是第二次发生脑梗死，所以右半身还有些许麻痹感没退，延长住院五天。

“现在他人呢？”

“前天出院了。”

“慢一步啊。不过问到这么详细的情报已经很不简单了，谢啦。”

“哪里，还有一个情报，不知可否帮上忙。”由美顿了顿说，“他的行李几乎都是书。”

“爱书人？”

“都是线装书，中井说，好像是江户时期的学堂课本。”

“线装古书啊。”

浩二郎挂上电话，原路掉头折返，驻足咖啡店前。

“实相大哥，怎么了？”天空再次飘雨，佳菜子皱起眉头，从后头追上。

“原来如此，他会走进咖啡店是因为这个。”浩二郎指着摆在店内凸窗上的书说道。虽然是大白天，但阴雨绵绵，天色昏暗，店内灯光打在线装古书上更增添质感。那人经过时已是傍晚，凸窗流泻的灯光必然突显出书的存在。

“佳菜，让我看看他在小册子上留下的文字。”

“omiya 满载。热泪盈眶。除了感谢，还是感谢。”

浩二郎觉得“omiya”这个词不单纯。这里的 omiya 应该是指土产（omiyage），但放在这个句子里，感觉有另一种特殊意义。警察会用 omiyairi（お宫入り）形容案情陷入五里雾中，但和感谢完全无关。他猜想，omiya 应该是这名男子平时常用的字。说不定和职业有关。

“这会不会是从事书籍相关工作的人或研究者之间使用的专业术语？”

“我查查业界术语。”

“也好。那么，佳菜，你现在到图书馆。”

“好。”

“还有‘isaru之人也消沉’麻烦也查查，说不定找得出他是哪里人。”

“是。”

“一个人没问题吧？”

“没问题。”佳菜子爽朗地回答。

9

几日后的下午，浩二郎和佳菜子走出停在金泽车站的雷鸟号列车。

这里的天气和京都截然不同，晴空万里。怕热的浩二郎走出车站东口，马上汗流浃背。他脱掉西装外套，白衬衫黏在背上。

佳菜子在图书馆查阅业界术语字典等资料时，发现“omiya”似乎是流传在二手书店业者间的用语。二手书店业者在二手书拍卖市场收书时，举办书市的当地业者会给外地来的业者礼遇。假使双方同额标到一本书，当地业者通常会把那本书礼让给外地业者，当作土产，也就是omiya。另外，“isaru之人”在金泽是“狂妄之人”的意思。

接着，她调查京都六月举办的二手书市场，发现嵯峨野刚好举办书市，也确定有金泽业者参加。其中有人在拍卖途中昏倒，被救护车送去医院。佳菜子询问二手书公会的负责人，得到一个名字——金泽百万文库的立石润造。

载着两人的出租车沿着犀川行驶，最后停在一间环绕蓊郁树林的神社前。司机说这里就是犀川神社。

站在神社前往外看，一眼就见到金泽百万文库。那位书写温暖字迹的人，将任谁看到都以为是垃圾的装着猫爪和麻雀羽毛的小玻璃瓶坠饰送到咖啡店。那名男子就叫立石润造。终于和他见面了，浩二郎有些兴奋。这种兴奋感和当刑警时发现凶手潜伏地点，即将攻入的那一刻相似，但类型不同。

浩二郎以前不管接手什么案件，原动力只有一个，那就是对凶手的愤怒。他愤怒得发抖，一心一意想替被害者雪恨，出一口气，那是一种复仇，恨不得立刻抓到凶手。

但当回忆侦探不同。他的内心没有丝毫愤怒，而是一味地对人性感兴趣。心情有点像与睽违已久的友人重逢般雀跃，时而心跳加速。不管体验几次都不会腻。这份工作鼓舞着他一而再，再而三地追求这种感觉。

每朝二手书店走近一步，浩二郎的殷切期待就多一分。佳菜子也是如此，看起来很紧张。店面的招牌很老旧，但印象中店铺崭新。落地铝门轻轻滑开。书架塞满书本，一股像进到仓库的独特霉味扑鼻而来。店家整体散发出怀旧的气息。

“立石先生，请问立石润造先生在吗？”浩二郎走到被左右书架包夹的店中央，朝店内大喊。

“哪位？我就是立石。”里面传出一个含糊不清的声音，手持眼镜的白发男子走出。他的体态不甚美观，身材微胖，右脚微微拖行。

“你好，我是从京都来的。”浩二郎递上名片。

“回忆侦探社？”立石戴上眼镜反复审视名片，对浩二郎以及一旁的佳菜子露出戒备的神色。大多数人一听到“侦探”的称号都会露出狐疑的表情。浩二郎想，趁机让佳菜子体验一下也好。接下来，浩二郎简单对立石说明，自家的侦探社和一般调查客户公司的信用或外遇事件的公司性质完全不同。

“京都还真是什么千奇百怪的工作都有。”立石仍半信半疑地盯着浩二郎。他的眼神非常锐利，不是在看对方的职业，而是人品。

“容我先说明造访立石先生的理由。”浩二郎拿出留言板的纸条复印件递给立石。

“这、这是……”立石瞪大眼镜后的双眼。

“写这张纸条的人，应该就是立石先生？”

“当然是我写的，有什么问题吗？”

“立石先生的善意深深感动了我的委托人。”

浩二郎确定写这段字的人是立石后，说出委托人的姓名及事情的原委。

“真不敢相信，你们居然靠着这点线索就找到这里来了。”

“这样的字并非每个人都写得出来。我、越智女士，甚至是医院的护理师都觉得您的字特别有魅力。就这层意义来说，这条线索非同小可。”

“不过是随意涂涂写写而已。”

“这是人品。”

“听到你这么赞美，我就觉得我的努力没有白费。到里头说吧。”

浩二郎被立石带进书店。书店深处有一间办公室，堆满纸箱。纸箱侧面写着“全集”“古地图”等文字，里面全是书。

其中一个正在拆箱的年轻人向浩二郎一行人点头。

“这是我的孙子。”

立石和妻子、儿子、儿媳妇一起经营这家店。再往后面走就是立石的家。他对着里面喊："有客人。"一句话交代后，长年待在身边的妻子就将附扶手的椅子和茶送了过来。

"我三年前因为脑梗死昏倒过一次。命捡回来了，但右半身麻痹了。经过持续复健，现在总算恢复到勉强行走的地步。不过，写字功力一直无法恢复。"

立石为了阅读江户时期的书物，学习读古文，也爱上可以随意挥洒、自成一派的书法风格。对他来说，无法随心所欲地写字是莫大的痛苦。他以前会把宣传珍本的广告文，或印在赤本上的宣传标语写在纸上，贴在店里，营造出卖新书的书店所没有的氛围。赤本如同江户时期的绘草纸等，都是给小孩看的廉价书，内容大概是"桃太郎"这类家喻户晓的童话。

"不过，您现在居然能写出这么好的字。"

"这和我过去的写法完全不同。我现在手指无法伸直，只能使用笔杆改良过的钢笔，用手指夹着写。写一个字比平常人多花三倍——不，甚至四倍的时间。"

浩二郎回想起咖啡店老板说他花很多时间写留言。

"可是立石先生，正因为您花那么多时间，这些字迹才透露出立石先生诚实和善解人意的本性。该怎么说呢，我觉得这些字反映出您终于再提笔写字的喜悦。"

"我病倒前性情非常顽固，很少听别人说话。如今总算能设身处地地多为别人着想。"立石说自己大病初愈后，深刻了解到家人和朋友是多么可贵。他回想自己在京都病倒时，深深感受到当地同业帮的热心，不禁泪洒病床。

“幸好没有大碍。”佳菜子说。她听由美说过，脑梗死很容易夺人性命。

“真的谢天谢地。不过身体稍微康复，我的工作瘾又犯了。素有文化宝库之称的清凉寺、源融之墓就在医院附近，我一想到便坐立难安。”

“为什么您觉得那条坠饰很重要呢？”

“因为里面的东西太寒酸了。”

“寒酸？”

“凡夫如我，第一反应就是如此。但反过来想，正因为拥有无法用金钱衡量的价值，才有人特地装进坠饰的瓶子里。当一个东西无法用金钱计算价值，它就可以用人的心灵去衡量。这世上没有比人心更重要的东西了。有时，甚至比性命还重要。”

“这世上没有比人心更重要的东西……甚至比性命还重要。”浩二郎不由得复诵。

浩二郎很感激佩服。正因为立石在鬼门关前走了一遭，才能说出这么有分量的话。珍惜有金钱价值的东西没什么了不起的，珍惜寒酸的物品就不同。正因为寒酸，表示对物主来说，精神价值很大。装着猫爪和鸟羽的坠饰没有任何金钱价值，但有别种价值。浩二郎现在能体会为什么立石会想归还物主。但若是如此，为什么他要送到咖啡店，直接送到寺务所，物归原主的概率不是更高？

“您为什么将坠饰寄放在那间咖啡店？”

“我的腿不行，没把握在寺庙关门前走到寺务所，当时离关门时间又近了，我想干脆先回医院，明天再送去派出所。”

没想到，他经过咖啡店前面时，从窗户看到那本《都名所图会》。

“那时刚参观过文化财。《都名所图会》里面也有介绍嵯峨释迦堂，也就是现在的清凉寺。我心想说不定是珍本就立刻冲进去。”结果是到处都有的通行本。这时，他看到店内有留言板。心想这条坠饰不是什么贵重物品，交给派出所也不一定归还物主。

“这倒是，派出所会替你保管物品，但需要物主主动询问才有机会物归原主。”

“物主若认为这东西很重要，一定会再来清凉寺周边搜寻，而我第二天就要出院了，最后决定把这个任务交给留言板和咖啡店老板。”

“听咖啡店的老板说，假使五天内没人认领，他打算送去清凉寺或派出所。”

“我想他会这么做的。”立石露出满足的笑容。

“原来如此，这样整件事就说得通了。对了，越智女士希望当面向立石先生致谢。您觉得如何？”

“这只是小事一桩，不足挂齿。”立石果决拒绝了。

这是浩二郎预料中的答案。他很清楚，这件事对立石而言并非特别的举动，没理由接受道谢，而且不管别人怎么劝说，他大概都不会改变心意。

10

“校正完成喽，要帮你印出来吗？”听到由美沉稳的声音，浩二郎睁开眼睛。

“我睡着了？”

“我看你睡得熟，没叫醒你。”

“现在几点？”浩二郎盯着手表，快九点了。原来他趴在桌上睡了快三个小时，虽说哪里都能吃、哪里都能睡是身为一个刑警不可或缺的资质。

“赶快印出来，装订！”

浩二郎现在知道，咖啡对他已经没有提神的作用了。环顾事务所，雄高和佳菜子已经来上班。浩二郎额头上还印有表带的印痕，引得众人大笑。

他的妻子三千代还没下楼。难道是安眠药药效太强了吗？

浩二郎到洗脸台盥洗时，越智来到事务所。

“你好，今天是不是能拿到报告书？”

“是的，没错，请稍坐。”佳菜子端出咖啡，和越智闲聊来争取时间。没多久，报告书装订完成了。浩二郎来到会客区，轻轻点头：“这就是报告书，请您过目。”他将报告书递给老妇人。

“无法见上对方一面吧？”读完报告书，越智抬起头。

“他的个性应该是这样。不过，每年中元节，下鸭神社会举办‘纳凉古书祭’。”

“我知道，在纠之森举行。”

“是的，立石先生会到那里拜访摆摊的同业，报告病情复原的情况。”

“我去那里就能遇见他？不过，我不认得他。”

由于立石先生拒绝拍照，所以没有照片提供给她辨认。

“不用担心。古书祭设置求书区，二手书公会的会员会轮流排班，协助顾客找书。我们跟公会的人说好了，您只要在十四号中午以前跟那里的人说您想找描绘嵯峨野、清凉寺的《都名所图会》，他们就会请立足先生过来介绍。”

“就是咖啡店那本《都名所图会》吧？”

“没错。请问，您对我们的报告书还满意吗？”

“谢谢你们，Sujata 一定也会很高兴。”越智亮了亮胸前的坠饰，微笑着说道。

“下个月十四号，就请您去见那位书写温暖字迹的男子。”

浩二郎想象着立石用手指夹笔，全神贯注地一笔一画写字的模样，同时回味他的话：有时，人心甚至比性命还重要。

越智离开后，全体员工一同举起无酒精啤酒干杯。浩二郎的事务所有一个惯例，不管多小的案件，只要向委托人提交完报告书，所有员工就要一同干杯。但事务所内部规定，员工滴酒不沾。这是为了让三千代脱离酒精成瘾症，全体员工也愿意配合。

“三千代姐，身体是不是不舒服？”由美盯着时钟说。

过十点半了。不管什么理由，她也太散漫了，浩二郎心想，接着从后门旁的楼梯爬上二楼。二楼的楼梯平台有一扇门，门后有一间客厅，再往深处有一间和室。夫妇俩就睡在那间和室。浩二郎隔着和室拉门叫她，但没回应。安眠药的药效应该不至于持续到早上。浩二郎心中一阵不安，打开拉门，三坪大房间的地上摊着两套没有收好的被褥，不见三千代人影。

浩二郎快步赶到三楼置放儿子遗物的四坪房间，也不见三千代。他思考，唯一的可能就是三千代从后门出去了。浩二郎想起昨晚非常闷热，当他决定熬夜工作时，三千代曾对他说好想消消暑。

“消暑”这个字眼很容易让人联想到啤酒。

糟了。只要她想要，随便找一台贩卖机，酒要喝多少有多少。浩二郎赶紧下楼，从后门走出去。东侧是京都御所，没有酒馆，也没有酒类的贩卖机，往西走就是过去浩二郎的工作地——京都府警本部。他推测三千代应会避开府警，选择往南或往北。

南边丸太町通附近的便利商店有酒卖，从那里看得到府警本部的建筑。剩下的可能性就是学生时常逗留、充满自由气氛的金出川一带了。沿着室町通持续往北，可抵达横贯市区东西的大路——今出川通。

抵达大路前，他看见几台自动贩卖机，但全都卖清凉饮料。

“老公。”再越过一个十字路口就要抵达今出川通时，他听到背后传来呼唤声。浩二郎一回头，原来是身形瘦削的妻子。

“三千代，你跑哪儿去了？”

“我想买这个给大家吃。”三千代举起和果子老铺的手提纸袋说。

“羊羹？”

“夏季的和果子。我刚买了高级一点的茶，出店时刚好看见你经过。”

“……”

“不是要干杯吗？这是佳菜子第一次经手的案子，我想买些点心鼓励她，但种类太多，考虑好久。”

“没事，只是我去房间看你不在。”

“别这样，我早就不喝酒了。现在有吃药，完全没有想喝的欲望。”

医院开的药让她一喝酒，即使只有微量，也会引起类似宿醉的症状。过去有段时间她不吃药也没发酒瘾，但四月学校新学期开始，她看到一群穿着全新制服的高中生时，顿时想起浩志，心慌意乱的她忍不住又开了一罐啤酒喝。

她喝得不多，但碰到一滴酒，成瘾症又会复发。就这样，五年以上的忍耐全化为乌有。过去的同事目睹她在超商拿着超商的罐装啤酒哭泣。浩二郎得到消息，赶紧到现场，妻子将只喝了一口的啤酒倒在路上。他了解她的痛苦有多深。三千代不是真的想喝酒，仅想找个东西填补她的空虚。之后，她主动向医生提出要求，希望医生再开一次戒酒药。浩二郎很小心谨慎，注意妻子有无再犯，但还是有像这次去金泽出差时不小心疏漏的时候。

“你真的没喝？”

“你以为你还在当刑警啊？别怀疑，相信我。”三千代将纸袋提得更高，露出微笑。

“而且啊，哪有人吃和果子配酒的。”

浩二郎总算放心，他帮三千代提纸袋：“大家一定会很开心。”说完两人转身往回走。

全体社员嗜甜如命。由美和雄高喜欢吃巧克力配日本酒。浩二郎原本只爱喝苏格兰威士忌，三千代生病之后，他借这个机会把酒给戒了。

11

煎茶及和果子让大家开心极了。加入大量吉野葛的葛馒头最受欢迎。清凉感与微甜的味道和高级宇治茶的风味很搭。睡眠不足而紧绷的脑神经仿佛一条条松开。正享受放松感，浩二郎忽然看到玄关处有人影游移。

“请进。”浩二郎大声喊，并走到柜台旁。

门打开了，一位七十多岁身材矮小的女性站在外面。“不好意思，请问一下，你们这里会帮忙寻找以前见过面的人吗？”她腼腆地问道。

“请进，先进来再说。”浩二郎引导她到会客区，吩咐准备茶水。剩下的一个葛馒头刚好可以拿来招待。

由美端着茶水，行走姿态端庄优雅。浩二郎感受到由美沉默的视线，邀她一同入席。他听雄高说由美曾跟他抱怨，这阵子浩二郎几乎只和佳菜子说话。过去长时间在男性职场打滚的浩二郎不熟悉如何与女性相处。雄高提醒他，不要引起女人的嫉妒心，很可怕的。

委托人叫岛崎智代，七十五岁，来自三重县鸟羽市。

“您特地从三重县跑来？”

由于媒体报道，不时出现远道而来的委托人。但七十五岁高龄的女性长途跋涉过来，浩二郎还是第一次碰到。

“我以前在报纸上看过一则报道，知道这么一个地方。我当时心里有一个念头，想把它剪下来放着。”

“应该是三年前吧，报纸刊登过我们的消息。”

那是一则刊登在三重县县民版的小消息。浩二郎想，她居然留到现在，真是有心。

“是这样的，我先生今年春天去世了，我也很希望自己尽快回到他身边……”妇人眼角下垂，表情柔和，说这句话时没有沉重的感觉，不过声音有气无力。

“婆婆，请您振作。”

“活到这把年纪，还能从年轻人口中听到这么贴心的话。”智代低头，泫然欲泣。

她似乎很容易被触动。与丈夫的离别，一定让她很难受。

“岛崎女士，请问您有小孩吗？”

“一个独生子，可是他和我先生不合……说来真丢脸。”

昭和二十七年，二十岁的智代与经营伊势乌龙面店、大她十岁的先生结婚。隔年他们生了一个男孩。约莫二十年前，她先生与三十五岁的儿子断绝关系。

“说来真丢人，当年我儿子和有夫之妇私奔。”

她丈夫最讨厌行事不光明磊落的人，非常不满儿子逃跑、隐匿行踪的态度。他照着儿子寄信的地址，写下一封断绝父子关系的书信寄回，自此儿子音信全无。

“我先生去世的时候，我写信给他，可是……他完全没有回应。”

“您想找的人，是您的儿子吗？”

“不，我放弃他了。”智代闭上眼，摇摇头，“别提这事了。我啊，因为长期照顾先生，自己的身体也是每况愈下。”

“哪里，您的气色很好，硬朗得很。”浩二郎鼓励她。

“人家说夫妻相处久了会越来越像，我和我先生一样，都有心肌梗死的老毛病，随时可能回到佛祖身边。我死之前，无论如何都想和那个人道谢，不然我会心有挂碍，没办法开开心心渡过三途河。”

她身子微微前倾，不自觉地护着自己的心脏。

“您想找一个人？”浩二郎和平常一样，按下录音笔的开关。

“是的，我想找人。但那是很久远的事了。”

“以前的事也无妨。这是我们回忆侦探最擅长的事，请您不用有顾虑，尽管说。”

“从现在回算，大概是六十二年前的事情了。”

“六十二年前，正是战后最动荡不安的时刻。”

“我当时十四岁。大阪遭大规模空袭，眼睛所及之处一片焦黑。要是真的烧个精光就算了，偏偏一眼看去都是破破烂烂的建筑残骸，没人敢靠近一步。”

智代的眼睛来回地看着浩二郎和由美，但映在她眼睛里的影像，似乎不是他们二人，而是六十二年前大阪的光景。

12

昭和七年，智代出生在大阪府泉大津市松之滨，她是一位金属工匠的长女。当时，战争已爆发，一连串的动荡随之展开，她儿时约有十三年在战争中度过。说她日夜与战争为伍也不为过。

她念国民学校初等科时，从未有尽情玩乐的经验。她总背着弟弟伫立在空地上，羡慕地望着一群小男生玩战争游戏。当时学校多一项教学指导，称为“正常步”，严格训练走路方式。从手臂摆动、手肘位置，到走路的精神与情绪都有严格规定。

简单地说，智代从未体验过自由。

她唯一的乐趣就是，运用帮忙带小孩三天的酬劳买糖果并且听“看图说故事”。当时“看图说故事”的收费就是小朋友们各自在摊子买一份自己喜欢的小零嘴。最便宜的就是糖球，有钱人家的小孩才会买夹糖浆的仙贝或膨糖。买糖球的小孩只能站在后面，买膨糖的小孩则可坐在最前排大快朵颐。尽管，其实根本没有座位，大家都是抱膝屈坐在空地上。

她常不服输地想，最后一排也好，反正背上的弟弟不知何时会哭。然后，她尽情地放任自己沉醉在故事里。

“我最喜欢《少女椿》，但没一次从头到尾听完。”

“看图说故事”几乎都会在同一个时间、地点表演，但演出内容不定。一旦男孩子大喊“我要听鬼故事”“我要听战争故事”“怪盗故事”，气焰高涨地向说书人提出要求，原本智代期待的《少女椿》续集便会落空，改成上演别的故事了。智代总听不到续集。更别提她要将照顾小孩的报酬存上三天才能听一次“看图说故事”。然而，她还是会等，因为这是她第一次尝到沉浸在浪漫故事里的喜悦。

她相信，无论眼下多辛苦，一定有人在某处等着她。她当时就是靠着如此幻梦，忍耐熬过现状。她会将学校配给的牛奶糖分给弟弟，自己舔着便宜的糖球，听说书人说故事，滋养心灵。

“我当时觉得，世界上没有比牛奶糖更好吃的东西了。记得那时老师还会特别吩咐我们不准边走边吃，那是非常珍贵的东西。当时的人，对甜食有很大的渴望。”智代盯着眼前的葛馒头说。由美委婉地请她享用，她才很享受地把葛馒头送进嘴中。

她生在一个父母和学校都教导女人走路时须跟在男人身后三步远的位置的时代。她须听大人的话，成为一名温顺的女性，除此之外没有别的生存方式。

昭和十六年，智代九岁那年的十二月八日，她在早上七点听到大本营陆海军部发布消息。

“日本和美军、英军在西太平洋开战了。”浩二郎常听死去的父亲提到开战时的事情。他的父亲比智代小五岁，当时还是四岁的小孩子，就已经感受得到大人们异常兴奋的心情。而九岁的智代亲耳听到了这则消息的发布。浩二郎有些激动，他没想到可以近距离地听到经历日本踏出败战第一步的人描述当日的情景。

“战争结束时，我人在老家。前一年，我念完国民学校的初等科，进女子高中就读。但我们家里经济状况不好，我放弃求学，跑去堺的缝纫工厂上班。后来那里也被烧毁。我们家在泉大津周边还剩下几块田地，我此后的任务就是在田地种番薯，再拿去梅田的黑市交换米和盐。父亲和哥哥都战死了，母亲说，我须保护这个家的田地和刚满七岁的弟弟。”

智代推着手推车，走上大半天到梅田。她身穿国民服，把短发往后盘，塞进毛线帽里。因为传闻若被人认出是女性，她会遭到粗暴对待，再被卖去当妓女。

“不仅如此，还要注意在街上闲晃的美兵。当时我们身上都会带着一瓶药，被吩咐若遭人侮辱，要立刻吞下。”

她携带的药物是氰化物。实际上，浩二郎曾经负责过战争时期女性携带氰化物的相关案件。那名女性的孙子偷走氰化物，暗示他要自杀并离家出走。幸好药物保存状态不良，药物与空气中的二氧化碳结合后失去毒性。那个孙子最后捡回一条命。浩二郎记得，自己盯着那瓶装着无毒氰化物的瓶子沉思了许久，难以相信战争的影响居然会透过一个小瓶子残留至今。

“对一个十四岁的女孩子来说，这工作实在太粗重，我现在的小孩一定做不来。”

听到由美的感想，浩二郎深表同意。虽说是时代的无奈，但这些人饱尝了自己也难以忍受的辛酸，努力存活下来。思及此，浩二郎不禁肃然起敬。

“‘八纮一宇，胜前无欲’，当时这句标语确实鼓舞了我。‘胜前无欲’这句标语，是在我十岁的时候，由一个大我两岁、年仅十二岁的女孩想出来的。一想到同时代女孩都这么努力，我即便不是军国少女，还是感到热血沸腾。”

连小孩都咬紧牙关撑过来，那些口口声声说败战后要以死向天皇陛下谢罪的大人，有多少真的切腹自杀？至少智代并未听说身边有人这么做。

13

昭和二十一年春。

智代推着手推车走在安治川的河堤上。她穿着兄长的国民服，头戴毛线帽，远远看去就像一名个子娇小的少年。她套上军靴，但太大，鞋子磨着脚，每踏出一步就会很疼。

车上载着运往梅田的货物。六个大麻布袋装着番薯和青葱。回程就会换成少许的米和盐。去程回程的重量都没有让她感到辛苦，辛苦的是单程要走七小时以上。早上四点出发，中午前抵达梅田附近。若不休息直接回家，可以在日落前回到泉大津。

那天，智代一如往常地在市场交换物品，结束后买了一块廉价西式点心——薄薄一层面粉烤过后，在上面涂酱料——她大口吃下后，赶紧回家。由于空袭，河边不见遮阳树木。历经太阳的无情照射，天气异常酷热，丝毫没有春天的气息。

河道干涸，尘埃扬起。她看见远处卡其色的块状物如烟霭般摇晃而来。形体越来越清晰，智代认出那是载着美军的吉普车。

那是进驻军。

智代非常害怕。她修正手推车轨道，想将它推到路旁的草丛里，并且躲起来。但一瞬间，她踩在草堆上的脚一滑。她赶紧使劲站稳，鞋子磨脚处传来剧烈疼痛。

美兵正大吼着什么，还露出狞笑。

从吉普车与手推车交会的那一刻起，智代丧失了记忆。

她闻到河水的味道与青草蒸腾的气味，睁开眼睛时，一对蓝眼珠就在眼前。智代转过脸，双脚乱踢，但体格壮硕的美兵动也不动。她知道自己正仰躺在草丛上，像岩石一般的美兵骑坐在自己身上，她毫无抵抗的可能。

她的衣服扣子弹开，露出胸部的瞬间，一股不想被人瞧见的羞耻感油然而生，但远不及被美兵侮辱的恐惧感深。“救命！”平常军训课练习木刀时，一向羞于大喊的智代发出尖叫。下一刻，她激烈咳嗽，河水味从口腔传到鼻腔。

“死洋鬼子！”她仿佛听到日文。

“搞什么？”原本骑坐在智代身上的美兵忽然离开。他按着自己的头和肩膀。与美兵对峙的，是一名穿着开领上衣与短裤的少年。少年手上握着一根长型棒状物。

智代因为强烈的恐惧感与紧张感而意识模糊，她再度定神一看，眼前出现了日本少年面露担心的精悍脸庞。他个子虽小，但比最初看到的印象还来得成熟，脸上也没有黑市中大人常有的疲惫神情。

“没事了，那些家伙逃走了。”

“……”智代喉咙发不出声音。她的身体不停地颤抖，一方面因为刚才的受辱而羞耻，另一方面又因眼前男子目睹整个过程而无地自容。她急忙摸索胸口，想从口袋中拿出装着氰化物的小瓶，但手上却传来熟悉的麻布触感。原来装番薯的麻布袋正盖在她胸前。

她衣物湿透，春天的阳光不至于让她感到寒冷，但嘴唇不断颤抖。

“别担心，你没受伤。你很厉害，面对红毛碧眼的洋鬼子还毫不畏惧地拼命反抗。”

“我、我有反抗？”终于发得出声音了，但她口中仍残留着苦涩滋味。压抑着恶心想吐的感觉，智代的说话声沙哑得像个老太婆，连自己都辨认不出来。

“对啊，你不要有奇怪的想法，不然就枉费我拔刀相助了。”他的眼睛带着笑意。

“来，慢慢起身，喝口水。”少年的手放到她背后的瞬间，智代的心脏剧烈跳动，一度以为对方会听见。她坐在草丛旁，从对方手上接过水壶。这时，智代总算听到安治川的水声，周遭风景也逐渐清晰。

少年找到两颗从智代国民服上掉落的纽扣，然后递给她。智代面向河川，用麻布袋盖住身体，迅速拿出随身携带的针线修补。而少年快步走上河堤，把倾倒在斜坡中间的手推车扶正，推回路上。

智代初次感受到父亲以外的男性的体贴。她父亲是一位擅长修复的工匠，不宠小孩，平时也不会把关心表现出来。但从早到晚工作的他，晚上喝烧酒时口中哼着民谣、泉州音头的声音，流露出他性格中的体贴和温柔。她父亲认为为儿子做竹马、竹蜻蜓是爱的表现。但他不给智代做玩具，而用唱歌表现对她的疼爱。

“你要去哪里？”少年问。

“回泉大津的家。”智代起身回答。

她发现脚下有红色斑点，一路延伸到长着杂草的堤边。

“是美兵的血，我本来想打他的肩膀，结果好像打到头了。”

“他受伤了吗？”

“恐怕是。”他望着另一个美兵过来扶着伤者上吉普车。

“那不就糟了，都是我害的。”日本人打伤进驻军，MP（宪兵）绝不会坐视不管。

“不关你的事，是我技术不好。趁 MP 还没来你赶快离开，否则你得天黑才到家，天色昏暗赶路更危险。”

智代被催促，走到手推车旁。

“不知道该怎么谢你。”她脑中只浮现出这句戏剧般的台词。

“我是日本男儿，这是应该做的事，你跟我道谢，我反而觉得伤脑筋。”

他露出白色牙齿，并递过刚捡起的毛线帽给她。

这时，智代看见他的右手手背到手腕浮肿一大片，似乎很痛。

“我还要到河原办事，你快走吧。”他忽然在手推车后面推了一把，让智代顺利前进。

14

“我活到现在，都是托那人的福。”智代拿出装着氰化物的小瓶子，放在桌上。

瓶子看起来与装着猫爪和羽毛的瓶子完全不同，带着冰冷感。仅是内容物不同，就予人这么大差异，人的感觉真不可思议。浩二郎想，或许这就是人性。

“岛崎女士，您有什么线索吗？”六十二年岁月足以风化一切。记忆会越来越薄弱，再加上谈论当时状况的人越来越少，自然格外仰赖线索。

“我推着车往前没走多久，身后传来载着MP的摩托车和吉普车声。我忐忑不安，把手推车扔在原地，把米藏在草丛里，拼命往回跑。”

她回到事发现场时，一个人也没有，美兵的血迹已经变成黑色。

“我在现场捡到沾满尘土的东西。”智代手上拿着一只护身符袋。

这只比群青色还深的深蓝护身符袋绑着红线，到处都破破烂烂的，正中央似乎绣着某种花纹，但无法辨识。如今这只护身符上已无尘土，但似乎仍飘着战后时期的泥土味。

“这是救您一命的少年留下的东西？”

“不确定，但我瞄到他脖子上挂着红线。”智代说。战后民间一片单调，突然出现显眼的赤红，她应该不会看错。

“线索就是右手手背到手腕的伤痕，还有这只护身符袋。”

“是的，只有这两条线索。我剩下的日子不多了，临终前希望亲口向救命恩人道谢，只要能了这桩心愿……请你们多多费心了。”

浩二郎获得智代同意后，翻看了护身符袋里面。若找到神社名称，就能锁定地点。但里面仅放着一张纸条，写着撕掉半边的直式文字。要找出神社的名称，须先解读这段文字的意义。

“我会仔细调查。”

不知道是第几次，智代对着浩二郎又深深一鞠躬。

“另外就是报告书，希望趁我还活着时收到。”

她现在还在住院，无法亲自来京都领取，希望浩二郎等人拿去医院给她。

“您的病情这么严重？”

“我抱着必死的觉悟，这将是我这辈子最后一次旅行。”

她外表不似抱重病，但听说医生宣告她只剩半年。她除了心肌梗死，还有其他病没说出口。

“我知道了，我会一边调查一边逐一向您报告进展。请您别输给医生宣告的余命时间，岛崎女士。”

“我还担心你们不会接受我的请托。”

“我们一定尽全力调查，做出完整的报告，请别担心。”

岛崎女士住在鸟羽市，浩二郎答应她将报告书送到隔壁伊势市H医院六楼的607号房。签完合约书，办妥手续后，智代了无牵挂似的瘫倒在沙发上。由美看到她这副模样，赶紧扶住她的身子，让她缓缓横躺在沙发上，检查她的血压、体温和脉搏。因为浩二郎妻子的关系，由美在事务所常备血压计等检测仪器。

“情况怎么样？”

“血压降得很低，她现在应该不适合走路。我请认识的医生替她看诊再看情况，或许直接住进京都的医院比较好。”

“我这是老毛病了，稍微躺一下就能走路了。”智代痛苦地说。

“岛崎女士，您有所不知，我以前是护理师，还是请我认识的医生替您看一下比较安心。”

“可是……”智代的气息越来越粗重。

“由美，就这么办。”浩二郎对由美说，但视线没离开智代，“岛崎女士，至少在跟救命恩人道谢前，先照顾好自己的身体才行。我们还没开始调查，您这时倒下的话，可就伤脑筋了。”

浩二郎盯着智代想，岛崎智代可以说是赌上了人生的一切，才有办法前来敲开“回忆侦探社”的大门，光靠一只护身符袋就要找出救命恩人确实难如登天，但他想完成她的心愿。

第二章　折纸鹤的女人

1

实相浩二郎扶着虚弱的岛崎智代坐上去往本乡雄高的厢型车，送她到离事务所最近的医院“饭津家诊所”。由美的友人饭津家尽管突然接到通知，但仍愿为智代保留病床。

“身子这么虚弱，居然还从三重一路坐电车摇摇晃晃过来。”饭津家医师一边替病床上的智代把脉一边说。

“医生，我这是老毛病了。”智代低声道，坚称自己没事。

“岛崎女士，您现在心脏不能承受太大刺激，还是多休息一下。”饭津家医师唰地拉上隔帘，掀起智代的上衣，用听诊器按住胸口。对方虽然是高龄者，但医师不忘对女性病患保有该有的细心。

饭津家医师据说已过花甲之年，身形消瘦，但和白袍下的牛仔裤十分搭配。若将他的白衣换成晚礼服，梳油头，配上鹅蛋脸，会让人联想到德古拉伯爵。

“我知道自己心脏不好，不过已经习惯了，休息一天就好了。”

“不行不行，还是暂时住院比较好。”饭津家不等智代说完，直接下结论。

“这……这怎么可以？”

“您若就这么走出去，我这医生可脱不了责任。放心，我不会把您给吃了。先住个三四天看看状况，岛崎女士。”

“是啊，岛崎女士，若您想通知谁一声，尽管说，交给我们来办就好。”浩二郎站在隔帘外，插进饭津家和智代间的对话。

“我没有可以通知的人。”智代的声音越来越细。她脑中恐怕浮现出她那不可靠的儿子。浩二郎想，但没说出口。

“岛崎女士，住院的物品都交给我准备吧，毕竟我当过护理师。”陪在智代身边的由美说道。

交给由美的话，或许她能逐渐软化智代的态度，让她愿意接受治疗。浩二郎有时会从由美身上感受到慈爱的本质。他没有问她离婚的原因，但在浩二郎眼中，由美无论作为妻子或母亲，都无可挑剔。

浩二郎决定暂时先将智代交给由美后，转身离开病房。

“我儿子正在使用问诊室。”饭津家没过多久从病房走出来，领着在走廊翻看行事历、思考往后行程的浩二郎，一起前往会客区。诊所问诊室后就是住家，一打开门，就看得到会客区。

往沙发上一坐，浩二郎看见房间正面柱子上挂着木制时钟，再过几分钟就两点了。

“早上的门诊还没结束？”

“我儿子铆足全力学习啊，不只看病，还包括学着认识街坊邻居。”

饭津家和同样身为医师的儿子一同经营诊所。他儿子是位内科医生，在外面学习到最新医疗知识后回家帮忙。饭津家打算慢慢将这间诊所交给他，虽然一些老病人还是习惯让饭津家看病。

“原来如此，不是看病，而是看病人。”

“没错，不是看患部，而是看患者。”饭津家正色道。

“医生，岛崎女士的病情如何？”

“要等照完X光才能确定，不过她有奇脉。所谓奇脉，就是吸气时脉搏反而减弱。我听她的胸音有明显的心包摩擦音，可能罹患心包膜炎。”

“心包膜炎很难治疗吗？”

“病人自称心肌梗死，从这点来判断，大概是心肌梗死综合征之一。至于引发病症的原因，究竟是以前急性心肌梗死引起的发炎，还是类风湿性关节炎或结核菌引起的感染，目前无法判断。不过，她心律不齐、血压过低的情况很严重，需要进一步的精密检查。”

“大概要住院多久？”

“这个嘛，最快也要两周，现在她最需要安静休养。”

“两周吗？”

两周内完成智代的委托几乎是不可能的。因为横亘在浩二郎面前的是六十二年岁月这道巨大的墙。

“可以确定她心肌受损很严重，我们这里的治疗条件也有限。”饭津家拨了拨头发，闭上眼睛，神情不甚乐观。

“岛崎女士拜访我们侦探社，请我们帮忙找一位她无论如何都想当面道谢的人。她唯一的遗憾，就是没能好好向对方致谢。”

“看来她抱着相当大的决心啊。真是有情有义。最近的电视、报纸上已经看不到这种人了，让人敬佩。不过，正因为她心愿未了，所以才有办法努力撑到现在，你说是吧，实相先生。”

浩二郎完全理解饭津家的意思。有时人若没有遗憾，就会失去活着的目标，特别像智代这样的情况。烙印在她记忆、内心深处的遗憾，很可能是她灵魂的安居之处，也是她抵抗病魔的武器。

浩二郎亟欲解决问题，又犹豫到底该不该找出智代的恩人，两种情绪不停交错。

“医生，要是岛崎女士一了心愿，她的身体状况会出现变化吗？”

“不知道，千万不要高估医学的力量。跟你说一个秘密，很多人都不知道，电视剧常出现的余命宣告，不过是一种预测。容我用一种方式比喻，那只是一种铸模。”

“铸模？”

“医生宣告病人还有三年可活，他的家人就会开始在脑中倒数吧，如此一来，就算家人不告知病人病情，日复一日，大家以心传心，病人也会慢慢知道自己来日不多。病人躺在床上，满脑子思考的一定是自己会变得如何，所以很轻易就会从别人的神情或周遭气氛中察觉到这些信息，这时他的感受会变得非常敏锐。”

“您的意思是，病人在无意识地配合医生的余命宣告？”

“我是这么认为的。医生、护理师、家人、前来医院探望的好友，大家都在脑中打造同一把余命量尺。不过我这话要是被医学会的人听到，一定会被当成傻子。”饭津家笑了笑，但眼神依旧锐利。

“你是说，祈祷反而造成反效果？”浩二郎想，家人祈求病人痊愈是人之常情，但脑中若时常意识到余命量尺，或许祈祷会改成：至少让他活完这段余命吧……

“假如这些话给你造成困扰，实在很抱歉，不要放在心上。毕竟我算是医学界的异端。总之，对岛崎女士而言，心愿未了到底是她活下去的动力，还是纯粹因为挂念太深引发的压力，很难说得准。”

饭津家特地说出这番话，似乎别有用意。

浩二郎想，最好牢记他的话，尤其这次的委托对象是高龄者。这个观念一定会影响制作报告书的人看事情的角度。他们不能捏造事实，但事实可以同时有很多观点。随着角度不同，必定产生不同的盲点。既然从事回忆相关的工作，就须克服这种二律背反的困境，否则无法前进。

“浩二郎大哥。”由美来到会客区。

“安置下来了吗？”浩二郎轻轻一瞥智代的病房方向。

“睡着了。她刚才把这东西交给我，我不知道怎么处理。”

浩二郎从由美手上接过类似薪水袋的宽口信封。

信封上印着三重银行的商标，里面放着存折和印章。

“可以看她的存折吗？”

“已经得到她的允许了。”

听到由美这么说，浩二郎缓缓翻开存折：“余额八百三十万啊！”

“她说这是她所有的财产。”由美低语。

“这就是她的决心，不是吗？拖着那样的病体，还带着财产的存折，实相先生，岛崎女士是认真的。”饭津家又拨了拨头发。

“浩二郎大哥，请让我负责这个案子。”由美的眼神透露出平时少见的坚定。

“这个案子相当难处理。”

“我可以立刻看看护身符吗？”

“好，看可以挖掘出什么情报。我这边找找看有没有人熟悉梅田这一带的黑市。对了，案子的名称由你命名。”

“真的吗？好，我知道了。”

浩二郎和由美拜托饭津家，若智代发生变化，随时联络他们，接着他们赶回事务所。

2

在事务所，一位体态优雅的绅士坐在会客区的沙发上，雄高正在接待他。

“我们的负责人，实相先生回来了。”雄高迅速起身，向绅士介绍浩二郎。

浩二郎向绅士打了招呼，互相递完名片后，他坐在了雄高旁边。绅士的名片上写着“田村工务店田村尚”，住址在东京都足立区。

“哎，劳烦您大老远跑这么一趟。”

“哪里，现在到哪儿都近。我东北出身的，对于新干线缩短各地距离的感受特别深。”田村露出微笑说，“我来之前应该先打通电话。我这次来京都观光，想着顺道来看看。我这人总想到哪儿做到哪儿，我太太老抱怨我思虑不周。”

田村肌肉发达，脖子到肩线的厚实线条让浩二郎回想起一位前同事，那人是柔道高手。田村体态优雅的气质来自他厚实的胸膛，而且腹部并不凸出。仔细一看，他的身体非常紧实。

“您也是爱妻一族吧？”

“我们是老夫老妻了。我提早两年退休，五十八岁就退隐了。自从把公司交给儿子之后，空出不少时间，我老伴成天吵着要我带她出去玩。”

田村诉说着自己的心境。他大可留在工地现场帮忙，不过为了让三十岁的儿子独当一面，他判断自己完全抽身是最好的选择。

“我儿子在大学学建筑工程，不过他的实战经验不够，技术和长年跟在我身边的专务或老师傅们相比还差得远。还没补足这段技术落差前，他不够格胜任老板。我若继续留在现场，只会妨碍那些专务锻炼他，不是吗？”

想让专务毫无顾忌地锻炼儿子，父母永远是最大的阻碍。

“如果儿子——若浩志还活着，我也会成为如此严格的父亲吗？”浩二郎忍不住想。他印象中的浩志仍停留在高中生阶段。

“我也经历过学徒时期，很苦，很严格，但也因此才有现在的我。我要委托的事情也和这段经历有关。”

“当时吃过不少苦吧？”浩二郎边点头边说。

“没错，不过已经是很久远的事了。那是东京奥运隔年，昭和四十年的事情，你们肯替我调查吗？”

“那是公元一九六五年，所以是四十三年前的事。我们刚接下一个六十二年前的案子，田村先生的案子还晚了二十年，不算久远，请不用担心。”

浩二郎脑中还徘徊着智代的事情，不禁说话浮躁。其实搜索回忆的人、事、物，难度并非以年数论断。

“每个案子的状况不同，有可能无法满足您的期待，不过我们会全力以赴。请先让我们听听您的故事吧。”浩二郎一本正经地说。

“昭和二十五年二月，我出生在岩手县一个叫石鸟谷的小镇。我们家三男四女，我排行三男。石鸟谷这个地方自古以来就是有名的酒镇，您听过南部杜氏吗？”

“我在京都伏见的酒馆听过，听说杜氏从南部地方来。”

“大部分杜氏都经营农业。我们家也有田地，不是很多。长男继承后，次男和三男就外出打拼，其实骨子里是要我们分担家计。”

“四十三年前的小孩还要分担家计啊……”

四十三年确实相当漫长。那时，浩二郎已经出生，当时三岁。但在他模糊的记忆中，从没有挨饿的印象。但在那个时代，确实有家庭为了确保小孩的伙食费，不得不逼年纪较大的孩子工作。如田村所述，他为了分担家计上东京打拼的前一年，东京举办奥运会。不只是浩二郎深感世代隔阂，坐在一旁的雄高也惊叹不已。

“之后将近十年，大批年轻人从乡村涌入东京。大我三岁的哥哥很早就坐上集体就职的夜间列车。当时我想，自己中学一毕业，理所当然也要坐那班列车去东京。”大概是回忆起当时的情景，田村咬紧牙根，表情宛如少年。

“我的知识告诉我，集体就职实施于昭和三十年到五十年，但我不知道背后还隐含着农家生计的问题。”

“集体就职不是大家想的那么简单。以我同学来说，他们根本不管工作内容，有吃有住就行了。”

战争结束二十年后的日本，进入经济高度增长时期，各种体现新时代的建设与活动如新干线、奥运会等如雨后春笋般冒出来。拜新建设需求之赐，都市的劳动资源供应不足，因此企业须寻求更多便宜的劳工。这和现代社会如出一辙。不，就城乡差距来看，当时的落差或许远比现在更为巨大。

“求职条件呢，通常都可以达标吗？”雄高开口道。

“怎么可能？这些劳动力多半撑不了半年，最多一年就逃之夭夭，对企业来说，最好多雇点人力，越多越好，就好像一次买成堆苹果，不可能一一回应每个苹果的要求。”田村说，工作环境越恶劣的工厂，留下来的人越少，所以企业一开始都会超额录取。

“你们都很年轻，或许没听过。昭和三十九年，一位叫井泽八郎的歌手唱了一首歌叫《啊，上野车站》。当时我在收音机前听到这首歌，马上就哭了，毕竟当时才十五岁啊。”

3

作词：关口义明

作曲：荒井英一

望着月台时钟想起妈妈笑容

上野是我们灵魂之站　店里工作艰苦

胸怀远大梦想

田村最喜欢第三句歌词。

他说，上野车站月台昏暗，圆形时钟怎么看也不像母亲的脸，但一听到这首歌，听到妈妈两个字，内心总涌起无限眷恋，止不住哽咽。想甩开这样的情绪，唯有跟着大声唱出“胸怀远大梦想”。

中学一毕业，田村就进入号称宿舍完备、能就读高中夜校的木材加工公司。

他抵达上野车站时，已经是早上八点多。长时间坐在硬邦邦的椅子上摇来摇去，屁股和腰都痛得要命。接着，他片刻不得休息，立刻排队朝人力中介指的方向前进。月台挤满了和自己年龄相仿的少男少女，大家一个挨一个地穿过检票口。车站内挤满了各个公司的员工以及公务员，他们高举写着公司或机构名称的纸板。很快，田村找到“PK 木材工业”广告牌，那是他将要去工作的公司。

那张广告牌前面已经聚集了约莫五十人。田村看到人数之后，自离开石鸟谷后刻意遗忘的担忧再度涌现。他的担忧是，可就读高中夜校这件事会不会只是幌子？根据人力中介的说明，他们的学费将由公司负担。他实在很难想象哪家公司肯负担这么多人的学费。

待田村被带到宿舍，将简单的行囊放在房间后，他终于确定自己的预感正确。两个人住两坪多的房间，铺上被褥后，根本没读书的空间，门内侧贴着的一张纸上写道：“无论任何理由，严守八点门禁、九点熄灯。”他听国中老师说，高中夜校下午五点半开始上课，每堂课四十五分钟，共四堂。换言之，再加上下课时间，最快也要九点才能离开学校。

田村不至于不谙世事到期待门限的“无论任何理由”之中，不包含去高中夜校上课。他早已从出社会工作的哥哥那里听说过关于都市生活的现实与无情。

“我鼓起勇气直接找他们谈判，说这和当初说的不一样。我这人最大的毛病就是想到什么就说什么。”田村面露苦笑。

“这并不是什么坏事，但常带来一些麻烦。”浩二郎感触很深。

乡下来的年轻人被他们称作“金蛋”。因为他们是听话的劳动力，对雇主来说是非常宝贵的资源。但这也代表说出“这和当初说的不一样”这句话的少年田村，一定会被当成麻烦人物。

“用现在的话说，他们根本不鸟你。我们的工作内容是制作新建材和合板，不但很耗费体力，黏着剂的味道又很臭，而且还有被热压机夹到的风险。”

工作流程是先将薄板经过热处理软化，接着涂上黏着剂，放上热压机。但饱含水分的薄板很重，必须两个人一组，左右同时抬上机器。如果配合不好，不仅薄板的四个角无法对齐，一不小心失手，手指还可能被热压机夹到。

“跟我搭档的是长我一岁的学长，他根本不听我的指挥，毫无默契可言，时常做出不良品，最后由我承担责任。”田村月薪六千元，扣除林林总总的开销，每个月手头还剩三千元。为了家里的妹妹们，他会寄其中一千五百元回家，剩下一千五百元才是自己的。

“但每个月都要被扣五百块，当作不良品的罚金。”

除此之外，带给田村很大打击的还有气喘。

“这是宿疾吗？”浩二郎问，因为田村的体格很难让人联想到体弱多病的少年。

“岩手的每个村子都绿意丰富，空气新鲜。相对地，东京车子越来越多，整座城市都被废气笼罩。加上合板工厂里充满细小木屑，工作时木屑扬起，头上脸上因为流汗粘得到处都是。那段时间我应该吸了不少。”

为了不让气喘发作，他只好用毛巾代替口罩，缠在口鼻上继续工作。田村说毛巾能抵挡一定程度的尘埃，但不方便说话，孤立感变得更严重。

“学校去不成，工厂里又交不到知心好友。即使如此，我仍默默忍耐一个半月。某天傍晚，发生了那件事。那天，我烧到三十九摄氏度以上，但仍勉强在工厂工作，好不容易忍耐到一天就要结束时，一位学长命令我把合板搬到起重机上。压过之后的合板比薄板更重，我当时全身无力，一个人怎么可能搬得了。”

即使如此，他仍搬了十几片。但一个人容易拿不稳，加上发烧平衡感失调，搬到一半，他不小心把合板掉到地上。

“大家看到我这样，全都在嘲笑我。”田村眼睛充血，紧咬下唇。

“真是太过分了。”雄高语带愤怒，感同身受地说。

浩二郎听雄高提起，他小时候在九州曾遭到霸凌。他听说许多受霸凌者都会立志习武，而且通常会学得比一般人好。他心想雄高学剑道，应该也是基于这个原因。

“我没有流泪，但在心里偷偷哭，那时只觉得，我真是受够了。”

“之后呢，发生什么事了？”浩二郎不自觉地握紧拳头。

4

田村紧紧揪住学长的胸口，把他撂倒在地上，然后骑坐在他身上。正当他举起拳头时，他的上司从背后抓住他的手臂。对自己的臂力颇有自信的田村，面对年近四十的上司毫不畏惧。但那位上司以前是名军人，轻轻松松就把田村扔到远处的地上。

田村屁股着地，四面八方又传来嘲笑声，满面羞愧的他飞奔出工厂。穿着工作裤跑步的田村，为了躲避路人的目光，往南边跑。他跑累了就走。当四周霓虹灯初亮，他走到尽头，发现眼前的风景似曾相识。眼前是上野车站附近。

当时不是暑假，穿着一件汗衫的少年在街头徘徊，说不定会被抓去做少年辅导。田村弯着腰走，想找一个藏身之处。总之，他当时不想回宿舍，也不想再看到公司的人。既然和上司撕破脸，回去一定得受罚。田村有些自暴自弃，不愿再想后果。

他躲避穿西装通勤的上班族，钻进小巷弄。绵延不绝的巷弄拥有不可思议的魅力，每往内踏入一步，就感觉日常生活、常识、自己的立场都被一一甩开。

他想起过去中学老师总是严格遏止颓废的风纪。或许这就是颓废，让充满好奇心的少年想踮起脚尖一窥究竟。他被土里土气的乡下城镇所缺乏的魅惑气氛吸引，在一间挂着称不上好看的木制广告牌的店门前停下脚步。

“爵士乐咖啡店 Journey Guitar”。[1]

一块用深绿色油漆随意涂过的实木上，这几个深红色文字被一道白框圈起。假如电灯泡的光没打在上面，它应该会完全淹没在黑暗之中。

白框格子门的玻璃处，挂着一块塑胶板，上面写着咖啡六十元。对日薪两百四十元的田村来说，六十元是一笔不小的花费。但店内流泻出的音乐，使他心情高昂。

他把手伸进作业裤的口袋，只摸到一个五块钱的铜板。这是他原来打算买明信片寄给故乡母亲的钱。只有五块钱什么也做不了。即使如此，对店内情况好奇不已的田村还是迟迟无法离开店门口。

“哎，你对爵士乐有兴趣？”

他吓一跳连忙回头，一名穿着淡桃红色洋装的女性站在稍远处。猛一看深红的口红和她的年纪很不搭，但仔细观察似乎也还好，只是她脸上还带着稚气。

“爵士乐？这就叫爵士乐啊？”田村带着故乡口音呢喃。

“你也是东北人？”女性瞪大眼睛跑到他身边。

“你也的意思是，大姐姐也是？”

“啊……不、不是，不是。”她急忙否定，拉着田村的手臂，打开咖啡店的门。

“里面余味弥漫，我这才想起脖子上挂着毛巾，赶紧捂住口鼻。那

[1] 爵士乐咖啡店（ジャズ喫茶），以鉴赏爵士乐为主的咖啡店。

家店面不宽，倒很长。”田村形容他当时的感受，大姐姐肌肤的柔软触感、初次听到的爵士乐、咖啡和烟臭味全部杂糅在一起，形成一种独特的氛围。

“五点过后，店里的咖啡时间结束。”

“于是就变身成酒馆，对吧？”说到爵士乐，浩二郎觉得波本威士忌可能比咖啡搭。

“五点前，点一杯六十元的咖啡可以泡上一个小时。但变成酒馆的时候，价钱就是咖啡的十倍起跳。店内昏暗，我们坐在最里面一桌，稍微让我放松一些，但接着我开始担心钱的问题。”田村老实地对她吐露，自己身上没带钱。但她毫不在意，恣意点了咖啡和赤玉红酒。

“强势。”

“对，这种强势的感觉让我渐渐感到害怕。从她稚嫩、清爽的外表看不出她会这么做。当时我还小，不懂女人，我甚至幻想她会不会敲我竹杠，让我欠下大笔债务，最后连我们家那点田地都被她抢走。”

“您的委托与她有关？”

“没错。我虽然对我太太说，她是我的恩人，但或许算是我的初恋吧，虽然是只见过一次面的女性。”

“您和她之后再也没见过面吗？”

“半小时，我们只同桌半小时，这或许有点夸张，但那半小时彻底改变了我的人生。”

“一点也不夸张，田村先生。”

浩二郎认为，与影响自己人生观的贵人见面，完全靠缘分。而且那样的邂逅与见面的时间长短或次数多少完全无关。只要能产生共鸣，哪怕只有一刹那，就已足够。人生就是会发生这样的事情。

田村同意浩二郎的观点，他点点头，享用浩二郎妻子三千代端来的煎茶。接着，他继续说：“当我逐渐习惯烟味、音乐后，总算敢正眼看她了。店内光线昏暗，她的白皙脸庞逐渐浮现，很漂亮，看得我小鹿乱撞。”

田村害臊地说，现在回想起来，他终于了解了原因。因为她显现出一种在他的故乡或职场上的女性所没有的美艳。

“面对年纪比我大的女性，我根本不知道该说什么，只好和其他客人一样，听着爵士乐。”田村说，过了三首歌，她才开口，声音非常清脆。

“她坦承，自己也是从仙台搭就职列车来到东京的。她很喜欢读书，很想去学校上课，所以在一间肯让她去高中夜校上课的料亭当服务生。那间料亭除了比较忙的日子，都允许她去学校上课。”

此后三年，她认真到学校上课，就在剩一年就要毕业的春天，仙台的父亲因为脑溢血倒下。性命保住了，但从此躺在了床上，治疗和照护的费用需要她帮忙。

即使她退学，从早到晚都在工作，以料亭服务生的薪水来说，顶多只能寄五千块回去，她必须转往薪水更高的行业。在料亭客人的介绍下，她决定在银座的酒店工作。下定决心的当天，她碰巧遇到田村。

“她说，她因为江利智惠美的歌喜欢上爵士乐。而且那天是她第一次喝红酒。她当时十九岁，那晚或许是她下定决心与自己青春岁月告别的日子，她心里应该相当不安。”

田村猜想她当时或许是想借由喜爱的爵士乐，舒缓自己寂寞又不安的心。“她说，她看到我穿着白汗衫呆立在爵士乐咖啡店前的样子，让她想起故乡的弟弟。”除此之外，她再也没有提到关于自己的事。

“连名字也没说吗？”情报太少了，浩二郎心想。

“关于她自身的事情，就只说了这么多。”

“这样啊。田村先生觉得她有恩于您，为什么呢？”浩二郎把按下录音键的录音笔挪到田村旁边。

“你读哪间学校？”她转向田村。她只喝一口红酒，却满脸通红。白皙的皮肤更衬托出她的红颜。

“照约定，应该要让我去上高中夜校的……”

“被骗了吧？很常有的事。”

“而且，我已经不能回公司……”

“因为你和里面的人吵架，跑出来了？”

“你怎么知道的？”

“你的背上沾着泥土，而且没有人穿着汗衫来爵士乐咖啡店喝咖啡的，又不是战争刚结束。你的裤子上都是木屑，应该是木工的学徒，不是什么公司，你想说的应该是没办法回去见木工师傅吧？”

“大姐姐头脑真好。”田村告诉她，他自四月起在木材加工公司工作，因为向公司争取去高中夜校上课，结果遭到孤立。

“把工资存下来，靠自己的力量念高中。先进去念再说，门禁的事再想办法不就得了。我想学校老师一定可以通融。所以，你现在立刻回去，然后跪在地上道歉。”

“跪在地上道歉？我才不要！”

“听我说，你回去这么做，留在公司继续工作，然后把高中读完，一定可以找到你想做的工作，我保证，相信我。”她的眼神十分真诚。她的表情严肃到田村无法反驳。

“好，好啦，我知道了，大姐姐。”他喝了人生中第一口咖啡，觉得好苦。

紧张的情绪稍微得到放松，田村起身小便。回到座位时，她已经不见了，桌上只留下一只他从未见过的纸鹤。

“这就是当时的纸鹤。”田村放在浩二郎等人面前的纸鹤，形状确实和一般的纸鹤不同。喙、尾巴、羽毛和一般的纸鹤一样，但背部呈四角形凹槽，可以放小东西。

“对超过四十年的东西而言，这纸鹤保存得真好。”

“是的，我很小心地保管。她当时把一张折叠后的百块钞票放进凹槽。”她已经付完自己的红酒钱，并替田村留下咖啡钱。

“我听她的话，回到公司后立刻下跪，求他们不要解雇我。薪水扣掉寄回家的部分，剩下的我全拿去缴一个月一千三百元的学费。高中夜校毕业后，我换到建设公司工作。二十岁的时候，我正式成为木工学徒，一步步朝建筑师迈进。”

将公司交给儿子，事业告一段落，他回首自己的人生，发现“爵士乐咖啡店 Journey Guitar”的邂逅是他人生的转折点。

“扣掉咖啡钱六十元，我还欠她四十元。我最大的心愿就是能当面向她道谢，并归还这四十元。”田村深深点头。

“我了解了，这个案子我们接下了。”

“谢谢你，太好了。”看到田村松了一口气，浩二郎觉得，他对那名女性的感情是真的。

“根据征信业法规，待会儿要请您签合约。对了，这只纸鹤可以打开吗？”

“请。为了找出线索，我也曾打开过，里头有一段手写的诗。还有，这种纸在当时来说质量不差。”

浩二郎缓缓展开纸鹤，将它还原成边长十五公分的正方形，并看了上面的文字。

“原来如此，这是一首诗。”

5

“案名就取作‘折纸鹤的女人’。不过昭和四十年，怎么感觉不是很久以前的事。”浩二郎在傍晚的案例报告会议中，对所有工作人员说出自己的感想。

“因为那个时候浩二郎大哥已经出生了，但对我们这些还没出生的人来说，还是觉得年代久远。”由美像是替所有人发言似的说。

“原来如此，或许。”浩二郎苦笑。

“我觉得很有真实感。”声音浑厚的雄高，表情认真地发言。

“真实感？”浩二郎抚着下巴问道。

“嗯，像职场霸凌也是啊，现在还是有。还有，比如说不上进的人可以去念大学但只顾着玩，真正想念书的人却为了家人的生计放弃升学。我觉得这种不合理的事一直都存在，和年代无关。”

“很像雄高的解读方式。”虽然浩二郎不了解演艺界的生态，但一想到雄高直肠子的性格，多少也能想象雄高有多难生存。喜爱时代剧的浩二郎衷心希望雄高保持这样的个性，然后在演艺界大放异彩，继续把时代剧的精神传承下去。

“线索是昭和四十年五月二十五日星期二，一名女性来到上野车站附近的‘爵士乐咖啡店 Journey Guitar’折了一只纸鹤。”

“谁知道这只纸鹤的折法？”雄高将浩二郎展开的纸鹤复原，并伸出长长的手臂，把纸鹤放在桌子正中间。由美拿起纸鹤端详一会儿，传给一旁的佳菜子。

“可能折纸教本上面会有，感觉好难。”从佳菜子手上接过纸鹤的三千代说。

“我试着还原好几次，步骤确实很麻烦。用一般的折法没办法折得那么漂亮。”雄高回应三千代。

“而且她是在田村先生去上厕所这段时间折好的。把店内拥挤的情况考虑进去，田村先生上完厕所回到座位也要五六分钟吧。”

女性在这段时间折好纸鹤，放入百元钞票，接着到柜台付完红酒钱，离开店内。

“算一算，她大概只花三分钟就折好了。”雄高皱着粗眉，仿佛在说这怎么可能。

“说不定她折习惯了。”

“就跟无聊时转笔一样，她可能只是顺手折一折而已。只是一个癖好。”由美试着转笔，但转不好，便停下。

“还有这首诗。”浩二郎把纸鹤展开，还原成一张纸，再传给大家看。

□□川的　清流映颜
青年之声　朗朗高昂
放眼世界　胸怀大志
啊啊　星云之光在此

“看起来后面还有，不过被裁掉了。开头的两个字无法判读，若能知道，就可以推断出这首诗在吟咏何方。”

如由美所说，若能知道诗人指涉的风景，就能作为调查的线索。

“会不会是抄写的谁的诗作？”雄高开口。

“她的写法不太像是抄的。抄的话，应该会把原来的诗句摆在旁边对照吧。”

铅笔字迹由女性执笔，写得很整齐。

“那个。”佳菜子仍跟往常一样，说话很小声。

“提到文字，还是要请教佳菜。你发现什么了吗？”浩二郎询问佳菜子。

“太硬了。”

“太硬？很有趣的意见。”

“就诗而言，感觉不到情感的起伏，虽然可以读懂她的文意。”

“还称不上是诗人。”由美开玩笑地说。

“不是写得不好，只是不太能打动人心。而且……”

“而且什么，你尽管说。”

“感觉不像女生写的。”

浩二郎心想，这首诗的确感觉不出田村先生形容的艳丽感。

“确实比较像男生写的。”

“所以我在想，这会不会是校歌。”佳菜子眼睛闪亮地说。

“对呢！‘啊啊／星云之光’，听起来是校歌才有的句子。听佳菜子这么一说，除了校歌之外还真想不到其他可能。”由美点头。

由美的反应有些夸张，她大概故意找机会称赞佳菜子。浩二郎认为由美正在用自己的方式，帮佳菜子增加她的成就感，肯定她存在的意义，缓和她的精神创伤，帮助复健。

“只要调查校歌，就可以找出学校。”雄高兴奋地说，“不过为什么要用铅笔写下校歌呢？看起来不像奋笔疾书，也不像抄录。再说，特地写下学校的校歌也太……”

“这种纸的触感和我上次买回来的和果子的包装纸的触感很像。”三千代缓缓开口。

“我看看……表面光滑，里面粗糙，真的有点像。”

“对吧，一定是某家店的包装纸。”三千代露出开心的笑容。

她的表情比过去丰富许多。顺利的话，或许今年就可以不用定期回诊了。

“我去找人仔细分析一下吧，虽然过了四十年，但它一直维持纸鹤的状态，说不定能找出什么线索。”

浩二郎委托京都科学搜查研究所的前研究人员茶川大助。茶川现在担任大阪某工业大学的讲师，教授指纹辨识的安全系统等课程。浩二郎相信凭他以前在一线办案所培养的鉴定力，至今应该宝刀未老。

“雄高负责调查校歌。目前也只有这条线索了。”

“我知道了，我先从校歌歌词中有东京的某条河川做开头的找起。”

“开头是什么川，就京都来说就是加茂川之类的。”

“不过，这位女性读夜校。如果锁定昭和四十年的东京都，以及她通勤范围内的高中夜校，数量说不定比想象中的少。”

“由美真聪明。还有，她在一家可以让服务生包吃包住的料亭工作，而且下午五点多来到上野周边，只要寻找这个范围内的高中夜校，会比找整个东京的快。以上野车站为中心，慢慢扩大调查范围是最有效率的找法。”

6

隔日，雄高一进事务所，立刻打电话给东京都的教育委员会，询问昭和四十年的高中夜校。对方调阅资料似乎花费不少时间，最后雄高总算拿到一张写有一百二十一所学校的一览表。据说目前这些学校少了将近一半，有些后来转型为日间学校。雄高以上野车站为中心点，由近及远，一所一所打电话给学校，念出那段诗，询问是否为该校校歌。即使对方回答不是，他也会询问对方对这段歌词有没有印象，尽可能地挖掘线索。

中途，佳菜子和三千代也来帮忙。但一直到中午，他们仍然没找到符合的学校。

浩二郎一边关心大伙的进度，一边联络茶川，向他提出分析纸张的要求。根据保密义务，浩二郎无法提供委托人的详细情况，但给他提供了最大限度的情报：可能是昭和四十年，某家店使用的包装纸。茶川一开始听到纸张年代久远，似乎意愿不高，不过最后仍答应傍晚和浩二郎约在他常去的居酒屋见面。

浩二郎想象着一名少女搭着集体就职列车来到都会区的心情。她为了帮父母分担家计外出赚钱，又因为父亲生病，放弃把高中夜校念完，这三年她究竟是怎样度过的……

江利智惠美的歌似乎带给她勇气，使她奋发向上。江利智惠美好像也是为了家计，从小学开始就在美军基地唱歌。或许她在听《田纳西圆舞曲》时，想象自己的身世就和江利智惠美一样。但是爵士乐和古典音乐不一样，古典音乐是上流文化，而爵士乐是大众文化，不，甚至被划分到小众音乐里面。年轻女性应该会对进出爵士乐咖啡店感到排斥。才离乡三年，她已经学会怎么抗拒社会贴给她的标签了。即使如此，换跑道做陪酒小姐的她，内心想必十分不安。

硬喝不会喝的红酒、折纸鹤、手写校歌、退学，浩二郎感受到她的觉悟，心想，那到底是当一个夜街女郎活下去的觉悟，还是逃离宿命的觉悟？

她是为了家人，还是为了自己？若是前者，她就会踏入酒店一途；若是后者，她大概会抛下一切，流浪到其他城市——这样的思考会不会太跳跃了？她教导少年田村学习的重要性之后便不告而别，这个举动似乎不太自然。

浩二郎想请人泡杯浓烈的黑咖啡。他看向由美的桌子，但她不在座位。

“由美去西阵的‘K缝制’了。她那边似乎也还没有好消息。”

“K缝制”专门生产神社护身符，从图案设计到缝制一手包办，据说市占率高达九成。为了请他们鉴定岛崎智代交付的那只少年护身符，由美一大早就出发了。

墙上的时钟显示，再过几分钟就是下午一点。

“大家先去吃午饭。”浩二郎催促众人吃饭。

回忆侦探社的员工常常热衷工作到忘记吃饭，忘我地埋头苦干。

下午四点，关于高中夜校的调查结束，最后还是没有找到与纸鹤上诗句相符的校歌。

由美那边也挥棒落空。对方核对早期的样本，但不管从材质还是缝制来看，他们确定这只护身符不是由“K缝制”制造。对方推测，这很可能出自极少数区域限定的手工制作护身符。更别提塞在里面的那张纸上的文字，他们也没见过。

穿过高枧车站的复合式商业设施，人烟逐渐稀少。浩二郎脚步沉重地走在狭小的巷弄中。时间一点一滴地流逝，虽然他已有心理准备线索不好找，可是没想到连蛛丝马迹也没有。

现在只能依靠茶川的鉴定力了。茶川常去的那家店，浩二郎去过两次。那家居酒屋只卖关东煮，章鱼堪称一绝。浩二郎心想，吃了好吃的章鱼，脑中说不定会浮现什么好点子。他打起精神，穿过门帘，推开拉门。

“噢，浩二郎。”茶川举手示意，他面前摆了几乎饮尽的大啤酒杯。

吧台座位的尽头有一个日式包厢，茶川正盘腿坐在矮桌前。茶川喝到连自豪的光头都潮红，看来心情大好。他六十二岁，每次见面都精神抖擞。

“好久不见，有三个月了吧？”浩二郎脱鞋，走进包厢的矮桌前坐下。

“上次见面是科搜研校友会的时候。”

“上次校友会，多谢你帮忙。”

京都科搜研校友会每两年召开一次。上一次，茶川初次以校友身份出席，顺便邀请浩二郎一同参加，趁机帮他宣传回忆侦探社。

“你谢过很多次啦，不用客气。”茶川又点了两大杯啤酒。两人举起酒杯干杯。

“如我在电话中所说，有一张保存超过四十年的包装纸，不知道可不可以从中找出一些线索。”

“来，先吃章鱼嘛，那个晚点说。”茶川劝菜。

“开动了。”浩二郎盘腿坐，把盘中的章鱼串送入口中。

“超过四十年的话，不太容易。”

“还是请你先帮我看看，保存状态非常好。”浩二郎从提包中拿出装在透明塑料袋中的纸鹤，递给茶川。

“原来如此，这只纸鹤确实长得特别，背上还真的可以放小东西。长方形的纸张被裁成正方形，再折成这只纸鹤，这人手工很细。”

茶川拿起塑料袋透过日光灯观察纸鹤，那场景确实很像现任科搜研的人员正在鉴定鉴识官从案发现场采集回来的证据。

“这个人很可能在两三分钟内折完这只纸鹤。”

“没有重折的痕迹，折痕精准，若非平常熟练，不可能办得到。”

“茶川先生，它并非命案现场留下的证物，可以拿出来看，没关系。”

“是啊是啊，哈哈，我还当你是刑警呢。”茶川搔搔头，大声笑起来。

他把纸鹤完全摊开后，笑容消失，取出随身携带的放大镜。

“浩二郎，你看这张被裁切过的纸，纤维的部分已经看不太清楚了，不过这里面藏了一条大线索。这是某个图案的一部分。”茶川为了掩饰兴奋，特地压低了音量。

7

“图案？”浩二郎探出身子问。

“虽然这图案变得和我的头发一样稀疏。”每次醉意一来，就变得口齿伶俐的茶川开玩笑道。但以茶川的情况来说，已经不是稀疏，应该是光秃吧。浩二郎把这句话吞下，露出苦笑。

“这张被裁切下来的纸上印着某个主图。图案下面有一串弯弯曲曲延伸下来的东西，我猜应该是藤蔓之类的，你看。”

浩二郎接过放大镜和将纸鹤展开来的纸片，注视茶川指出的部分。颜色褪掉很多，但确实很像藤蔓类的植物，上面还有类似藤蔓叶子的图形。

“大概是图案逐渐模糊，再加上折痕的关系，所以你们才没注意到。当然，也可能是因为你们太在意上面的文字了。”

浩二郎为了掩饰难为情，把手伸向啤酒杯，但伸到一半停下来。他已经好几年滴酒不沾，连应酬也不例外，从未带着酒臭味回家。

“对了，你太太还没复原吗？刚才干杯的时候你也只抿了口泡沫。抱歉，给我吧。”茶川把啤酒杯拉到自己面前。

“不好意思，我应该一开始就拒绝……”

“别在意，你爱老婆的形象在科搜研有名得很，特别受女性好评哦。话说回来，你太太不是好很多了吗？”

“对，她复原得比我想象中的还要好。”说不定浩二郎比三千代更难压抑想喝酒的欲望。他怀疑三千代偷喝，可能只是自己内心的投射。

“小朋友的事，还是没有进展吗？”

茶川亲昵地称浩志“小朋友”。浩二郎没来由地很喜欢他说这个字眼时的语调，充满田园风。茶川出生于祇园的烟花柳巷，家中代代经营一间什货老店，专门贩售艺伎的用品，现在由姐姐、姐夫两人继承。

出生于这种家庭，却从事与警察相关，而且是科搜研这种毫无趣味可言的工作，亲戚们不约而同地认为，茶川实属家族异类。茶川笑说，但大家并不因此讨厌他，反而时常围着他发问，好奇他的工作内容。茶川家的家风或许仍保存着古都的优雅以及包容的气质。

“我现在没办法处理我儿子的案件。”

“我知道，生意太好了。别着急，等新的证物出现，我一定尽全力帮你。”

“谢谢你，我一定要替我儿子报仇。”

“毕竟，如果小朋友不是自杀，就代表嫌犯至今还逍遥法外。”茶川举起浩二郎的啤酒杯，一饮而尽。

茶川答应浩二郎回去仔细调查这个图案，大概两三天就可以通知结果。浩二郎留下还没喝够的茶川，自个儿走出店门。湿漉漉的热气打在他的脸颊上，已经九点多了，却一点凉意都没有。

他并没忘记浩志的事。但茶川的这番话，让他重新发觉，原来自己内心有一部分并不想继续调查浩志的案件。

若浩二郎重新调查浩志的案件，一定会影响三千代的精神状况，这是他最害怕的事。不管自杀或他杀，浩志都已经不在人世，这不会改变。浩志的肉身虽已不存在，但三千代在心中为他留下一个位置，若这时再去搅动，说不定会动摇她逐渐安定的精神。

我需要坚强的心灵

遭遇困难，宁大勿小

遭遇艰难，宁深勿浅

浩志在计算机中留下这段老成的文字。

负责此案的警官解释，这是他在吐露内心的脆弱。当时浩志就读的高中，有一名学生遭到暴力霸凌。警官透露，浩志和那名受暴的学生是亲交，他十分懊恼自己不能阻止这件事的发生。

“他的正义感太强了。”滋贺县警对三千代这么说。

遭受暴行的少年虽然退学了，但现在还活着。假使那名少年因为遭受暴行而死亡，浩志或许会认为自己该负些责任，但不至于赔上性命。可是，浩志一个人来到琵琶湖畔却是事实，而且没有任何被强制压入水中的迹象。浩志就这样在一片没有危险性的水域中溺死了。儿子的游泳技巧好不好，浩二郎一无所知。但他应该具备普通高中生的游泳能力，至少可以轻松横越五十公尺的游泳池，因为他曾听三千代描述过浩志在游泳比赛中的英姿。

首先，浩志被发现时的模样就很可疑。他上半身脱光，下半身穿着裤子。警方认为，在寒冬时节投身入湖本身就与自杀无异。

“我儿子绝不会自杀。”浩二郎强调。

“但浩志身上没有外伤，也没有第三者的目击证言。他一个人在天寒地冻的时候来到湖边，有何目的？”面对警官的质问，浩二郎哑口无言。

回想起当时的不甘心，浩二郎的胃又犯疼了。总之，现在必须集中精力在田村的委托上，只要锁定目标，之后交给雄高处理就可以了。后面还有岛崎智代的案件等着呢。他快步冲上高槻车站的阶梯，站在月台上，全身冒汗。浩二郎找到一台自动贩卖机，买了一罐茶，接着一口气喝光。

8

两天后的下午，一名前高中夜校的老师对于折纸鹤的女性在纸上写下的歌词有了回应。考虑到接电话以外的职员也可能知道相关线索，雄高把歌词传真给每一所学校。而且学校常有人事调动，所以未必要限定上野车站周边的学校。

恰巧雄高不在事务所，浩二郎接起电话，电话中传来一位妇人的沉稳嗓音。

“这首歌真令人怀念。”简单打过招呼后，对方自称是前教员，叫作麻野利江，她感慨万千地说出对这首歌词的感想。

“所以真是校歌没错？”浩二郎有些兴奋。

“这是押上高中夜校的校歌，不过那所学校已经废校了。”

“押上高中夜校离上野车站很近吗？”浩二郎坦承自己对东京的地理不熟。

“歌词开头有一条漏了两个字的河川，那是隅田川。穿过隅田川上的言问桥可以到浅草，再往前直走就能抵达上野。”麻野说，这勉强算是步行可达范围。

原来是“隅田川”啊。浩二郎在心中补齐歌词开头的两个字。“麻野女士，您过去曾在押上高中夜校教课吗？”

“没错。那是我任教的第一所学校，共教三年。第二年就是昭和四十年，学校决定创作校歌。”

“校歌是在昭和四十年创作的？”

与田村遇到那位女性的时间点相符。

“对全日制高中来说，有校歌是很理所当然的事，但夜校就不一样了，不是每所学校都有校歌。当时学校决定我们也来写一首校歌，歌词就向全校学生征文，招募对象不限学年，每个学生都可以投稿。”

学校原本拜托教国文的麻野写歌词，但她提议让学生投稿。

“因为学生大多没自信，我希望通过诗作，激发他们对自己的期望。”

四月开始征文，五月底截稿，共募集到三十二首诗。麻野回忆，当时全校学生不过七十人，感觉得出学生们十分重视这件事。

“大家平时工作很忙，能来上课已经十分难得了。我觉得大家都好认真。”

麻野说，她现在仍保存着那三十二首诗。这三十二首诗象征她参与创作校歌、见证学校历史的过程，以及学生们投注的热情，她说什么也不会丢弃。

“最后，我们采用了某位女学生的诗。”

“就是我们传真过去的那首诗吧？”

“是的。很遗憾，那位学生五月就退学了，我们还来不及告诉她获选的事情。”

“您说她五月退学，”浩二郎有些激动，“您知道她的名字吗？”

“知道，她叫石桥笙子。”

“她当时在哪里工作？”

“我记得是隅田川边的一家纸箱工厂。”

“纸箱工厂吗？不是在料亭之类的地方上班？”

“不是，笙子长得像橡皮球一样圆滚滚的，她自我介绍的时候说：‘我在纸箱工厂工作，但不要把我看作橡皮球。’[1]逗得大家哄堂大笑，她是在南国长大的开朗女孩。”

“南国？”

“她是小仓出身，现在住在北九州市。”

麻野至今仍会和她互寄贺年卡。

“如果可以的话，请告诉我她退学的原因。”

对方是折纸鹤女性的概率越来越小。即使如此，浩二郎仍不放弃寻找连接。

“她母亲生病了。她是单亲家庭，妈妈复健，没办法下田工作，她还得照顾妹妹。”

浩二郎佩服地说：“您记得真清楚。”原来她在每首诗的后面写下了每个学生的特征。自己掀开谜底的麻野在电话那头高雅地笑着。

“还有其他也在五月退学的学生吗？”

“这个嘛，其实五月共有二十多位学生退学，他们大部分都没有

[1]纸箱（段ボール）和橡皮球（ゴムボール）发音近似。

投稿……”

“没有投稿就表示您没有记下他们的特征？”

“印象很模糊，毕竟已经是四十三年前的事了。不看记录还能记得的学生，大概只有像笙子这样还在联络的而已。有读到毕业的学生，就会在毕业纪念册或文集里留下资料。”

浩二郎在不违反保密协议的范围内，告知委托人他正在找一名女性，麻烦麻野代为联系石桥笙子，或者由回忆侦探社直接打给她也可以。

折纸鹤的女性可能没对田村说实话，直接确认是最好的方式。

“我知道了，我会替你们问笙子，然后再联络你们。”

浩二郎再三道谢，放下话筒。

约莫一个小时之后，雄高结束拍戏，进公司上班。会操竹竿撑船的雄高常被调派到伏见港遗迹，拍摄摆渡船的场景。当然，他饰演无名船夫，也没有台词。但只要接到通知，他总是毫无怨言地抓起竹竿。

“感觉离线索又靠近了一步。”雄高听完浩二郎描述麻野在电话里提供的情报后，说出他的感想。

“至少追踪到四十三年前创作校歌歌词的女生。歌词抄在纸上，再折成纸鹤，她和那张纸之间应该有某个连接点，我们算是往前迈出一步了。”

说到这里，电话响了，是茶川打来的。

“发现一件有趣的事情了。”

“什么事？”浩二郎按捺不住激动的心情询问。

“为了让图案浮现得更明显，我拿去扫描影印，结果发现这张纸对热有反应。”茶川说话总是没头没脑，浩二郎回想起以前茶川在搜查会议上，常劈头就说出莫名其妙的话。

“什么意思？”

“我就把它拿去分析，结果检验出氯化钴和阿拉伯胶。”

“可以说得直白一点吗？”

“火烤字啦。”

“火烤字？你是说用橘子汁写在纸上，然后用火将字烤出来？”

“小学生程度用橘子汁就够了，这张纸还蕴含其他巧思，虽然经过四十三年，劣化很严重，不过我还是判读出了上面的文字，厉害吧？”

“看来你要吃章鱼或者鸡蛋都没问题，我请客！”[1]

“去啤酒花园好了，啤酒喝到饱。”

“好，那你判读出的文字内容是什么？”

“我立刻传真过去，收到再打给我，打大学那个，直拨的。”

浩二郎挂断电话，走到传真机前等。没多久，传真送过来了。浩二郎回电给茶川：“山边落洒北时雨，山边落洒北时雨。前途茫茫犹未定。”他先把传真内容念一次，接着说，“这是什么，好像也不是短歌。”

“我也不知道，所以我跑去问大姐。”

他指的是自己的大姐，继承祇园店铺的女性。她比茶川长四岁，年届六十六，是教长呗三味线的老师，听说对俳句、和歌、能、狂言都有涉猎。另外，茶川还有一位大他一岁的二姐，家中共三位兄弟姐妹。

“有什么发现吗？”

“大姐真厉害，浩二郎你不觉得吗？”一向很敬重大姐的茶川自豪地说。

[1]章鱼（タコ）和鸡蛋（たまご）发音近似。

“当然当然，可是你还没回答我。”

“歹势歹势，这是谣曲[1]，听说是某部能乐的开头。”

“原来是能乐。”

“浩二郎不也是京都人吗？偶尔也得接触这些高尚的古典艺术才行。”

“你说得是。”

“多少也会有帮助。我以前去过能乐堂。不过很遗憾没看过能乐，也不是很懂。”

茶川担任科搜研分析官的时候，曾经大展身手破解一桩现任能乐师在能乐堂舞台上伪装自杀的案件。他时常在酒席中提起这件事。

“那段文字的出处是？”

“大姐说，这是出自谣曲《定家》的开头片段。”

“你说的‘定家’是镰仓时期的歌人藤原定家吗？”

“哦，你懂得不少嘛。这出剧开头是几个正在行脚的僧侣，在京都的千本遇到时雨[2]。”茶川慢慢道出大姐告诉他的故事概要。

僧侣躲雨时，一位乡下姑娘出现，告诉他们这里是藤原定家建造的凉亭，并带领僧侣们参观与定家相恋的式子内亲王的坟墓。姑娘告诉僧侣们定家和内亲王的恋爱故事，并说内亲王死后仍思念定家，她对定家过于执着，化为葛藤，缠绕在坟墓上，语毕便消失无踪。

“其实那个姑娘就是内亲王，她对僧侣发出求救信号，又回到坟墓，很悲惨。再来就是能乐常有的桥段，僧侣为她诵经祷念，内亲王的幽灵从坟墓中出现，诉说自己的过去，接着又回到原来的归处。整出剧的故

[1] 能乐的剧本。

[2] 秋冬之际的阵雨，也有落泪的意思。

事大概是这样。和这次的纸鹤案件最有关联的地方就是剧中出现的葛藤。如此一来，藤蔓类图案的谜题就解开了，那是定家葛，真有这种植物哦。”

“真的？”

“我没说谎也没绑过光头的头发[1]。话说回来，我本来就没有绑过头发。那张纸的右上角有一个图案。”

“右上角？”浩二郎想，右边并不是裁切处。若有图案，自己应该会发现才对。

“哎呀，没发现就算了，用不着沮丧，不是你们眼睛有问题。”

浩二郎早已习惯茶川的毒舌，他更在意纸上的图案。

“那是月亮，但画得太大了，不特别注意反而认不出来。我也看不出来，只觉得那块地方脏脏的，用X光照射之后才发现它的圆边。”

“在葛藤和月亮的图案上，烤出谣曲《定家》的文字，真的很讲究。那张纸到底原来是做什么用的？”

“目前还不知道。不过既然原理是利用热源烤字，我猜是盖在热菜上的东西，就好像吃高级法国料理时，不都会用一个圆顶形的金属盖覆在料理上吗？”

“噢，你是说保温盖。”

“什么嘛，原来你是美食家啊，这样你应该懂吧。这张纸盖在料理上，一来防尘，二来遇热时还会慢慢浮现文字，然后逐渐消失。这是餐厅的巧思。而且还用葛藤和月亮的图案。”茶川停下来喘口气，“在谣曲《定家》这出剧中，葛藤是很重要的道具。剧中有句话这么说：‘昔日，松风萝月长促膝，翠帐红闺共枕眠。’”

[1]“嘘と坊主の髪はゆうたことない”，日本谚语，指从未说过谎。说谎和绑头发的发音相同。

“不太懂。”

“萝月就是透过葛藤看到的月亮，是诗歌用语。”

“和葛藤、月亮的图案相符。”

“既然设计图案的人讲究到这个地步，你猜会不会和他们的店号有关？”

“你的意思是，那家店的店号可能是松风或萝月？”

“剩下的就交给你们几个大侦探了。啤酒喝到饱，麻烦啦。”

茶川还没听完浩二郎说“包在我身上”，就挂断了电话。浩二郎一想起已过花甲之年依旧精神抖擞的茶川，就不由得露出了微笑。

9

雄高在上野车站下车，第一个前往的地方，就是浩二郎说立于车站前的《啊，上野车站》歌碑。

歌碑的后面有一个纪念浮雕吸引了他的目光。那座浮雕刻着集体就职的一行人刚到站的模样。带头的人拿着一支不知是旗还是幡的东西，后面跟着一群少男少女，脸上不见彷徨，甚至还带点期待。歌碑下有一张作为纪念雕刻模板的原始照片。看到这张照片，雄高更能确定他们心中充满激昂。

因为各种理由离开故乡、年约十五岁的这群人，看起来比现在的少年更成熟。大概是因为即将成为一家的经济支柱，由此感到骄傲吧。不，他们不得不感到骄傲，否则无法斩断对故乡的思念。

雄高二十二岁离开九州，怀抱着成为时代剧演员的梦想来到京都车站。当时，他的心境与这些人不同。若要说两者的共同点，大概就是“梦想”。但雄高的梦想是追求自我，没有为家庭、为兄弟姐妹攒钱的制约，也没有那种压力。

这些少男少女必须面对的现实状况比雄高的严苛多了。照片中的这些人，有多少有幸追梦，并顺利完成梦想呢？田村因为折纸鹤女性的一番话，没有走错路。但这些集体就职者或许就没那么幸运，不是每个人都能遇到那样的贵人。

雄高思及此，完全理解了田村为何即使经过四十三年的岁月，也从未放弃想对那名女性致谢的念头。

片场的工作人员曾当面嘲笑甘于当临演的雄高，说他的演艺生涯早就完蛋了。雄高半夜想起这件事，还会气得咬牙切齿。他剑道本领高超，打架也有自信不会输，但他仍咬紧牙关，挤出笑容争取工作，即使他讨厌这样的自己。这是雄高人生最低潮的时候。不过，自从他在浩二郎底下工作，慢慢了解到连侦探社里这些人生的大前辈也有一言难尽的苦恼，而且大家都默默把苦往肚里吞之后，就学习到了宝贵的一课，那就是忍耐。

一定有某些角色，需要超过三十岁的人来演；一定有某些角色，需要经年累月的磨炼才能揣摩得来。这类角色演久了，终究能演出自己的味道。所以，不管是演配角还是演船夫，甚至是浮尸，他都乐意接受。

雄高取出手机。浩二郎交代他，找到歌碑就打电话回来。

“我现在就在歌碑前面。”雄高告诉浩二郎他看到纪念雕刻的感想。

“这样啊，果然还是要在现场看，在网络上根本看不出他们的表情。现在最要紧的就是找到 Journey Guitar，如果可以的话顺便找一下附近的老牌酒馆、香烟店、乐器行，说不定他们有生意上的往来。”

“我知道了。”

“还有，找找看有没有店名包含松风、萝月的料亭。上野周边找不到的话，就去查昭和四十年的电话簿。当地图书馆没有收藏的话，直接去国会图书馆，应该找得到。等一下我就要去小仓了。”

“去和石桥笙子见面吧？”

“嗯，对方爽快地答应了。如果从她身上能问出新的线索，我会立刻联络你。”

“拜托你了。”雄高挂断电话后，决定照着田村的描述，寻找Journey Guitar的位置。

不过，田村说过，他自己也试着找过很多次，无奈附近的街景早已沧海桑田，总无功而返。浩二郎并非要雄高找出那家店，而是希望他能感受上野周边的距离感以及街道的氛围。

雄高从与上野公园反方向的出口离开，走在鳞次栉比的百货公司侧面。大白天，在冷清的巷弄中，可看见几间酒馆的招牌。雄高钻进每一条巷弄，走进营业中的店里探听，但几乎所有酒馆都历经更迭，甚至找不到一家从昭和时期营业至今的店。他心想，难道真的没有像浩二郎说的老店吗？正当他走进不知第几条巷弄时，一家酒馆出现在他眼前。

“不好意思，有一件事想请教您。”他站在店门口喊，一位五十岁左右的女性现身。他递名片给她，同时问道：“我在找一间很久以前开在这附近的爵士乐咖啡店。”

“你是侦探啊，好酷。”女性盯着名片说。

“表面上说是侦探，但不是调查事件的那种，而是帮助客人寻找记忆中的人、事、物。”

她似乎对雄高的说明充耳不闻，用凝望冷硬派推理小说主角的眼神看着他。

“爵士乐咖啡店啊，十年前还有几家。”

“贵店在这里开很久了吗？”

“大概是这附近最老的店。”

“我在找一间叫 Journey Guitar 的店。”

“好像有听过，不太确定。”她含糊地说。

“您有没有认识熟悉这附近老店的人，比方说您的父亲或母亲？”

雄高想既然对方开酒馆，应该会对爵士乐咖啡店、料亭这些卖酒的店有印象，他不想轻易放弃。

“我父亲也许知道。”

“请问他什么时候回来？”

“他住院了，闪到腰。真是的，也不想想自己都七十六岁了，身体那么虚弱，还想搬箱子，这次伤得挺严重的。”

“斗胆请教，有人托我们打听昭和四十年左右的事情，能否帮我问问令尊，我可以和他说几句话吗？”雄高弯折挺拔的身躯，拜托对方。

“干侦探这行也不容易，我帮你问一下，看看怎么联络。”

雄高在另一张名片后面写上自己的手机号码递给她。“请打这个电话，明天傍晚之前我都会待在东京。必要时我可以直接去医院拜访他。”

“你长得这么俊俏，挺适合当演员的。”她笑呵呵地说。

雄高道谢，离开酒馆，往国会图书馆的方向前进。

10

浩二郎从小仓车站转乘鹿儿岛本线，在九州工大站下车时，已经过了下午三点半。

他和对方约四点在车站前的咖啡店“P&L”碰面。浩二郎告诉对方，自己会拿一本京都旅游书坐在咖啡店里。快四点时，一名中年女性一面对着店内张望一面走进来，但不似麻野说的像橡皮球，正好相反，身形非常苗条。

大概不是她。浩二郎把视线移到旅游书上，翻开熟悉的书没多久，察觉到身边有人的气息。

“你是实相先生吧？”

果然是石桥笙子。

“石桥小姐吗？”浩二郎问。

“我现在姓山内。”

“这样啊，石桥是你的旧姓？”

但麻野明明说这几年她们还有互寄贺年卡。

“其实我离过一次婚又再婚，但这件事我并没有特意告诉老师。那段时间我还跑回娘家住了一阵子。对了，我想起一件事，老师以前姓古园，明明是新到任的老师，大家却给她取了一个‘古老师’的绰号，我们反而比较习惯她现在的这个姓哦。”

“原来如此，明明是新任，却叫古老师。”

“很没礼貌吧？”笙子扑哧一笑。

“麻野，不，古老师说她办过征校歌歌词的活动，最后采用了山内小姐的诗。”浩二郎这么问，是为了让笙子回想起在夜校上课的那段生活。

“我回到九州后，隔年才从老师口中听到这个消息，吓了一跳。”

“听说令堂抱病。”

“我们家是单亲家庭，生活全仰赖母亲。不过她长年做复健，身体复原得不错，今年八十岁了。”

“这真是太好了。请你看一下这个。”浩二郎将留下的诗句复印件拿给笙子。

“这就是你在电话中提到，写在纸鹤上的诗句？”

“这上面的字，是你写的吗？”

“这不是我的字。”笙子的视线离开文字后，低头否认。

看到笙子视线移动的方式，浩二郎直觉她有些话没说尽。

“那么，你对这些文字有印象吗？”

“……没有。”

“山内小姐，我今天不是来做犯罪搜查的。如同我之前跟你说过，有一位从高中夜校毕业的男性，由衷地想对某位女性道谢，而这段文字很可能出自她之手。这位委托人在社会上经历了经济高速增长期，在生活绝非富足的环境下努力打拼过来，他一生的心愿就是查出这名女性的下落。山内小姐，不，石桥笙子小姐，你应该能体会这种心情才是。”

“我很了解，感同身受。”

“那可否请你告诉我实情。”浩二郎尽量避免自己的语气流于诘问，轻柔地说。

低头的笙子开口了：“……我猜，这应该是……”

“这应该是什么呢？”浩二郎催促她往下说。

“我想应该是这首诗的原作者亲手写的。”笙子说完，一口气把水杯的水喝光。

“原作者……”浩二郎低声喃喃。

石桥笙子当时住在纸箱公司的宿舍，她从学姐的某位女性朋友那里得到一批教科书。据说那位女性朋友将仅有的薪水都拿去买了书，是位非常用功爱读书的人。笙子当时根本不晓得自己不久会因为母亲生病紧急还乡，在那名女性退学后的五月中旬，她爽快地接收了对方的书籍和笔记本。

“这首诗就收录在她的笔记本中。我没有恶意，只是抱着交作业的心情……”

“结果这首诗被采用了。”

“我压根儿没想到结果。我为了母亲的事已经一个头两个大，根本忘了这件事。”

笙子听说，学姐的女性朋友是个身材苗条的漂亮女生，被挖进银座的酒店。

就是她，折纸鹤的女性。当点和点连成线的瞬间，浩二郎的心情不禁振奋起来。

“那位女性的名字是？”浩二郎语气冷静地问。

“我不记得了。我擅自把这首诗用自己的名义提交出去，没想到会被选为校歌歌词，心里很内疚。”

“所以不自觉地想忘掉这件事吧？”

年过五十的笙子像十五岁少女般低下了头。

“你知道你学姐的名字和住址吗？”

“我要回家找一下才知道。”

“麻烦你帮我联络那位学姐，问她知不知道她那位朋友的名字和住址。”

“我会帮你问问看。”笙子爽快答应。

浩二郎告诉笙子自己的手机号码，结完账后走出店门。走到外面，浩二郎抬头仔细看这家店的招牌“P&L”，当他知道是“Point and

Line”的缩写后，不禁露出微笑。

点与线[1]。松本清张纪念馆刚好也在小仓城。

下午六点，浩二郎在小仓车站买完当地的土特产“鸡饭”和茶之后，在月台上排队等列车进站。正当前往东京的新干线要抵达时，他的手机响了。

“实相先生，我是山内。”电话里传来笙子爽朗的声音。

“我知道，请说。”

“好的，她叫田部井弘惠。田地的田，部分的部，井水的井，弓字旁一个厶的弘，恩惠的惠，弘惠小姐。”

山内说，自从弘惠被挖掘到银座后，学姐就再也没有她的消息了。关于料亭的名字，学姐一时想不起来，过一会儿才又打来说好像叫“鹤屋”，所以才那么晚回电，向浩二郎道歉。

“哪里，我代替委托人向您道谢，谢谢您。”浩二郎对着前端像只鸭嘴兽的新干线列车鞠躬，一旁的小孩不停窃笑。浩二郎走进列车，把便当放在座位上后，直接走向车厢间的通道。他要打电话告诉雄高，那位女性的名字叫田部井弘惠，她工作的料亭店号叫“鹤屋”。

11

“太好了。我去图书馆查那个年代的电话簿，找不到店名含松风或萝月的店。原来是鹤屋啊，也对，既然和纸鹤有关，应该早点察觉。纸

[1]《点与线》为松本清张的作品。

鹤上面的凹槽说不定也和那家店有关系。”雄高在上野的商务旅馆与浩二郎通电话。

“对啊，两分多钟就能折出那样的纸鹤，应该要经过大量练习吧。搞不好每份餐点都要附一只。”

“我想她应该很熟练，才折那么快。”

“田部井弘惠这个名字，还有鹤屋，麻烦你循着这两个线索继续找。”

“对了实相大哥，搞不好我有机会和一个很有意思的人物见面哦。”雄高告诉浩二郎，有一位酒馆老板熟知上野车站一带早期的变迁，“他因为腰部扭伤正在住院，我请他女儿转达我的来意，现在正等着他回复。”

“以前的酒馆和香烟店相当于邻里的情报中心。既然对方是病人，你和对方应对时，要多考虑病人的心情。以后也是，你看我们委托人的年龄层就知道，往后你在调查回忆时，跑医院大概是家常便饭，你可以趁机多学习学习。”

“我会努力。”雄高仔细回想自己跑医院的经验，大抵都是因为感冒、轻伤去看病，还没有住过院。病人的心情啊，雄高很难想象那是什么样的心情。但他认为，不管未来是继续当回忆侦探，还是靠演戏维生，学会替对方着想，总是有百利而无一害的。

他内心期盼，希望酒馆老板肯答应和自己见面。

雄高手机的来电铃声响起。时钟指着八点。他有跑步习惯，平时都六点起床。大概昨晚在不熟悉的地方跑步，太过疲累，所以今早睡过了头。

“侦探先生，早安啊。”急忙接起电话的雄高听到酒馆女性传来精神抖擞的声音。

“早、早安。”

“怎么，刚睡醒啊。我爸说他答应帮忙。”

“太感谢了，请问是哪家医院？”

“御徒町的 S 医院，三楼的 312 病房，我父亲叫砂原谦。和上原谦的谦同字，这点他很自豪呢。侦探先生那么年轻大概不认识上原谦吧？我也是看到‘熟年夫妇旅行’的广告[1]才认识他的。我爸说他下午还要做电疗什么的，早上比较有空。你见到他帮我跟他说，店里忙得要死，快付不起住院费了，叫他赶快回来。拜托了，帅哥侦探。”

梦想成为演员的男人不可能不认识上原谦。正当雄高想插话说“我知道”的时候，对方却早把电话挂断了。

有时剧本的舞台提示会写“说话像开机关枪一样”，雄高想，刚刚就是这种感觉吧。

没想到砂原谦是位帅气的老爷爷。稀疏白发整齐地三七分，鼻梁挺拔，白皙的脸庞还真有几分神似上原谦。他身材矮小，但手臂肌肉隆起，看不出已经七十六岁了。

“噢，你终于来啦。没想到能见到真正的侦探，毕竟这种机会不多。”

“说是侦探，其实……”

“我知道，我不会说出去啦，不妨碍你进行秘密调查。”砂原走出四人病房，叫雄高一起去谈话室。雄高听从他的指示，来到日照良好的约十坪大的房间，在窗边的两人桌旁坐下。老爷爷屁股微微抬高，但看

[1] JR 电车推出的特别企划车票，年纪合计 88 岁以上的夫妇，可以在有效时间内无限次搭乘商务舱。

起来腰已经没那么疼了。

“腰伤似乎好多了。”雄高道。

“是啊，现在能走来这里已经很不简单了，一开始连翻身都不行。好啦，你说，你要问昭和四十年的事情吧？”砂原把脸凑近，低声说。

“您听过一家叫 Journey Guitar 的爵士乐咖啡店吗？”

“当然知道，店主是我的大主顾，跟我买了很多便宜的酒。昭和三十年开始营业，四十二年左右收起来。”

田村记得没错。

“现在那里……”

“在车站附近，变成商住混合大楼了。那附近原本还挺有情调的，没拆掉该多好。改建成公寓大楼后，风景都变调了。”

“有人想找一位只在 Journey Guitar 见过一次面的女性。”

“只见过一次面？”

“只同桌二三十分钟而已。”

“真是潇洒的人。你看看现在的人讲手机，废话一堆。你看像《请问芳名》故事里面的那种感觉多好。《请问芳名》，小兄弟大概不晓得吧？”

“菊田一夫老师的作品，在 NHK 电台播放的广播连续剧，剧中氏家真知子和后宫春树两人不断擦身而过，据说当时播放此剧的时段，澡堂内空无一人，人气之高，至今仍为人津津乐道……”

“小兄弟，你懂得真多，不愧是侦探。”

“我们的委托人不是为了找寻悲恋的情人，而是要寻找重要的回忆，那位女性对他来说很重要。”

“这是好事啊。”

“请问您知道这一带有叫鹤屋的料亭吗？”

“叫鹤屋的有好几家啊。”

“好几家？”

“对啊，据我所知就有三间，目前剩一家还在营业。”

三分之一的概率，越来越接近目标了。

“等一下，鹤屋后面好像还有其他的字，不光叫鹤屋。”

“像京都有一家和果子老铺叫鹤屋吉信。”

“对对，就像这样，叫鹤屋什么的。”

“该不会是鹤屋松风，或是鹤屋萝月吧？”

“噢，就是萝月，鹤屋萝月。我记得汉字很难写，错不了，就是它啦，侦探先生。”

“鹤屋萝月。”雄高感慨万千地复诵。

“不过现在已经收起来了。”

“您知道它的位置吗？”

“当然知道啊。”

雄高询问地点，并记录下来。

“对了，您女儿要我转达，店里忙翻了，叫您赶快回去，住院费快付不出来了。”

“这女人还是一样口无遮拦，连这种事都跟侦探先生说。这根本就是泄露个人资料嘛，你可不要对别人说。”砂原开心地笑道。

雄高觉得这对个性直爽、说话毫不避讳的父女实在很讨人喜欢。

12

鹤屋萝月现在变成了一家超市。雄高到法务局台东出张所调阅法人登记的资料，料亭的登记名称写着株式会社鹤屋萝月，负责人和超市的董事长都姓深水。

雄高为了访问深水，决定直接拜访“Shoppy Hukami”超市。

他向柜台小姐提出想见老板深水的请求，对方要他从后门进去。穿过后门一条通往后院的路，他看见一间疑似办公室的房间。房间没有门，大概是为了防止冷气外漏，门口用透明塑料布做隔间，里面大约有五张办公桌。

“抱歉打扰了。”雄高一面打招呼，一面钻过透明塑料布。

“哪位？我们没有引进新客户的打算。”离入口最近的男性没起身，只转头对他说。雄高递过名片，慎重说明自己并非推销员，而是特地从京都前来拜访董事长深水的，并请该男性转达，此时他们正在找一个人，须和深水见面，有事情请教他。

年轻男性是采购部门的负责人，他把雄高的请求转达给坐在里面的专务。专务年纪不大，在雄高眼中看来和浩二郎差不多，都四十五岁上下。

“特地从京都过来的啊？”看到“侦探”两个字的专务，说话时透露出狐疑的眼神。

“请让我见深水董事长一面。”雄高再度弯腰拜托。

“社长他很忙，你这么冒冒失失地跑来，我也很伤脑筋啊。他现在在店里和银行的人谈事情，我帮你问问吧。”

“谢谢你，拜托了。”雄高再次鞠躬。

没多久专务回来传话。社长说，可以给雄高五分钟时间。

四十分钟后，深水社长在办公室现身。他一看到雄高便说，进去里面的会客室坐。雄高打过招呼后，开始说明回忆侦探社的工作性质，并把委托概要说给深水听。深水戴着黑框眼镜，看起来八十岁上下，感觉是位和蔼的老爷爷。

“昭和四十年前后，刚好是我从父亲那儿继承鹤屋没多久的事。那个时候的我啊，成天埋头苦干。”

“这个纸鹤，是你们店里使用的东西吗？”

“这是用来放给客人清除口气用的上等金平糖的。”

他说，来这里当女服务生第一个要学的，就是折这种背部可当容器的纸鹤。店里忙的时候，一个晚上的宴会可能有超过八十名客人，每位服务生都须学会在一两分钟内折好一只漂亮的纸鹤。

“我们拿到的纸鹤是用一张印着葛藤和月亮的纸折成的。那张纸遇热会浮现谣曲《定家》里的诗句。”

“没想到你还知道那是《定家》里的诗句。鹤屋这个屋号在日本就有好几家，当时登记商标时，我父亲就决定在后面加上《定家》里面出现的萝月二字。我父亲平时喜欢听谣曲，特别喜欢《定家》。他觉得一个人爱得太过执着、想不开的那种愚昧，实在太人性化、太可爱了。”

雄高听浩二郎说过，即使僧侣已经替式子内亲王超度，但她对定家的爱恋依然不减。社长应是在说她吧。

“不过，那张纸不是拿来折纸鹤用的，是用来盖炖煮料理的盘子的。”

他们通常会送一道平时菜单上没有的料理，目的是给客人惊喜。而这张纸，就是用来盖住料理用的。

“我父亲觉得用料理的热气让文字浮现的设计很有意思，他就是这么一个童心未泯的人。不过到我这代，店就收起来了……”

“您记得有一位女服务生叫田部井弘惠吗？”

“田部井弘惠，知道啊。”

“真的吗？”听到深水毫不犹豫的回答，雄高反而被吓一跳。

他问这个问题前，铁定以为社长不可能还记得一名小小的服务生。

“她在我们家工作时，我不认得她。她到银座的酒店工作两年左右，主动联络我，叫我到银座一家叫‘朝雾’的店喝酒。”

“银座的‘朝雾’……”

“她在那边应该相当受欢迎，好像还做到大班的职位。那时我才第一次和田部井……噢，她的花名叫小惠，跟小惠见面。之后，我也常找朋友一起去‘朝雾’。”

“她现在人在哪儿？”

“医院。”

雄高想起浩二郎说过，考量到顾客的年龄层，必定时常碰见住院的人。

“生什么病？”

“好像是肝脏不好。她为了开一家自己的店，很努力地打拼。我开这家超市十周年时，也就是二十年前吧，她在有乐町开了一家酒吧叫‘惠’。”

深水叹气，她酒量本来就不好，应该是硬撑过来的。

“五六年前，她把那家店转给别人，不做了。去年她打给我，说住进K医院，我去医院看她，不过也就这么一次。我看她时，她劈头把我赶回去。我完全搞不清楚状况，心想，既然如此，一开始就不要联络我了。”

“把您赶回去？”

“她的态度非常冷淡。我也吓了一跳啊，从没见过她这样。”

很难想象长年做服务业的弘惠会对前来探病的客人摆出这种态度。

到底发生什么事情了？

“她该不会是不想让您看到她的病容吧？”

“她虽然没化妆，可是天生丽质，我觉得她还是很漂亮。唉，女人心难捉摸。”

13

“请让我多住一晚。”下午五点，雄高回到旅馆向浩二郎致电报告调查内容。

“当然，无论如何都要见到弘惠女士。不，应该说，你就一直待在那儿，直到见到她为止。雄高，做得好，就差最后一步了。”浩二郎措辞慎重，但语气轻快。

“不过有一点我没弄清楚，就是弘惠女士对深水先生的态度。她告知深水先生自己住院的消息，却又赶他回去。”

“这种待客之道不合常理，应该有什么隐情。你不用太勉强，一次不行，多去几次就好了，经费的事不必担心。你明后天都没有拍戏的行程吧？”

“没有。”在这种时候，浩二郎的关心特别让雄高宽慰，他紧张的心情舒缓了许多。

雄高早上六点睁开双眼，出门跑步时顺道绕去酒馆露个面。

“哎呀，是侦探先生啊，有替我传话给我那闪到腰的老爸吗？”

“我一字一句如实传达了。”

“是吗，谢谢你。怎么样，有帮到忙吗？”

“有，已经找到我们要找的人了。多亏砂原先生的帮忙，很想跟他说声谢谢。”

“真有礼貌。哎，当演员的事情，你考虑一下，我一定会成为你的头号粉丝。”

“到时再请你多多捧场。”

好想看看当她看到我出现在银幕上时的表情，我一定要让她大吃一惊。雄高内心涌起一股斗志。雄高想，顺着这股气势，直接到田部井住的那家医院吧。他冲了个澡，换上衣服。

最近医院不太接受外来者打听住院病患的消息，一方面基于保护个人资料，另一方面为了避免讨债的人、家庭暴力的加害者找上门。

雄高决定直接先从深水告知的病房找起。名牌上写着田部井弘惠的病房是单人房。其他病房的门都开着，可以看见里面的淡粉红色拉帘微微飘起，但弘惠的病房门关得紧紧的。看来她对访客的态度和对深水一样，谢绝会面。

雄高下定决心敲门。

“哪位？”里头传来嘶哑的声音。

雄高犹豫着该怎么介绍自己。

“谁？是谁？”弘惠的声音里夹带威胁的语气。

“打扰了。”雄高决定推开门。

除了直接面对面澄清自己并非可疑之人之外，他也别无他法。

14

在门的另一头，淡粉红色拉帘被拉上，因此看不见弘惠。

雄高揪住拉帘的一端，正要往旁边拉动，突然听到弘惠的声音。

“等一下。”弘惠说。

雄高的手停住。“不好意思，突然造访，深感抱歉。”他的身体僵住，定格在拉帘前，像一只受到惊吓的猫咪，任布帘在身上嬉戏。“我真是大笨蛋，要是她正在换衣服怎么办？”雄高只好直接这样对她说话了：“我是从京都来的。四十三年前田部井女士曾在上野的咖啡店遇到一位男性，当时他只是一个在木材加工公司做工的少年，我们受他的委托过来找您。”

雄高尽可能地展现最大诚意。

“我不知道你是谁，也不知道你在说什么，请你回去。”

“您是田部井弘惠女士吧？”

“不，你弄错了。我叫比奈野。”

“比奈野？”雄高把头探出病房外，确认名牌。没错，确实是田部井弘惠。

“那应该是上一个病人的名字。”

“真、真抱歉。”雄高急忙道歉，赶紧退到走廊。

弘惠换病房了，还是出院了？雄高试着走到其他楼层看看。

走廊的墙壁上设置了扶手。他看到一位扶着扶手，步履蹒跚且穿着睡衣的初老女性。那人脸色乌黑，毫无生气，确实让人联想到肝脏状况不好的弘惠，但感觉不出她曾经在银座上班。他知道自己不该有先入为主的想法，但一个人长期浸染在一种环境下，应该会自然散发出那样的气质才对。

还是确认一下好了。雄高回到三楼的护理站，当他要对着小小的柜台窗口喊话时，里面传来护理人员的声音：“田部井女士说把名牌换掉，放比奈野百合比较好。”听到田部井三个字，雄高一边竖起耳朵，一边离开柜台，待在一旁装作若无其事地等刚才说话的护理师出现。

护理师从值班室敞开的出口笑眯眯地走出来时，雄高便跟在她后头。护理师走到雄高刚才造访的病房前停下脚步，把田部井弘惠的名牌抽出来。

这是怎么回事？刚才听护理师说，田部井叫他们最好把名牌换成比奈野百合。田部井弘惠的花名不是叫小惠吗？难道说她还有另一个花名叫比奈野百合？但有人住院时会希望病房的名牌不用本名，而用花名吗？

就连演员，生病时也会极力避免挂上艺名的名牌。除了怕引人关注，还不想让别人知道自己生病。面对病痛，演员最好选择洗尽铅华，对抗病魔之际，名气反而是沉重的负担。雄高都曾听人说过这些事情，更何况弘惠已经把店转出去了，她还会继续使用这个花名吗？

“你是谁？老妈的客人吗？”一名微胖、留胡子的男人站在病房前问雄高。这名长发披散、穿着松垮西装的四十多岁男人，眼神上下游移，打量着雄高的穿着。

“不是的。”雄高虽然很好奇他口中的“老妈”是谁，但不想在医院惹是生非。

“讨债的？”

“不是。”

“那你为什么监视这间病房？”男人戴着戒指的手紧紧揪住雄高的领带。

“我没有监视。”雄高挥开男人的手，转身往回走。

“你到底是谁？”男人抓住雄高的肩膀。

“英昭，这里是医院，给我安分点！”病房的门突然打开，一名女性走出来。她瘦骨嶙峋，但细长的凤眼给人以美女的印象。雄高感觉到她身上散发出一股与她年龄不符的美艳感，立刻确信她就是田村记忆中的弘惠。

“这家伙一直站在老妈的病房前。”

“那位小哥啊，他是健康食品的推销员，刚才就在这里转来转去的，专门找我这种生病的老太婆，什么Victor Young的，说过不买了不是吗？你死心回去吧。”说完这几句话，弘惠便回到病房里了。

“我才不是什么推销员……”雄高虽然想否定，但他知道深究下去并非上策，于是把话吞了回去。

“卖健康食品给住院病患，你也太嚣张了吧？”这被唤作英昭的男人挥苍蝇似的对着无言以对的雄高挥挥手后，便走进弘惠的病房。

“她有儿子啊。”听到雄高打电话来报告完医院的事情后，浩二郎说。以她的年纪来看，有儿子也不奇怪。雄高和浩二郎一样，因为听了田村的故事，想象中的弘惠一直是折纸鹤少女的形象。

“没错，而且那个儿子给人印象不大好。”雄高脑中不只浮现那人的装扮，还包括他品位低俗的戒指。

“他看到你就怀疑你来讨债，那个男人的背景应该不单纯。或者弘惠女士自己在外面借过钱也说不定。”

“弘惠女士真的不记得少年时期的田村吗？”

“毕竟是四十三年前的事情了。田村先生一直把她当作恩人，但对弘惠女士来说，他只是众多邂逅的人物之一。”浩二郎说，搜索回忆时，最大的障碍反而不是时间，而是双方当事者对同一件事情的感受度不同。

“实相大哥，我觉得她随口扯了那么一个谎，不太对劲。”

“你说，她说你是健康食品的推销员？”

“假如她直接说我是侦探，现场大概免不了一阵冲突。又或者，她大可说她不认识我，不理我就好了。”

“你的意思是她留了一点余地。”

“假设她真的不记得田村先生，就不会这样了吧。”

“我知道了。以雄高的感受为优先。不过，假使弘惠女士真的一点也不记得田村先生的事，你也不可以责怪她。”

“我知道。今天晚上我想去弘惠女士转让出去的店‘惠’，可以吗？”担心预算问题，雄高问浩二郎。回忆侦探社所有工作人员出差时，都可以随身携带公司的提款卡，但遇到重大支出时，还是需要浩二郎的裁决。

“我说过了，以雄高的感受为优先。”听到浩二郎电话中的声音，雄高脑海中浮现出他温柔的笑容。

15

不管是京都的烟花柳巷还是祇园的御茶屋[1]，雄高都去过几次。茶川曾带着他参加过一家老字号茶屋的宴会。他当时虽然有一点紧张，但身旁有对烟花柳巷熟门熟路的茶川，加上雄高只要说出自己曾在太秦当演员磨炼演技，通常气氛都会变得非常融洽。但那些经验和他今晚在有乐町中感受到的紧张感，可以说是天差地别。更别提“惠”的店面散发着一股高级感，厚重的大门顽强地把所有非会员挡在门外。

多亏浩二郎的建议，雄高事前已透过“惠”的常客深水居中介绍情

[1] 提供客人饮食并欣赏艺伎表演的地方。

况，不用担心会吃闭门羹。雄高在门口重新调整好领带，走进店内。店内比想象中明亮，两名打扮不甚华丽的女性出来迎接他。雄高报出深水的名字后，被请进店内最里面的包厢。

不到三十岁、穿和服的女性坐在他对面，另一位二十五岁上下穿洋装的女性坐在他旁边。两人和他打招呼的同时递过毛巾，帮忙点饮料。穿和服的女性自称小夜，递过名片时说："这位客人是惠姐的朋友吧？之前受惠姐照顾了。"

"原来是惠姐的朋友。"称作亚弥的年轻女性发出半带遗憾的叹息，"客人这么年轻，怎么认识惠姐的？"

"亚弥，这种事不要随便乱问。"小夜稍稍责备亚弥。

"唉，惠姐这么漂亮，人家只是忌妒而已。"亚弥嘟嘴鼓脸道。

雄高知道这是故意做给客人看的服务之一，但还是忍不住觉得她的样子很可爱。

"你们在店里用的名字，都只有名没有姓吗？"雄高询问小夜。

"是的。"小夜回答。

"这样啊。"雄高盯着亚弥把兑水威士忌、起司、坚果放在桌上并点点头。

"我还没听说过有人在花名前加姓氏的。"小夜微笑道。

"不，我记得惠姐曾称自己比奈野百合。"

"咦，客人您不知道吗？"亚弥淘气地插话，把酒杯递给雄高。

"怎么了？"

雄高与两人碰杯，将兑水威士忌含在口中，太久没碰酒精，口内传来一阵刺辣感。

"惠姐虽然是我们的房东，但她真正的身份是诗人。"

“亚弥说得没错，不过不完全正确。”小夜委婉地纠正。

“是房东，又是诗人？”雄高问小夜。

“说她是房东，是因为她准备了高级公寓给我们住，算是公司的福利。然后，她不是诗人，是作词家，还是专业的。”小夜露出自豪的眼神。

“专业的……”原来当初写过校歌的弘惠，之后仍持续创作诗词。有了创作诗词的形象，雄高顺利地将弘惠和折纸鹤女性的轮廓重合。“有歌手唱她写的歌词吗？”

“当然。”

“好想听听看。”

“这个嘛，应该有好几首，不过……”小夜脸上露出一丝忧虑。

“怎么了？”

“是这样的，虽然惠姐是专业作词家，但唱片卖得不好，所以大多数都绝版了。”

“所以听不到了吗？”

“这个嘛，像《来自鸣子》《温泉烟雾》，还有《窗光》这几张，有的唱片行应该还可以找到一两张。”

“客人直接跟惠姐要不就好了。”亚弥说，“她一定有CD。”

“对呀，直接跟她要比较快。”小夜帮亚弥解围似的用力点头。

这几首歌，雄高都没听过。他没有听演歌的习惯，但不讨厌。他们几个固定跑龙套的小演员私底下聚会时，一定会约在附卡拉OK的餐厅，大家大多唱演歌。很多人喜欢唱那些歌词描述不得志、以逆境人生为主题的歌曲，一边唱一边想象自己的人生。红的歌也好，没听过的歌也好，雄高常常这样一口气听三四个小时的演歌。

就认识的歌名来说，他知道的歌可能不亚于一般演歌迷。

“我会问惠姐。”雄高将酒一饮而尽后回答。

明明没喝多少，隔天一早醒来，他却觉得头痛欲裂。为了配合浩二郎体贴妻子的心情，雄高已经有很长一段时间滴酒不沾，或许因为如此，他酒力大减。越是宿醉，雄高越想活动身体，多流点汗。

现在快八点，这个时间跑步有点晚了，但他仍走出旅馆，前往不忍池。

他在池畔小跑热身时，看见一位面熟的老爷爷坐在长椅上，原来是砂原谦。

“砂原先生，您出院了？”

“噢，是侦探先生。还没离开东京啊？”老爷爷皱起八字眉无奈地笑说，因为受不了女儿啰唆，只好向医院请假，暂时外宿一段时间，“不过，那丫头也有道理。侦探先生，我可要先声明，不光是金钱上的问题哦，再怎么说，我可是台柱，店里没有我怎么行。”

很明显他女儿这么做是为了不着痕迹地凸显父亲存在的价值。雄高脑中浮现他女儿激励他的样子：“想退休，还早得很呢。”

“很贴心啊，不是吗？”

“要是我不理她，她早就完啦。”

“不，我的意思是您女儿很贴心。”

“哼，笨蛋，哪里贴心啊，那个冒失鬼。”砂原咒骂的时候，露出口是心非的表情。

“我陪您一起走走。您来这里应该是为了复健吧？”

“是啊，可是走得不好，腰挺不太起来。”

“我们慢慢走。”

“好啊。”

雄高挨近砂原，帮助他起身。

“别靠那么近啦，我还没老到那种程度，我又不是侦探先生的这个。”砂原跷起小指，腼腆地说。

“真拿砂原先生没办法。”雄高也害臊地说。

“对了，你那个潇洒的罗曼史进行得如何了？”砂原对雄高露出孩童般的天真眼神。

雄高说他已经找到那位女性，对方现在正在医院疗养。

“真了不起，侦探先生。在东京这片人情沙漠，找人跟找弄丢的戒指一样困难啊。”

“哪里，我还差得远。”雄高在不涉及个人隐私的范围内，把事情的始末说给砂原听，并对弘惠的态度提出质疑，“就算她不记得，也不必谎称我是贩卖健康食品的推销员啊。她说：‘专门找我这种生病的老太婆，什么 Victor Young 的。’她根本就不必这么说。”

“侦探先生，你只跟她说，你受曾在上野的咖啡店与她见面的男性所托吗？”

“是的。”

“没有说咖啡店的名字？”

“说出来比较好吗？”

“这不是说不说的问题。”砂原一脸不耐烦地转头看他，停下脚步。

“我记得我连爵士乐咖啡店都没提到，这样不好吗？”雄高也停下脚步。

“我说侦探先生啊，那女的记得一清二楚啊。”

“真是这样就好了。”

“笨蛋，我不是用猜测的语气，而是真的有所依据。”

“有所依据？”

“没错，有所依据。所以我才说，还不能放心交棒给年轻人。”砂原面对水池，双手交叉在胸前。

“砂原先生，到底怎么回事，请您告诉我好吗？”雄高做出剑道比赛前的大鞠躬动作。

“想知道？”

“非常想。”

“好啦。”砂原得意扬扬的表情看起来很孩子气，但不讨人厌。

“拜托您了。”

“我记得那应该是昭和二十九年的事情。前一年，NHK 才刚开台，那个时候啊，你要找到一台电视机看还真不太容易。当时我二十多岁，说到娱乐，大概就是看电影，像《鞍马天狗》《哥吉拉》之类的，什么都看。”砂原露出怀念的神情，盯着水池的水面，接着他顿了顿，继续说，“美国电影有很多类型，像恐怖片什么的，我个人最喜欢看西部片。”

“因为那时离战争结束还不到十年。”

“不是这个原因。现实生活中，我也讨厌大家打来打去的，但放上大银幕上观看，就觉得很安心，甚至还觉得很有趣。人啊，到底是怎么回事，与生俱来就带着残酷的一面吗？我记得当时应该是秋天，有一部美国电影上映，叫作《荒漠怪客》。”

“噢，《荒漠怪客》。”

“剧情简单地说，就是经营酒馆的女性和混过黑道的吉他手恋爱的故事。”

“吉他手？”

“那个男生背着一把吉他出场。他的名字叫 Johnny Guitar。”

“Johnny Guitar。”雄高微微提高音量。

“以前不懂外文，发音不讲究，大家都喊作 Journey Guitar。电影普普通通，最棒的是里面的音乐。当时歌曲比电影还红呢。负责电影配乐的就是 Victor Young。”砂原嘟嘴看着雄高。

“这下 Victor Young 和 Journey Guitar 连起来了。”

“你提到上野咖啡店的时候，我猜在她的脑中，恐怕不仅联想到爵士乐咖啡店的 Journey Guitar 吧？你找 Journey Guitar 的音乐听听就知道。充满淡淡的哀愁，听一次就会上瘾。她对这首曲子有印象，再加上知道作曲者是 Victor Young，在这种情况下，无意识地说出 Victor Young 的名字也不奇怪啊，反正只是虚构的健康食品名称。或许她其实想告诉你，她记得很清楚。”

“太有道理了，砂原先生！她一定还记得爵士乐咖啡店的那段邂逅。”

“怎么样，厉害吧？”砂原双手叉腰，抬头挺胸。

16

“哇，干得好啊，谦哥。”

听浩二郎转述雄高报告的由美，亲密地叫着素未谋面的砂原，发出佩服的赞叹声。

“也要雄高的人品好，才能遇到这种人。”浩二郎开心地说道。

由美只要看到浩二郎的笑容，心情就放松许多。

“我觉得他太过正直了，这样好吗？”

“由美不也很正直吗？”

“我才……”

“言归正传，智代女士的案名想好了吗？”

“我想了很久，您觉得这个如何？”由美站在当作行事历使用的白板旁，写下“少女椿的梦想”。“怎么样，浩二郎大哥，不好吗？”她窥看浩二郎的表情。

“不，我觉得很不错啊，佳菜觉得呢？”

“我觉得这个案名很棒。”

“嗯，就这么决定吧，用这个名称。”浩二郎洪亮的声音回荡在事务所内。

“太好了，在《少女椿》的故事中，女主角最后如愿见到她父亲了吧。这个名称同时包含我们对智代女士的祝福，希望她能如愿见到保护她的男性。”看到浩二郎的笑容，由美的一颗心总算放下。

由美从不觉得取案名有这么重要。在此之前，她觉得案名的作用只在于方便提交报告书和归档。但她这次看到智代的情况，不由得抱着期望来为这个案件取名字。

智代的心脏跳动已经逐渐失去规律。换言之，她心脏的肌肉逐渐退化，最后会衰弱到没有力气将血液输送到全身。她正在失去活下去的力量。现在，支撑智代的力量所剩不多。而那股力量的大部分，不难想象，正源自她对救命恩人的思念。

智代躺在医院的病床上，身体状况好时就会对由美诉说她的过往，好似活在过去比活在现在好得多。每当往事历历在目时，她仿佛变回少女一般，神采奕奕。当然，那是一个人民不满军方的管理体制、战争灾害肆虐、充满贫困和不幸的时代，但那时的智代身上仍拥有最宝贵的东西，那就是年轻和健康。

当她内心涌现出少女时期的生命力时，救命恩人英姿勃发的形象就变得更加鲜明，并深植于她的记忆深处。

“我忘了向他道谢，好痛苦。”这句话，智代不知重复了多少次。

案名虽带着“梦想”二字，但意义更接近祈祷，对由美来说这个案子压力不小。因为她每次看到这个案名，提到这个案名，都在提醒自己，务必替智代达成心愿。

“全国的护身符几乎都是‘K缝制’制作的，既然那边没有线索，表示这个护身符应该是在地业者或手工做的吧。”浩二郎说。

“数量太庞大了，所以我请茶川先生调查护身符上面隐约可见的图案以及纸片。”

“茶川有表现出很为难的样子吗？”

“那倒没有，他只说下次一起去喝酒。”

“茶川只会邀他喜欢的人喝酒，由美被他看上了。”

“怎么可能，他说可以带由真。不过我的教育方针是不带小孩去喝酒的场合。”

由美的父亲，还有她离婚的丈夫都是平时带着女儿到居酒屋的人。由于护理师工作的时间非常不规律，由美很难顾及女儿的教育，这件事让她到现在仍后悔不已。

她并不觉得大人们喝酒的场合有什么不好，只是她不希望女儿看到大人行为脱序的样子。而且小孩子一旦出席大人的场合，不知为什么大人们总会给予过度关爱的眼神。她认为小孩若习惯被人捧在手掌心上，没有好处。

这样的心情在她到医院上班时就已深刻感受过。某天，一个中学委托她举办活动让学生体验学习。她尽量挑选一些中学生做得来的简单工作，比如帮助照护人员辅助病患，将半身麻痹的病患扶上轮椅，推到中庭晒太阳。虽然只是简单的工作，没想到事前准备还挺花功夫。由美的工作量比平时增加许多，还要牺牲病患的自由时间。

但真正成功的体验学习必须结合受照护的病患的配合，以及现场参与人员的投入才能得以实现，两者缺一不可。但小孩子不懂。很快，数天的活动顺利结束，他们抱着“原来这么回事”的心情回去。当她看到小孩子的心得里写着“原来他们每天都要做这么辛苦的工作，我现在才知道护理师这么伟大”等陈词滥调时，内心就会很空虚。让小孩窥看大人的世界确实很重要，但用这种轻松简单、蜻蜓点水的方式，对小孩并没有好处。

对于从小不幸与父亲分开生活的由真，由美希望身为母亲的自己能担起责任，教导她什么是大人的威严与严厉。小孩迟早会进入青春期，对大人的反抗只会越来越强烈。正因如此，由美不希望由真念小学时就看见一群男人脱序的模样。

“由真不会央求你暑假带她到哪里玩吗？”

“有，吵着要去海边，烦死了。她说大原有山有河，为什么就是没有海。喋喋不休，说话越来越像京都女人。”

“等‘少女椿的梦想’结束后，我帮你安排一段长假。”

“真是好消息。对了，浩二郎大哥，我想和这本书的作者见个面。”由美从包里取出几本书，并将其中一本平装书递给浩二郎。那本书不厚，书名是《黑市的酸甜苦辣》。

由美到国会图书馆找黑市的相关资料，她试着搜寻部分公开的 GHQ

（驻日盟军总司令）文件，但大多是东京的资料，大阪的很少。接着，她到二手书店公会经营的网站继续搜寻大阪黑市的相关资料，好不容易终于找到几本相关书籍。

“六心门彰。乡土史研究家真的是非常珍贵的存在。”浩二郎翻开作者简介那一页说道。

“八十四岁还可以在地方报纸写专栏，真的很厉害。重点是，他在里面写的这一段，虽然篇幅不长。”坐在对面的由美翻着浩二郎手上的书，上头写着：

黑市，一般人对这个名称的印象大抵就是无法管理的地带，但大家忽略了，它在某种程度上也是一个自成一格的市场。其中巧妙地收容伤兵、流浪儿、小混混，同时又保有类似织田信长时期“乐市乐座”[1]那种自由化与统一管理的均衡。这就像日本人历经战败的震撼后，大家肩并肩宛如橄榄球的斗牛一般凑在一块互相取暖。

当时，我任职新闻记者，听一位在进驻军做通译的男人描述，梅田市场附近发生了一起日本青年打死进驻军美兵的事件，以及他亲临调查现场的状况。最后这则消息并没有被报道，但我对那名青年，不，应该说是少年的那种沉默不语的坚毅态度肃然起敬，在内心不停地为他喝彩。因为，深入调查后发现，他似乎是为了帮助日本人才犯下这样的罪行。

我们新闻从业人员常写道，日本人的精神因为战争变得自暴自弃，因为战祸变得冷漠孤僻，但少年秉持着行侠仗义与无私的精神活着。这起事件使我对未来充满希望。没错，就是未来。黎明将至。黎明前不正

[1] 日本战国后期，各地大名执行的促进交易自由化的经济政策，具体措施包括针对新进工商业者减税，以及取消大型商业团体垄断商品的特权。

是最黑暗的时候吗？黑市的黑，可以让人感觉到这股希望。

“和智代女士的故事很像。”浩二郎深感佩服地说出感想。

“浩二郎大哥也觉得很像吧？我好久都没像这样起鸡皮疙瘩了。”

由美回想起刚读到这段文章时的兴奋画面。

“你约到六心门先生了吗？”

“我打电话到这本书的出版社十善出版，他们替我引见当地的报社Ookini大阪事务所，我们约好今天下午三点见面。”

“顺利的话，说不定还能见到六心门先生的通译朋友。”

“这样的话，就能知道那位被逮捕的少年有什么身份背景。说不定我还能提早带由真到海边玩呢。”说这句话的时候，由美想起智代的病情。她一方面希望带给她好消息，另一方面又担心若她心愿已了，会失去活下去的动力。

“Ookini大阪事务所在哪里？三千代今天到戒酒会参加例会，我接她回来后再过去会合不知来不来得及？”

“事务所在京桥。没关系，不用勉强。我这人很有老爷爷缘的。”

“我倒不担心。我纯粹对六心门先生这个人很有兴趣。”浩二郎眼睛发亮。

由美初次见到浩二郎时，就在心底打定主意：我要在这个人手下做事。即使她根本还不清楚工作内容。这一切都是因为浩二郎闪闪发亮的眼神。他的眼神和医师界那些充满精英意识、为了争夺霸权不断骚扰员工职权的人的混浊眼神完全不同。

“很奇怪吗？”

“没有，我只是在想，这很像是浩二郎大哥会做的事。”由美很快接着说，“我在京桥车站前的百货公司门口等你。他们说从那里走到事务所大概五分钟，所以我们约两点五十好了。”由美被自己雀跃的声音吓到，仿佛自己正和男朋友敲定约会时间似的。为了掩饰这份激动的心情，她赶紧起身：“我来泡咖啡吧。”

17

雄高没有跟踪的经验。他没跟浩二郎学过跟踪的技巧。这是他和一般侦探的不同之处。他只能回想电影里的刑警或侦探，模仿他们的动作跟踪那个男人。

雄高跟踪的男人就是弘惠的儿子英昭。他正从医院离开。

他想确认 Victor Young 和爵士乐咖啡店的 Journey Guitar 是否连得起来。他二度前往弘惠医院时，发现了英昭的身影。英昭在玄关与一个看似小混混的应该是和他交班的男性道别。该男性继续看守弘惠的病房。

若现在随便靠近弘惠，只会重蹈昨天的覆辙。雄高想，既然如此，那就干脆来调查英昭的背景。从他的打扮来看，感觉不是做什么正经工作的。说不定还是黑道。假如是这样，他须谨慎行动，千万不要惹麻烦。

一辆国产白色轿车停在医院前，英昭坐进去。车子驶离后，雄高赶紧拦了一辆出租车从后面追上。轿车驶到前桥通后顺着道路往东走，渡过隅田川，在明治通的路口转弯往南。穿过龟户车站附近，车子经过一张标识着往大岛、南砂的路标。没多久，车在某栋大楼前停了下来。但只有英昭下车。雄高对附近地理不熟，赶紧先将路标抄下来。

雄高付完出租车钱，便慢慢靠近英昭进去的那栋大楼。那栋大楼有点老旧，一楼有不动产公司和旅行社，还有一间菜单写得密密麻麻的中华料理店。

英昭站在不动产公司的玻璃窗内，和店里的人有说有笑，没多久就走进后面的房间。雄高即使从这么远的距离看，都看得出来这两人关系匪浅。玻璃窗上用蓝色字体写着“CL 开发有限公司”。雄高心想，不可能直接进去，因为对方已经认得他，但他又想知道英昭与这家公司的关系。

为了开展下一步工作，他决定先走进中华料理店，顺便收集情报。下午两点多，店内没有客人。雄高往吧台一坐才发现自己根本不饿，但为了讨老板欢心，他点了最贵的中华套餐和生啤酒。

“老板，我在找这附近的房子，这栋大楼好吗？”他对着人在厨房的老板说。

“不行不行，太贵了，客人。”

“不过你们这家店的位置不错啊。”

“假如能租到更便宜的地方，我一定马上搬。”

“这样啊。你们隔壁刚好是不动产公司对吧？”

“……这附近，哪里都贵啊。”老板说完这句话便一语不发，专心翻着他的炒锅。雄高本以为老板会回他“要找房子的话去隔壁问比较快”，但老板不愿正面回答，从这点来判断，他对“CL 开发有限公司”的印象不是很好。

“老板，隔壁不动产公司管理的房子就在这附近吗？”雄高算准老板把做好的菜端上吧台的时间，趁机问他。

“说什么傻话，这整栋大楼都是啊，我这间店也是跟他们租的。”

“这样啊，那我待会儿去看看。”

“……”

套餐包含肉丸子、炒饭、北京烤鸭、鱼翅汤、榨菜，每一道菜分量都不小，雄高觉得胃好撑，但仍把所有菜扫光，喝光啤酒，离开店内。

当天晚上，雄高向浩二郎报告他白天去附近餐饮店打听英昭风评的结果。

“CL开发的老板就是铃木英昭，但关于他的事情，大家都噤口不语，调查不是很顺利。”

“大家都很怕他吗？”

“没错，没人称赞他，但也没人贬低他。我一套话，大家又沉默不语。”雄高坐在旅馆房间附设的小桌前，手肘撑在桌上，双手抱头。

“明天一早我去查查龟户一带的势力分布图。前警视厅的黑道小组，也就是现在的组织犯罪对策部有我认识的朋友，只要知道公司名称和老板姓名，就可以知道对方是不是隶属黑道组织。还有，我已经向‘社团法人日本作词家协会’询问过了，确实有比奈野百合这位作词家。十二年前，她曾以《窗光》这首歌，获得日本作词家大奖新人奖。”

“你是说，她曾以作词家的身份出道。”

“歌是下村里美唱的，还出过CD。”

“下村里美？我没听过。”

“她虽然是专业的演歌歌手，但很少上全国性节目。听由美说，她在一些地方性的活动上非常有名，像温泉旅馆的余兴表演等，她会上台演唱，顺便推销自己的CD。听说她还曾到医院做过公益表演。”

雄高想，刚出道的新人作词家不可能被当红的歌手看上。即使如此，还是有人能脱颖而出，成为著名的作词家。原来竞争激烈的地方，并不只有演艺圈。

“原来弘惠女士并没有放弃写诗。”

“我很佩服这种人，从不放弃梦想。”

“真的。”雄高打从心里觉得弘惠是位坚强的女性。

“一开始听到田村先生对她的描述，我就觉得她是坚持到底的人。她还替员工准备房子住，心思真的很细腻。”

“就是这样我才觉得，她和她儿子给人的感觉落差很大。”

“关键就在这里。弘惠女士这么温柔体贴的人，怎么会有这样的小孩。不管这中间有什么隐情，实在很难让人相信……”

“我也搞不懂。”

“但这份格格不入的感觉，或许能说明弘惠女士拒绝与你以及深水先生见面的原因。”

“弘惠女士为了我们着想才不跟我们见面？”雄高一边推测浩二郎的想法一边说。

“嗯，她生病后住院，通知了深水先生，却又把他赶回去。我总觉得这件事和你那天遇到的她儿子英昭似乎脱不了干系。弘惠女士刚住院时，她那不肖的儿子应该不在医院。我猜，她根本没有通知他。应该说，她不想让她儿子知道，也不想通知他。”

“后来，英昭可能透过某些渠道知道了这件事。”

“弘惠女士不仅担心他会造成其他住院病患的麻烦，甚至连来探病的人都会因此受害。简单地说，英昭就是这么坏，坏到弘惠女士必须有这些考量。”

“若是如此，我就能理解为什么弘惠女士明明记得Journey Guitar，却装作不知道。”

“她不希望你见到英昭。假如我们推断得正确，那位田部井弘惠女士真是一位心思细腻的人。接下来要怎样才能让她吐出真心话……”

雄高听从浩二郎给他的建议。

“让我试试！”

“加油。由美那边也有进展了。”

“智代女士的案子吗？”当雄高听到浩二郎说智代的案名决定叫“少女椿的梦想”时，脑中浮现出由美的京都腔以及她骑重机的样子。这种冲突感也反映在这浪漫的案名上，他忍不住笑出声来。

浩二郎又说，由美找到一本讲黑市的书，里面有一段描述与智代的体验相似。

“作者以前是新闻记者，叫六心门彰，是个很有意思的人物。当时参与调查的通译是一个叫理查杉山的人，不过很遗憾，他去世了，幸好他的女儿还在，住在神户，这周末我会去见她。”

“终于找到线索，可以连接到智代女士的救命恩人了。”

跨越时间鸿沟的是人，打破人心隔阂的也是人。雄高再次深深感受到，所谓回忆侦探，就是不断挖掘人心的侦探。

18

隔天，雄高听浩二郎报告，得知铃木英昭是某个指定暴力[1]的准成员，并打着黑道的招牌，从事收购土地以及物业管理等生意。当天傍晚，站在店门口的雄高，逮住前来上班的小夜。

“小夜小姐，我有事情拜托你。”

雄高表明自己的职业，以及上次前来这里的真正原因。他尽可能地

[1] 由公部门对具达一定规模的黑道组织给予“指定”，以加强对这些组织的监控。

传达委托人希望向弘惠道谢的心情，希望能得到她的协助。

“那个人会不会对我说你来这里做什么？”雄高立刻了解到小夜害怕英昭找她麻烦。

“绝不会给你造成困扰。你假装到惠姐那里探病，把她带到外面散步就行了。”

“把惠姐带出来就行了？”

“是的，接下来不管发生什么事，我会负全责。”

“我了解了。”

“谢谢你。”雄高问完小夜可以行动的时间后离开。

小夜指定的日期在两天后，雄高那天刚好要拍戏。但他把那个角色让给学弟，决定继续留在东京。他下定决心，临时演员的演出虽然也很重要，但今天能扮演回忆侦探的人只有自己。

浩二郎认识的那位刑警朋友，已经事先通知英昭要在那天拜访 CL 开发有限公司，为的就是把他们留在公司里。所以在那段时间内，雄高可以放心带弘惠出来。“其实他不光是为了帮我们才特地这么做，注意准成员的动向也是组织犯罪对策部刑警的工作之一啊。”浩二郎笑着说明。

决定胜负的时间就在下午两点。

雄高确定英昭及他的同伙不在医院后，给小夜使了个眼色。

小夜穿着灰裤装，原本在晚上都会盘起的头发，正在她背后摇曳。她走进玄关二十分钟左右，雄高便看到她陪着穿深蓝洋装的弘惠走出病房。小夜成功地邀弘惠出来散步了。

透过饭津家医师的人脉，他们已掌握弘惠的病状是严重的肝硬化，但不至于不方便外出。她最近无精打采，食欲衰退，外出散散心转换一下心情，相信她的主治医师必定大力赞同。从医院附近的某条路一直往东走有一间咖啡店。他们各自往咖啡店的方向移动，等到双方在咖啡店桌上坐定时，已经过了下午两点半了。

“你……这是怎么回事？”弘惠见到雄高后嘶哑地说。

“因为考虑到惠姐的儿子，所以才这么做，很抱歉，惠姐。”抢在雄高出声前，小夜双手合十向弘惠道歉。

“我是回忆侦探社的侦探。”雄高递过名片。

“是不是侦探都无所谓，如果你要问在上野和谁会面的事，就像我之前说的，这么久远的事情，我早就不记得了。”

“那时我只说上野的咖啡店，没说出店名。但您说出了 Victor Young 这个名字。”

“我不知道你在说什么。”咖啡一送过来，弘惠伸出瘦削的指尖，捏住糖罐的汤匙。

“Victor Young 啊。电影 *Johnny Guitar*，我们翻作《荒漠怪客》。您和那名少年相遇的地方确实是爵士乐咖啡店 Journey Guitar。*Johnny Guitar* 的配乐是由 Victor Young 作曲，里面的吉他手也被叫作 Journey Guitar，你无意中回想起这间爵士乐咖啡店，当然，也包括那名少年。”

弘惠捏着加完糖的小汤匙，眼神在咖啡杯上游移不定。

“爵士乐咖啡店 Journey Guitar。没错，确实有这间店。侦探先生说我是无意脱口而出的，没错，或许我无意中说出 Victor Young 这个名字，但即便如此，我还是不记得了。”她颤抖地捏着汤匙，小心翼翼地把它放回糖罐。

“我们的委托人就是那名少年。他把您的话听进去了，顺利从高中夜校毕业。之后，他从一个木工学徒打拼到自己开了一家建设公司，现在他把这家公司让给儿子经营，自己则退休养老。但他心中一直有一个遗憾，那就是没能向四十三年前遇见的您说声谢谢。他希望当面好好地跟您道谢，报告他至今过着什么样的人生。他抱着这份信念，特地远从东京前来京都找到我们回忆侦探社。请问，您肯跟他见面吗？”

“记不得的事情，我也没办法。”弘惠摇头，勉强挤出一丝声音。

“请您看这个东西。”雄高把背部可放小东西的纸鹤置于桌上。

“……”

“啊，这是惠姐教我们折的纸鹤！”坐在弘惠旁边的小夜高声说道。

“小夜。”弘惠语气中略带责备，但声若游丝。

“四十三年来，我们的委托人一直珍藏着这只纸鹤。除了他与您见面的场所，我们的线索全靠这只纸鹤。”

雄高道出他们的调查经过。从纸鹤上隐藏的葛藤与月亮图案，到烤出谣曲《定家》开头段落的文字，再推断出料亭的名字是鹤屋萝月。询问料亭老板，最后才知道弘惠被挖角到银座的酒店上班。

“深水社长……”弘惠细细地吐出深水的名字。

“深水先生对您在医院的态度感到纳闷。”

“我儿子英昭痛恨我。”

“痛恨您？”

“那个人把五岁的英昭丢给我，就不知去向了。”听弘惠说，英昭的父亲从事拆除业，累积了不少财富，某段时期甚至在有乐町拥有一家夜总会，那时他似乎和弘惠同居。那男人的异性关系太过复杂，他们常常为此事争吵，这段感情持续六年就宣告破局。

“从此以后，我就把店里的女孩当成自己的小孩。”

小夜说：“惠姐为了让我们有地方住，特地盖了一栋高级公寓，又怕我们做这行生活不规律有损健康，特地找了注重营养均衡的送餐业者并与他签约，没有一个人像她这么照顾店内小姐的身体。”

“您儿子恨您跟您对深水先生的态度，这两者有什么关系吗？”

“那孩子在等我死。”

英昭每天来弘惠的病房巡视，是为了让她写下遗书。他要求弘惠白纸黑字写下自己会把所有房产都留给儿子英昭，当作赎罪。

“病情有这么严重吗？”

“肝脏听说不行了。”弘惠把手放在腹部右侧。

“有人即使肝脏损坏百分之八十都还活得好好的，您的肝脏情况应该没那么坏。”

若由遇到任何病状都不放弃的饭津家医师为她看病，一定找得到适合的治疗方法。

“是吗……可是，我搞不懂那孩子在做什么，欠上头组织的钱吗？”

“被逼到走投无路了。”

“他以为我身边有男人，只要有男性靠近我，就会被他盯上。这样我就会害到他们，那个家伙会用各种理由找他们的麻烦。”

“所以，您那天才会那么冷漠地拒绝我？”

“我也担心那些女孩会没有地方可住。我不想给任何人带来麻烦。”

弘惠若和田村见面，那个家伙必定会把矛头转向田村工务店，很可能会打乱田村平静的生活。雄高渐渐觉得，弘惠的选择是正确的。无论如何，他决定先把田村当时的回忆全说一遍给她听。

弘惠默默听雄高说话。

“您还记得那位少年吧？”雄高静静地说。

“用来覆盖料理的那张纸只能使用一次，不能重复使用，用完就只有丢掉一途。不过，毕竟是那么高级的纸张，我舍不得丢，于是收集起来，用线装订，当作笔记本。”

“你在纸鹤里写的那首诗，最后被选为押上高中夜校的校歌，成为我们非常重要的线索。”

“是吗？我有写吗？就像侦探先生说的，我都是无意中做的吧。我不记得我在上头写诗了。我应该只是随手撕下笔记本中的一张纸，裁成正方形，再把它折成纸鹤。”弘惠充满怀念地把纸鹤拿在手上，凑近脸瞧，接着感慨万千地说，“只要手边有纸，我就会折这种纸鹤解闷。我是店里折得最快的。”

她说，这种纸鹤用来放置店家供应的金平糖，客人几乎都会带回去。但那是用一般的千代纸折的。假使这次的线索是千代纸折的纸鹤，要找出弘惠可以说是难上加难。

“原来如此，那位少年最后把我的建议听进去了。我没忘，怎么忘得了？那时的我畏缩怕生，为了练胆子，咬紧牙关走进那间爵士乐咖啡店。我本来以为我绝不可能适应那种灯红酒绿的生活。表面上是我鼓励那位少年，实际上那些话是我说给自己听的。”弘惠把手帕按在脸颊上，“你替我跟那人说，我从未忘记他，请他听我写的《窗光》就知道了。告诉他，我每次听到这首歌，就会想起当时的自己。”弘惠从包包中拿出一张单曲 CD。

“是下村里美的 CD 吗？”

“小夜说有人想听，我就带来了。这张 CD 我平常在病房就会放来听。”

雄高用双手接过CD。

19

本乡雄高抵达京都车站时，已经是晚上八点多。他立刻返回回忆侦探社，浩二郎已坐在办公桌前等着他。

“辛苦了，我泡了咖啡，没有由美泡得好喝就是了。”

“打开门一闻到香味就觉得，我真的回到京都了。”雄高将行李放在会客区的沙发上之后拿起自己的马克杯，走到煮咖啡处。

这时，浩二郎起身，抢先一步把咖啡壶从咖啡机上提起：“我帮你倒。”

“真不好意思。”

“哪里，我才不好意思，你明明有拍戏的行程。”

雄高很高兴浩二郎记得自己本来有拍戏的行程，这几天积累的疲累顿时烟消云散。在电话中，雄高除了交代回去的时间，什么也没报告。浩二郎大概想知道结果才留下来，但也不催促雄高报告。

雄高想起浩二郎平时不断强调的论点：成熟需要时间。站在当事者的立场，设身处地地替对方着想，通常需一段如黄豆变成味噌的发酵时间。人的内心层面很复杂，不同于单纯的事物，若不经过仔细咀嚼，很容易混杂虚假的成分。雄高似乎慢慢了解了浩二郎的意思。

该怎么描述，才不会误解田部井弘惠的心情，把它精准地传达给浩二郎呢？雄高一边品尝咖啡，一边回想在东京发生的种种。浩二郎以为他要从提包中抽出笔记本，没想到他抽出一张CD。先听这个再说吧。雄高起身，走向墙壁旁的架子，将CD放进架上的手提式音响。

“放音乐？”浩二郎拿起咖啡杯。

“演歌。”

“弘惠女士作词的歌曲？”

“是的，这是她获得作词家大奖新人奖的作品，不过没有歌词纸本。”

浩二郎想，弘惠大概希望他们先听再说，所以把歌词抽掉了。现在也只能先听了。她把自己与田村相遇的那段经历写进歌词。她对这段经历的解读，最后势必影响到报告书的制作。

“这是她交给你的？”

“是的。”

“听听看吧。”被浩二郎的话催促似的，雄高按下播放键。

这首曲子不太像演歌，而是从一段吉卜赛风的充满哀愁的吉他独奏开始。

雪白结霜的窗户映出

一只皮箱的单薄行李

遥想远离故乡的日子

目送下行的列车

相信

被背叛

再度寻找相信的事物

Journey Guitar

替我弹一首

故乡之歌吧

红光摇曳的窗户映出
厌烦工作的疲惫肩头
污秽衣服与流汗臭味
你也是孤单一人
相信
被背叛
再度寻找相信的事物
Journey Guitar
替我弹一首
希望之歌吧

黎明天光的窗户映出
佯装不相识的脸庞
自豪灵巧的指尖
油染指甲的龟裂痕迹
相信
被背叛
再度寻找相信的事物
Journey Guitar
替我弹一首
黎明之歌吧

两人沉默不语，反复重听。下村里美的声音绵延不绝，感情丰沛，不输有名的歌手。雄高很喜欢她唱歌时，慎重唱出每句歌词的感觉。

一位演员前辈曾教过他一个秘诀：台词要用唱的，歌词要用念的。据说这原是某位泰斗级作曲家传授给歌手的唱歌秘诀。这位演员认为，这用在演技上面也通，并用这句话来教导后生。

雄高听里美唱歌，她不像声乐家那样尽情地展露嘹亮美声，比较像念诵。

雄高分析，这首曲子的旋律采用小调，听起来很悲伤，但曲调不难听。不，应该说，这首曲子完全具备大红的要素。但雄高没听过这位歌手，也没听过《窗光》这首曲子。这件事让雄高深刻体会到，原来演艺圈如此残酷。

这不是一个靠实力就能成功的世界。雄高的解读是对的吗？他知道好的曲子不一定会流行，好的歌手也不一定会红。但他无法理解为什么歌词获得肯定，又配上这么好的曲子，让这么好的歌手来唱，这首歌却无法在世间流行起来，这到底是为什么呢？

想到演艺圈的高深莫测，雄高打了个冷战，但他随即把杂念赶出脑袋，回想弘惠的脸，以及她说话时的动作，一边拼命地搜索她在歌词里隐藏的想法。

坐在他对面的浩二郎，大概也只能借由雄高的报告，探索弘惠内心的想法。他坐在椅子上，闭上眼睛，一动也不动。

直到快深夜十二点时，雄高取出备用的泡面，邀浩二郎一起吃。雄高把水注入电热水壶，打开电源，站在原地等水沸腾。

“实相大哥，你觉得怎么样？”雄高问浩二郎。

“‘雪白结霜的窗户映出／一只皮箱的单薄行李’应该是回顾当时集体就职的场景，这很好懂，问题出在第二段歌词。”

“红光摇曳的窗户映出／厌烦工作的疲惫肩头／污秽衣服与流汗臭

味 / 你也是孤单一人。”雄高默背出歌词。

“她不常到爵士乐咖啡店。喜欢江利智惠美。不过当时爵士乐咖啡店不便宜。”

她只身从乡下来东京找工作，卖酒的店理应有一种高不可攀的气氛，加上她是女性，犹豫不前也是理所当然。浩二郎认为第二段歌词指弘惠在 Journey Guitar 门口不停徘徊，直到华灯初上，窗户流泻出灯光。

“那天正好是弘惠女士决定到银座上班的日子。”

“没错，田村先生发现弘惠女士只喝一口红酒就脸红。Shoppy Hukami的深水先生也说弘惠女士酒量不好。说不定这是她第一次喝酒，逞强表现出大人的模样。”

“就好像事先练习。”雄高把滚烫的热水倒进杯面。热气蒸腾，随即消散。

“‘厌烦工作的疲惫肩头’指的应该是少年田村和她自己。”浩二郎说。

“因为后面接着‘污秽衣服与流汗臭味 / 你也是孤单一人’。”

雄高把筷子和杯面递给浩二郎。

“孤单一人啊。”浩二郎用手按着杯面盖，喃喃自语。

“一个人走在都会夜晚的街道上，心中想必忐忑不安。”雄高想象着隐藏在弘惠凛然风采后面的十九岁少女形象。没有饮酒过多的沙哑嗓音，有的是沾点酒就脸颊泛红的稚嫩少女模样。

“你记得田村先生来这里叙述回忆时，开头便提到《啊，上野车站》的歌词吗？”浩二郎吸一口拉面后，对雄高说道。

“我记得。我到上野车站时有看到歌碑，完整看过一遍歌词。”

“其实那首歌，中间有口白。”

"口白？"歌碑上只刻着歌词。

"我听过很多次，但没全部背下来，内容大概是这样的：我来到东京后，家里的农事想必更加吃紧。下次休假回家，我要替妈妈捶背，捶到她说不要为止。大概是这样。我第一次听到这段口白时，觉得实在太不合理了。你看嘛，这些人为了家人的生活才被逼得上东京打拼。只要是身为农家的次男、三男，或是长女，就必须这么做，根本没有选择的余地。其中还包括为了减轻家里负担，年纪轻轻就被迫坐上就职列车的人。但这些人担心的却是，家里少了一份人力，害家人负担变得更重。岂止于此，他们还希望用捶背的方式，弥补自己不在家的愧疚。昭和三十年，就是这样的年代啊，一想到这里，我就忍不住鼻酸。"浩二郎很快说完这段话，仿佛要掩饰情感一般，大口吸面条。接着，他盯着雄高的眼睛："《啊，上野车站》歌词中的主角，其实他们的心中充满感激。"

"在现在这个时代真的很难想象。"和平时代给人的印象，大抵不会是充满感激，反而是充满不平的时代给人这样的印象。连雄高也不例外。

"四十多年是段漫长的岁月。就在田村先生和弘惠女士正在吃苦挣扎的隔年左右，我正沉迷于电视中播放的拯救地球的英雄角色。"浩二郎怀念地说。

从银河系尽头远道而来的外星人超人力霸王这个角色于昭和四十一年正式在电视上亮相。雄高多次在百货公司顶楼和停车场表演这个角色。他记得当他要穿上超人力霸王的人偶装表演时，英雄秀的宅男企划人员就会口沫横飞地介绍这个角色初次在电视上登场时的轰动情况。

雄高脑中浮现出从人偶装里面看出去的景色。他回想起在充满特殊的橡胶味中感受到的那股莫名的孤独感。表演时，因为集中精力做出动作，所以不觉得痛苦。但从换装完毕到等待出场的那十五分钟，那种充满黑暗与密闭的感觉，令人濒临崩溃。介绍英雄秀打工给他的演员前辈跟他说过，做这个会得幽闭恐惧症。演过一次后，他痛彻地了解到，前辈说得一点都不夸张。做每一行有每一行的苦，旁人难懂其中的辛酸。

即使如此，小孩子根本不会懂那些饰演超人力霸王的演员，以一周要拍一集的密集程度须承受多大的痛苦。雄高下定决心，这辈子绝不要忘记从那小孔中窥见的当演员辛苦的一面。

雄高认识的超人力霸王已经换过好几代。浩二郎那个时代就曾见过初代英雄在电视中登场的模样。当然这是雄高出生前的事。他再次感受到时代差异的震撼。

"虽说活在那个时代的人，并非每个人气质都相同，但同样上高中夜校读书的田村先生和弘惠女士确实都具备老一辈日本人的温柔气质。思索弘惠女士内心时，必须从这个角度切入才行。"浩二郎的声音回荡在事务所。

"而且这两人都曾遭遇挫折吧？"

"没错。退学绝非弘惠女士的本意，若可以选择，她不会到银座上班。"

"但她又无法说拒绝就拒绝。"雄高确认似的说。

"为了故乡的家人，只得忍耐了。"

或许她可以放下工作不管，但这样会影响到故乡的家人。弘惠应该考虑到这一点，所以才叫田村即使下跪也要想办法回工厂上班。

"'你也是孤单一人'指的是她和都市中的老板、同事，甚至是故乡的家人都处得不好的意思吗？"

雄高回过神来，拉长面条送入口中。"这份孤独感一直纠缠着她。

第三段歌词在唱弘惠女士踏入灯红酒绿的世界的情景，‘黎明天光的窗户映出 / 佯装不相识的脸庞’。”

“她一直活得很寂寞。”

“不知道有什么内情，又或者仙台的老家发生了什么事，总之，她没有回故乡。不过，这里面有很关键的句子。”

“很关键？是‘相信 / 被背叛 / 再度寻找相信的事物 / Journey Guitar’吗？”

“不，是重复句‘替我弹一首’后面的句子。第一段是‘故乡之歌’，第二段是‘希望之歌’，第三段是‘黎明之歌’。先‘故乡’‘希望’，再变成‘黎明’。”

“这是什么意思？”雄高无法掌握浩二郎想表达的意思。

“她相信一切都会好转。不，假如说这首歌的歌词是以和少年田村邂逅为主题写的话，不如说是期盼更合适。她不断祈祷自己的人生和少年田村的未来都能越来越好——不，应该说一定会变得更好。”浩二郎铿锵有力地说。

“你是说，她替一个素不相识的少年祈祷他的未来？”

“我想这些集体就职，离开北国到城市打拼的人，内心都有一种共同语言。”

雄高回想起上野车站歌碑上的照片中那些少男少女脸上自豪的表情。大家都是想为某些人做点什么，才下定决心外出打拼。

“那么，弘惠——我是说田部井弘惠女士和少年田村……”

“一直都在见面，就在这首歌的歌词当中，他们一次又一次地重逢。”

“田村先生呢，他该怎么办……”

“除了让他们在歌词中相会，别无他法了。那四十元怎么处理呢？”

“我折了一只同样的纸鹤，把钱放在里面，送给弘惠女士。”

“她肯接受的话就太好了。回忆侦探社有史以来不是通过提交报告书，而是用一张旧CD结案。”

“这样真的好吗？”

“歌词太有说服力了。”浩二郎满足地将冷掉后不怎么好喝的泡面残汤一口气喝光。

雄高将剩下的面条吃下肚后说：“弘惠女士的儿子后来怎么样了？”

“听说警方用恐吓和欺诈的罪嫌把他抓起来了。每个人都有弱点，我看他暂时会安分点了。他们毕竟是母子。”

“他还会回来找弘惠女士吗？”

“这件事我们无能为力。弘惠女士自身的重担，我们没办法帮她背。”浩二郎毫不避讳地说。他打开窗户，静静地眺望眼前一片暗黑的京都御所。

雄高已无话可说。

20

又一个星期六，田村来到事务所。

“你们找到了啊，真的很谢谢你们！就那么点线索，真难为你们了。这么一来，我心中的大石总算落下了。”田村弯折他粗短的脖子道谢。

“她的名字叫作田部井弘惠。”雄高开始报告从打开纸鹤到找到弘惠的经过。弘惠来到东京，白天在料亭‘鹤屋萝月’当服务生，晚上到押上高中读夜校。学校希望制作一首夜间部专属的校歌，当时国文老师向学生征文，弘惠的歌词就是写在纸鹤后面的诗词。雄高拿出歌词给田村看。

□□川的　清流映颜
青年之声　朗朗高昂
放眼世界　胸怀大志
啊啊　星云之光在此

“我们请教押上高中夜校的老师，无法判读的文字是隅田。”雄高说。

“原来是隅田川，我工作的PK木材工业就在隅田川岸边，原来我们一直看着同一条河川。”

“我们靠着这段歌词和折成纸鹤的纸找到田部井女士。”雄高解释纸上印着葛藤和月亮的图案以及暗藏的火烤字。

“真讲究，我还没到过这么高级的料亭。”田村深感佩服，一边开心地拿起纸透着光看，一边用手指抚摩。他那粗糙的双手印刻着好几层时光留下的年轮。当初，少年田村就是靠这双手撑在地上，向公司主管下跪，并在往后四十三年养活自己和家人。雄高对于自己粗短的双手感到羞愧，忍不住把手藏起来。

“田村先生，那位田部井弘惠女士，她后来一边在银座工作，一边继续写诗。”

“她最后在酒店的世界里存活下来了啊。太好了，她还活着真是太好了。”田村说出“她还活着真是太好了”这句话时，眼眶泛红，“大姐姐现在变成什么样了？我都已经这么老了，她也变成老婆婆了吧？这就是人生啊，没办法。我得好好向她道谢。大姐姐——不，我是说田部井女士现在住在哪里？”

“她身体状况不太好。”

“她生病了？”田村发出悲痛的声音。

“罹患肝病，现在正在住院。”

“那我得赶紧探病。”田村的语气很着急，好似他想马上起身走出事务所。

“不，您无法见到她。”雄高静静地看着田村的眼睛说。

“已经严重到这种地步了吗？”田村悔恨地回视。

“不是这个意思。”

“不想见吗？这也不是不可能，没人喜欢回忆辛苦的过往，更何况是一个只见过一次面、来历不明的男性，不记得也理所当然。如果是这样，没关系，我可以接受。”田村泄气地点头。

“她记得田村先生。不，应该说，她从未忘记。”

“没关系的，侦探先生，不用安慰我。我这人咬紧牙关才活到现在，人一直沉浸在感伤的情绪中也无济于事。”

浩二郎在一旁默默注视着田村发言的神情。浩二郎完全没有插话，意味着雄高的应对没问题。雄高笃定地从侦探社的纸袋中拿出下村里美的 CD 递给田村，再加一句浩二郎在那天晚上说的话：“这首歌的歌词说明了一切。”

“我知道下村里美这位歌手，她唱的歌是田部井女士写的词？”

“这首歌的歌词获得作词家大奖新人奖。我们再怎么费尽唇舌，都不如这首《窗光》的歌词更能道尽田部井女士的心情。”雄高说出自己的内心话。

“可以的话，我想现在就听，好吗？”

“没问题。”

雄高走到手提式音响旁时，浩二郎开口：“田村先生，CD 就是我们的调查报告。您听完曲子，若对我们的调查报告不满意，我们将不收取调查费用，只收取还田部井女士的四十元以及必要的成本开销。”

“实相大哥……”

“雄高，不要紧。”

“可是……”

“我知道了，请先让我听完。实相先生，打从一开始我就拜托你们替我寻找看不见的回忆。现在，请让我用我的心来感受，好吗？”

浩二郎心满意足地点头。

听完 CD，田村用手帕捂住眼角。他一言不发地收下调查费用账单，深深一鞠躬，离开事务所。

“实相大哥，不告诉田村先生弘惠女士不能与他见面是因为她儿子，这样好吗？”

“我想田村先生应该能从‘自豪灵巧的指尖／油染指甲的龟裂痕迹’这句歌词，理解弘惠女士的心情。她希望自己在田村先生心中，一直都是美艳动人的大姐姐，这就是她的心愿。而且，他们随时借由这首歌重逢。”

“我还太嫩了。”雄高仿佛看见砂原谦说“所以我才说，还不能放心交棒给年轻人”时的表情。

“不够成熟也是很重要的特质，每个人都是独一无二的。”

“每个人都是独一无二的。我会记住这句话。”雄高说完看看手表，晚上拍戏的时间快到了，他要饰演停泊在伏见港屋形船上的没有台词的船夫。

“晚上要拍戏？”浩二郎问。

“对，演我目前最满意的角色。”雄高豁达地笑着，甚至不懂为何自己会这么开心。

第三章　说谎的男人

1

“喂，请问是回忆侦探社吗？那个……”

星期一早晨，佳菜子接起的电话里传来一名年轻男性的声音，他说到一半便停下。

“您好，这里是回忆侦探社，请问有什么事吗？”佳菜子听到电话那头传来轻微的叹息声。

“……请你们帮我一下好吗？”

“帮忙寻找回忆吗？”

“不，我是说现在。”

“什么意思？”佳菜子不懂对方的意思。坐在后面接电话的一之濑由美看了看佳菜子。现在事务所只有两个人上班。

“这里真不友善。”对方语带讽刺。

“我刚才不是说……”佳菜子再次询问状况。

“我坐轮椅进不去。”

“咦？”佳菜子拿着话筒往玄关一看，大门玻璃下半部有人影晃动，“不好意思，我没注意到，我要挂断了。”

佳菜子急忙冲向玄关，由美从后面小跑着跟上来。佳菜子打开大门。一名长相稚嫩的男性坐在轮椅上，拿着手机。

“你们这里没有无障碍通道。”青年看着由美说。

“这里的大楼比较老旧，抱歉。”由美绕到轮椅后面，轻松地让轮椅越过门槛，进到事务所里面。

“谢谢。”青年宽心地笑了笑。由美把会客区的一个沙发移开，将轮椅推到桌子旁。“我在找人，你们应该可以帮忙找人，可以听我说吧？”佳菜子将茶放在桌上时，他唐突地开口。和饭津家医师通话到一半的由美回到后面的座位上。

“这……这个，请等一下，可以录音吗？”

“我没意见。”

“请先告诉我你的名字和住址。”

佳菜子才说完这句话，由美就对她说智代的状况不太稳定，要去饭津家诊所一趟，问她可以处理吗，今天浩二郎陪三千代到K大医院回诊，雄高昨晚通宵拍戏，会晚点到。由美那么慎重地问她，是因为她们昨天刚聊到，事务所附近似乎有一个男人行踪可疑。

佳菜子看了看那名青年的脸，判断没有危险，开朗地说：“慢走。”

目送由美离开后，佳菜子继续询问对方的名字和住址。

“板波孝，木板的板，波浪的波，孝顺的孝。我住在枚方。”板波说出详细住址，并说明他目前独居并在求职中。

“这样啊。”佳菜子语气中带着为难，她觉得没有工作的人居然还会花钱找人，听起来不太对劲。

“钱的事情你不用担心。我去年发生事故所以脚受伤，变成这副模样，之前存了一笔钱。我们家也会定期寄钱给我。”

“啊，对不起。”佳菜子很不好意思，担心钱的事居然被对方看穿。

“没关系，这没什么。只不过，若是收费超过十万元，我也很伤脑筋。”

“我想应该不会超出你的预算。你想找什么人？”

“好像是初恋对象。”

“好像？”佳菜子睁大眼睛。难道是替别人找？

“还是得从头说起，不然你也是鸭子听雷。”板波露出雪白的牙齿笑着说，“我的朋友叫木下友子，是女生。”

“女性朋友吗？”

“哦，难道你是那种不相信男女有纯友谊的人？”

“不，这种事……”

“别人怎么想我管不着，但我和友子不可能是恋爱关系。”板波挥挥手否定。

“所以说，板波先生要找木下小姐的初恋对象？”

“就是这样。不行吗？”

“他们什么时候认识的？”佳菜子无视板波的嘲弄继续询问。板波大概认为佳菜子只是年轻丫头，不把她当回事。佳菜子看出他的心思，故意摆出严肃的表情和坚毅的态度。

“我和友子是两年前打工认识的。”

“不是你，是木下小姐和她的初恋对象。”佳菜子说话时，特别留心自己是否维持同样的表情。

“哦，你说他啊。友子说，当时她读中学一年级，所以我想是十年前的事了。”

“十年……”十年前，有一段佳菜子不愿回想的过去。

“友子这人也太钻牛角尖了，不知道是不是身边没有出现像样一点的男人，十年这么久，一般人早忘光了。那家伙太执着了。”

“我不觉得十年很久。”

佳菜子想忘也忘不了。一不小心，那可怕的画面就会自动浮现。她痛恨人类的记忆机制，为什么不可以十年重新设定一次？

“你可以理解友子的心情啊，看不出来你这么老派。”

“……”

“怎么，你脸色不太好看。”

“不，没……没事。木下小姐现在二十二三岁吧？”

她知道自己虽然脸发烫，但手脚冰冰冷冷。只要回想起十年前的事，即使在夏天，她也会从指尖开始发冷。佳菜子紧握双手，脚趾像要抠住地板般用力折起，不让体温下降。

“她和我差六岁，所以是二十三。”

“她在哪里和那名男性认识的？”

“友子离家出走的时候，在京都遇到他，他对友子很好。”

“京都？”

“没错。”板波道出友子告诉他的故事。

木下友子的家位于滋贺县大津市，家庭成员有父母和姐姐共四人。由于父母感情不好，姐妹俩没有一天不想早点离家。但姐姐高中毕业便交到男朋友，早她一步离开。那年冬天，友子再也忍不下去，逃离了那个家。

“十三岁的女生也不可能做什么离经叛道的事情，只能跑去京都找姐姐。”

“京都哪里？”

“伏见。”

“伏见！”佳菜子倒吸一口气。

“怎么，干吗那么大声？”

“不好意思。”

“你是不是身体不舒服，嘴唇发白。”

“不……不是，没事。”

“没事就好。要不我改天再来？”

“没……没事。友子小姐去京都找姐姐时，遇到了那个男生吧？”

“友子的姐姐在伏见一家卖杂货的量贩店工作，她男朋友是送货的司机，他们住在附近一间公寓，不过那里没有多余空间给友子住。再加上友子已经上中学一年级，这个年纪的女生，寄住在别人家总是不太方便。”

友子察觉姐姐不喜欢自己留下，只住了一晚就离开了。

“她骗姐姐说她要回家。”

“一个十三岁的女生？”

“她无处可去，没办法，只好去那个御香什么的附近……”

“御香宫。”

“对，她到御香宫附近散步，走着走着肚子饿了，就在宫内找了张长椅坐。这时那个男生出现了。”年轻男性坐在离友子稍远处，取出素描簿。友子发现那人的眼睛一直往自己这里看，回瞪他一眼，但男生不以为意，默默地摇动铅笔。

“不知该说她好强还是泼辣，友子不开心地说了他几句。”

“说陌生男生？”

“她说她要收模特儿费，真是乱来对吧？”

“太危险了。”

“结果那名男性从包包中拿出便利商店的肉包给她。”

“当作模特儿费？”

“是的。”

“木下小姐一定很生气。”

“没办法，她肚子饿扁了嘛。”

对饿到两眼发昏的友子而言，稍微冷掉的肉包或许比钱还珍贵。

“她说她本来从不相信身边的人，但当时觉得那个肉包特别好吃。友子那家伙，真是败给她了，呆瓜。”

有人在你需要的时候给你想要的东西，那种喜悦感非常强烈。佳菜子非常了解，她与刑警浩二郎相遇时就是如此。

十年前，某个冬天的星期六，佳菜子早上到书法社练完字从学校回到家，等朋友过来，准备下午两人一起去补习。因为一名戴棒球帽和墨镜的年轻男性从暑假开始就一直频繁地接触佳菜子，害她去哪里都不敢一个人，幸好有几个好朋友愿意轮流陪她行动。

但那天过了约定的时间，朋友依然没有出现。忐忑不安的佳菜子来到离家最近的商店街寻找朋友。商店街里有一个派出所，她至少敢一个人走到那里。

那里就是她的命运分岔口。佳菜子在派出所看见了朋友。

那时她离家有七八分钟的路程。朋友因为被一个陌生人抓住手臂，立刻跑去派出所报案，正在接受警方侦讯。佳菜子在现场陪朋友做完侦讯。这时她离家已经超过四十分钟了。

两人因为恐惧而没心情上课。她们决定先回佳菜子家打电话联络补习班。

家里后门敞开。佳菜子记得自己出门时有关门，觉得可疑，她往里头窥看。

里面一片鲜红。除此之外，她什么都看不见。在红色液体上，她看见母亲穿着平时的衣服，脸色苍白，眼睛瞪着天花板。四周太暗，看不清楚，但她知道有人躺在玄关处。当然，她知道除了父亲外没有其他可能，但她鼓不起勇气确认。

她朋友放声尖叫，然后号啕大哭，当场呕吐。

佳菜子回过神来时，人已经在警察局。她根本记不得发生了什么事。

一个一个轮流进来问话的警察，每个看起来都严肃又恐怖。嘴巴上说的话都很温柔，但眼神非常严厉。佳菜子虽然没有受到不舒服的对待，但心中充满不安。

双亲遭人杀害，精神遭到强烈打击，加上看到凄惨命案现场心生恐惧，佳菜子当时的心灵非常脆弱，对任何风吹草动都很敏感。在单调至极的警察局房间中，她听到外面传来叫唤下属的呼喊声、脚步声、门开开关关的声音，这些声响在佳菜子听来都非常粗暴。每个声响都让她的身体蜷缩得更小。

但浩二郎不一样。他一来，就替她弄一杯热牛奶。精准地说，应该是打算弄一杯给她。他买了牛奶和蜂蜜，在警察局里的茶水室弄热，但调得太甜，所以另一位女警替佳菜子重弄了一杯。佳菜子喝牛奶的时候发现，虽然才十二月，但这一天特别寒冷。这时她惊觉自己不只心冷，连身体也冻僵了。

浩二郎也拿着一杯牛奶站在旁边，陪她慢慢地把牛奶喝完。当然，光这样并不能抹去她失去双亲的悲痛和恐惧。不过，至少自暴自弃的想法消失了。浩二郎的体贴，佳菜子确实感受到了。

她不想要温柔的话语，只想要包容自己的宽厚之心。热牛奶做太甜失败了，但浩二郎的心意依旧温暖了佳菜子。对友子来说，肉包或许就相当于佳菜子的牛奶。她不认为被肉包左右心情的友子是个愚笨的女人。

“所以，木下小姐才会对他念念不忘。”

“之后，他安排友子在市区的旅馆住了两天，好像叫Tower Hotel，然后要她心情平复后就回家。”

“两人后来就分开了吗？”

“他替她安排好旅馆房间后就离开了，两人再也没见过面。两人只有精神上的交流。”

“她还未成年，所以我不是那个意思。我想问没有其他关于那个人的线索了吗？比如说他有没有说过他念什么学校或几岁之类的？”

“知道这些的话还用得着麻烦你们吗？线索就只有这个。”板波将对折两次的图画纸递给佳菜子。上面用铅笔描绘了一名少女，头发及肩，带点波浪，一双微微上扬的大眼。薄嘴微翘，不宽。看到她眼睛下面有一颗痣时，佳菜子吓了一跳。虽然不同边，但自己的脸颊也有一颗痣。

“你也有一颗痣。”大概注意到佳菜子的视线停留在图上的痣上，板波对佳菜子说。

佳菜子不予理会，继续盯着图画纸。她很想找出一些线索。高领毛衣画到胸部附近变得模糊不清，右下方有一个不知是签名还是符号的图案，很像音乐符号，但好像又不太一样。在“折纸鹤的女人”这个案件中，涂在纸上的火烤字成为重要线索。佳菜子拿起图画纸透光凝视，寻找有无不寻常之处，但一无所获。

“线索只有这些？”佳菜子问道。

“举手投降了吗？我还以为交给专业人士会有什么新发现。”

“我先跟你借这张图。”佳菜子咬唇。她很想说，虽然自己经验还不够，可是回忆侦探社里面还有很多比自己优秀的人。但光凭这点线索，她也不确定能否找到那名男性，因此顿时哑口无言。

“正本我要还给友子，你去影印一张倒没关系。”

“好，我要怎么联络你？”

“打我手机，跟你说号码。”

板波说出手机号码，佳菜子记下。

“好了，我要回去，帮我推一下轮椅。”

“好。”佳菜子把画着友子的图画纸拿去影印后还给板波，并绕到他身后，将刹车松开，缓缓地将轮椅推到外面。

2

浩二郎将车子停在侦探社后面的车库，让拿着慰劳大家的食物的三千代下车，再慢慢把车停好。三千代先走进家中，而浩二郎绕到事务所的玄关时，正好看到由美在人行道上。

“由美，辛苦了，智代女士的状况如何？”浩二郎猜她刚从饭津家回来。

“可能会转到 K 大医院。”由美愁眉苦脸地说。

“不乐观吗？”

“饭津家医师说，最好先联络她儿子过来，但她现在又不能受到太大刺激。”

“很少看到饭津家医师这么伤脑筋。”

当机立断是饭津家的信条。由此可知，智代的病情真的不乐观。

“不知道该怎么办。”

“没关系，今天我们就可以见到理查杉山的女儿了。”

“早上确认过了，晚上七点和杉山沙也香见面。”

“她叫沙也香是吧，好，我知道了。放轻松点，我回来的时候顺道买了泡芙，稍微休息一下。”

“K 大附近的 Othello 吗？那里的泡芙超好吃的，我好喜欢。”

露出天真笑容的由美手搭在事务所的大门上，但是打不开。

“咦，锁住了。佳菜不在吗？”

“今天雄高要拍戏。佳菜是不是去买东西了？”

“可是刚才有委托人。”

“委托人？”浩二郎取出车钥匙圈，找出事务所的钥匙打开门锁，并喃喃道，“那她跑哪儿去了？”

一进到事务所，只见会客区的沙发位置有较大移动。

“委托人坐轮椅来的。”由美说明。

“所以才移动了沙发？”浩二郎环视事务所内部。

“因为对方坐轮椅，所以是佳菜推他出门的吗？”

“确实有可能，比让事务所唱空城，然后跑去买东西的概率大多了。”

佳菜子温柔贴心，缺点就是太过敏感。虽然做侦探这行，敏感是必要的，但容易受伤，一不小心就会累积过大的压力。在“书写温暖字迹的男人”的案子中，浩二郎发现一件事：佳菜子自从经历这个案件后，对回忆侦探这份工作的态度发生了很大的变化。

她曾经因为恐惧，失去对人的信赖，并且试着用自己的方式努力修复，但成效不彰。但她现在似乎找到了新的方法，那就是借由搜寻他人的回忆，接触人情的幽微，缝补自己内心的裂口。但要想缝补伤口，须先用针刺穿心脏这块布料。有时，痛感太过强烈。浩二郎希望她别着急，一点一点地慢慢缝补就好。

自己果然还是太心急了吗？

“由美见过那位委托人吗？”

“我把他推上玄关的。因为我们没有无障碍通道，也跟他说抱歉了。”

“这真是不好意思，还是得找个时间重新装修，现在已经进入讲究设计的时代了。”浩二郎看往佳菜子的座位，发现一张少女素描影印件。他拿起来，从笔触判断，应该出自很会画画的人之手。

模特大概是小学生或中学生，猛一看很像佳菜子。脸蛋细长，眼睛很大，若清秀的气质再掌握得好一点，就更像佳菜子了。浩二郎在警察学校上过课，人的脸只要经过类型化后，其实样式并不多。那堂课要练习根据目击者的描述，用分割的图片拼贴出歹徒的肖像。

“由美，这张图是？”

“我也不知道。也许是坐轮椅的青年拿来的，不然就是佳菜的朋友画的。”

“画得很像。”浩二郎把画摆在由美眼前。

“你觉得像不像佳菜小时候？”

“原来如此，小时候啊。”浩二郎又看了看那张复印件。

“可是，痣的位置颠倒。我记得那名青年说要找人，说不定这张画就是线索。”

“靠这张图找人吗？”浩二郎感觉这个案件难度很高。但既然是线索，就一定要从中挖掘出一些情报。浩二郎仔细端详这幅画，发现原稿应该是铅笔画，所以影印之后太淡的线条印不太出来。浩二郎的目光停留在少女肖像右下方的一个记号上。

“这个……”虽然很模糊，但他印象中看过这个记号。他凝神细想，一个念头袭上心头，但怎么可能！

“浩二郎大哥，怎么了？”由美大概发现他神色大变。

“由美，佳菜有危险了！”

“怎么回事？”

“我看过这个记号。”浩二郎把复印件转给由美。

“很像是模仿画高音谱记号画失败……”

“佳菜父母遭杀害的现场也留下了这个图案。”

“什么？怎么会有这种事？”

这个记号没有对外公开，在那封疑似自杀男子写下的遗书中，也画有相同的记号。这是只有凶手才知道的信息，因此成为定案的关键。

“她的母亲遭人刺杀，脸上被人用她母亲的鲜血画上这个记号。”

“太过分了！真的太过分了！”由美说完之后捂住自己的嘴。

“虽然不知道这幅画是谁的，倘若这个记号和佳菜有关的话，事情就不妙了。”浩二郎冲出门外。他沿着乌丸通往北跑到今出川通，这一带他全看过了，就是找不到他们两个。没办法，他只好转身往南跑，同时拿出手机。他打电话联络曾与他一起调查橘家惨案的一位刑警学弟永松。这位学弟和他一样，强烈反对高层草率地判定凶手自杀的做法。

浩二郎向他确认，那名坦白自己曾在十年前杀害橘氏夫妇的自杀男子在遗书中画的记号形状。接着他急忙赶回事务所，慎重起见用手机拍下记号，再传给永松。

“学长，没错，就是这个记号。你在哪里找到的？”

浩二郎告诉他，是由一名坐着轮椅的男生拿来的。收下这东西的人就是遇害的橘氏夫妇的独生女。

“你说什么？”永松大叫的声音连一旁的由美也听得见。

“我再打给你。我需要你的帮忙，拜托了。”

“我知道了，坐轮椅的男人和橘……”

“和橘佳菜子。我把照片传给你。有什么消息我会通知你，你那边也是，假如有发现什么的话。”

“当然，小心驶得万年船。”说完，永松挂断电话。

“她手机没人接。对了，佳菜应该有录音。”由美等浩二郎挂断电话后说。

“马上放来听。”

“这东西是十年前画的啊。”

听完这名叫板波的青年和佳菜子的对话后，浩二郎低喃。假使板波说的都是真的，那么画这幅画的人并不是委托人。浩二郎稍微感到放心。接着，他立刻向永松报告，坐轮椅的男生名叫板波孝，二十九岁，以及他本人提供的住址和手机号码。

“板波这个男生看起来怎么样？”浩二郎问由美，同时用事务所的电话打板波的手机，但对方似乎没开机。只要证明他有犯罪嫌疑，警察就可以调查手机发出的微弱信号。但目前还没办法。浩二郎着急佳菜子怎么还不赶快回来，不断往玄关处张望，然后挂断电话。

“娃娃脸，看起来不像坏人，不过……”

“不过什么，你觉得有什么不对劲吗？”

“感觉上，他好像不太熟悉轮椅。”由美说，坐轮椅的人通常要花一周的时间才会放心地把身体交给轮椅。她帮板波推轮椅的时候，感觉他的身体没有放松，有阻力。

“换句话说他使用轮椅还不到一周吗？”

“这只是我的感觉。”

“不，假使你的见解正确，那就表示他在说谎。”浩二郎惴惴不安。他还在当刑警时，大家最害怕的就是他的预感。

由美再度拨打佳菜子的手机，她看着浩二郎摇摇头，同时浩二郎的手机响起。

“学长，板波给的住址是假的。”

“什么！”浩二郎一拳捶在桌子上。

“我现在立刻去你那边。”

“永松，顺便带鉴识科的人来，全体紧急动员！”

“我会和上面的人讨论一下。”

浩二郎讶异做事一向迅速果决的永松居然这么回答。但他很快了解了自己的立场。他不再是永松的上司，也不是刑警了。“这关系到我们家员工的性命，拜托你了，永松。”浩二郎激动恳切地说完这句话后挂断电话。

绝对饶不了他。要是他敢碰佳菜子一根汗毛，我就……

“浩二郎大哥！”由美叫唤着。

“由美，紧急事件，取消和杉山沙也香的约。”浩二郎凝视着铅笔画中少女的脸庞，并在心中无数次地喃喃道——我一定会去救你。

3

佳菜子从没想过推轮椅这么困难。

即使近年来社会重视无障碍空间的意识高涨，市内街道的高低落差问题也逐渐受到关注，但许多地方依然没有得到改善。因此，遇到比较大的高低落差时，不管是轮椅使用者还是辅助者多少都要有些心理准备。

若碰上一些小隙缝，较小的前轮就会不听使唤。甚至角度一不对，车轮就会转九十度，陷入缝隙中。假使车轮突然卡住，轮椅上的人很可能就直接往前跌下。虽然板波不重，不过佳菜子瘦弱纤细，倘若板波真的跌落，她也没办法把他抱起来。

想到这点，佳菜子更用力地推着轮椅，从事务所到停车位置只有几十公尺，却要休息好几次。

“你现在终于知道无障碍空间都只是口号了吧？”板波看着气喘吁吁的佳菜子说。

“真的，我之前都没注意，一些小落差或是乱停的脚踏车，竟会造成这么大的阻碍。这座城市离友善还很遥远。”

“友善城市？根本没有这种东西。”

佳菜子注意到板波不屑的语气，听起来带点自暴自弃。这不像是会帮忙女性朋友找初恋男友的浪漫主义者说的话。

“车子是哪一辆？”抵达板波说的二十四小时投币式停车场后，佳菜子问。

“深蓝色的轿车。”板波指着停在最深处的轿车说。

到目前为止，佳菜子还能清楚地记得发生了什么事。她专心握住轿车方向盘，开了三十分钟左右，心情终于冷静下来。

“我现在舒服多了，接下来我自己开就好。”

板波要上车时，突然对她说身体不舒服，一副很痛苦的模样，佳菜子急忙载着他前往他指定的医院。惊吓过度的佳菜子照着板波报的路线开。

“没事吧？”

“嗯，这附近的路不好讲。”

“可是，要是像刚才一样又……”

“那是发作，突发性的，大概是事故的后遗症。人的神经就是这么麻烦，有些事情你可以控制，有些没办法。不过，一旦平息下来就不太会连续发作，不用担心啦。可是还是要去给主治医师看看。不好意思，这么麻烦你。”

“哪里，我不觉得麻烦。”佳菜子内心有点不安。

佳菜子从京都市区往南开，穿过高速公路的高架桥来到京阪奈公路。她听说这一带是新兴住宅区，街道的变化日新月异。她完全不熟这附近。她根本不知道自己身在何处，心里才越来越慌。

“不用担心，看完病我再送你回去。”

“不，我没有担心。”

“你这人还真老实，感情全都表现在语气上。”

“不好意思。”

“干吗道歉，说你老实是称赞你的意思。”

“可是，专业侦探不应该这样吧？”

“就侦探来说，或许不太适合。你先停在前面的路肩。”佳菜子转动方向盘，停好车。她从驾驶座下车，滑开拉式车门，正打算把轮椅扛出来时，被板波制止了。佳菜子看着他直接从后座越过椅背，移动到驾驶座上。

“你都空出驾驶座的位置了，这样比较快。”

“……”

“怎么啦？”

“不，没什么。”

“所以我说你太老实了。你是不是吓一跳，想说我的脚不是受伤了吗，怎么还能动？”

“我只是有一点惊讶。”

“我就说神经系统这东西真的很难搞。痛的时候动不了，不痛的时候又能动了。快点上车，冷气都跑光了。”

佳菜子坐进车内，把车门关上。

“不好意思，再陪我一下，不要疑神疑鬼。我们说好到医院的，不是吗？”

“嗯。”

“你的手机，借我一下好吗？”

“板波先生的手机呢？”

“没电了。我要打去医院跟医生说我现在要过去了。”

手机里面有完整的个人信息，佳菜子虽然不想借给陌生人用，但想了想似乎没有其他办法。佳菜子取出从录音起就一直保持关机的手机。

“请等一下。我想打电话回事务所。”

“我马上就还你，快点，借一下，这里不能停那么久。”

佳菜子被对方急躁的口吻压迫，不甘不愿地把电话递给驾驶座上的板波。

“哦，很有少女情怀嘛。”板波盯着手机上的吊饰。佳菜子嘟嘴想：吊饰只有一条，而且是以狗狗为主角的外国动画角色，哪里有少女情怀？

“这里不能停太久，先往前开一段路再打好了。”板波将佳菜子的手机放在仪表下的抽屉内，把车子往前开。本以为他会立刻打电话的佳菜子，张大嘴巴，说不出话。

“替人找回忆也能变成工作啊。”轿车加速并穿过车流时，板波搭话佳菜子。

“回忆说起来简单，可是里面蕴含着浓厚的情感和人性，不是单纯地用怀旧就可以解释的。”面对板波不以为然的态度，佳菜子板起脸说。她脑中闪过自己接的第一件案子中那位二手书店老板立石润造说的话：“这世上没有比人心更重要的东西了。”

“可是，回忆不光只有好的吧？”

“当然，也有不想再回想的……”

“就是说嘛。”板波意有所指地说。

“可是就我们接受委托寻找回忆的经验而言，并没有人寻找像板波先生说的那种不愉快回忆。”

“所有事情都是一体两面的吧？”

“一体两面？”

“就像光和影。有人希望唤醒回忆，反过来说，一定有人打死都不愿想起某些事。”

打死都不愿想起某些事……

对佳菜子来说，只有一件事情、一个画面她绝对不愿再想起。

“怎么，你也有打死都不愿想起的事情吗？”

“为什么你会这么想？”

“我不是说过了吗，你都写在脸上。那个谁啊，呃，友子吗，木下友子，我在讲她的事情时，你的表情很不自然。十年前，没错，我说到十年前时，你的表情就怪怪的。”

板波为了木下友子的委托来敲回忆侦探社的大门，他居然一瞬间想不起友人的名字。板波和友子不熟吗？既然如此，他怎么会花钱替她寻找回忆呢？不，从板波刚才的言论来看，他根本就不重视“回忆”的价值。既然如此，他又为什么要来回忆侦探社呢？

佳菜子从后座盯着板波的后背。

“十年前发生了什么事，让我这位新晋日本画画家磐上敦为你找出回忆好了。”

磐上敦？不是板波孝吗？难道他用假名！

她听雄高说过，假名通常会与本名互相呼应。他那时为了取艺名想破头。

磐上敦（bangami atsushi）和板波孝（itanami takashi），假使将“板”读作 ban[1]，就变成 bannami，发音很像。若板波是假名，那木下友子的初恋故事很可能也是假的。到底哪些部分是谎话？又为了什么说谎？佳菜子回想起板波，不，是磐上在车内移动时的样子，他当时的脚——左脚已经跨过座位，要把右脚拖过来时，他的右脚直接朝臀部处弯折。他的脚真的受伤了吗？难道连坐轮椅也是假的？

[1]“板”音读为 ban，训读为 ita。

“怎、怎么会这样……”

“不用担心，我又不要你的钱。”磐上笑着说。

一阵恐惧感顿时袭来，佳菜子缩起身子，喉咙干渴，气管收缩。这时，车子变换车道，速度加快。

下一个红灯停下来时，佳菜子觉得自己说不定有机会跳出去。

“车门还是要锁好才行，从行进中的车子里摔出去会发生事故。”

佳菜子觉得毛骨悚然。难不成他会读心术？

“为什么你要这么做？”她抱着豁出去的心情，从喉咙挤出声音。

“和你最喜欢的回忆有关啊。”

回忆？

但我对磐上敦这个名字一点印象也没有。

难道会和那段最可怕的回忆有关，会吗？

不可能。凶手已经不在这个世界上了。佳菜子双手紧握。

4

一定要尽快找到她。浩二郎思考下一步该怎么走。回忆侦探社曾引进一个管理系统，每个成员都可以用 GPS 搜寻对方的位置。但被搜寻的人必须开手机，而且按下允许搜寻的选项，否则无法找出对方。

一旁的由美不断地重拨佳菜子的手机号码。

“没人接吗？”浩二郎问由美。

“手机没开。”

“没想到关键时刻这东西却派不上用场。”浩二郎想象佳菜子和自称板波的男生在一起的情况，忍不住咬牙切齿。他想佳菜子的手机一定是一开始就被拿走了。

“永松怎么过了这么久还没回？”浩二郎思考，永松和上司讨论能否发动紧急动员后，应该会打来。而且，怎么没有派鉴识官过来。浩二郎按捺不住，联络永松。

“学长，很抱歉。”永松消沉地说。

“怎么回事？”

“他们说，案件已经结案了。”

“上层的人这么说？”

“……”

“他们怎么解释记号？”

“那个……”

“那个记号不可能凭空出现。”

“可是……”

“而且，当时完全没有对外公布这个消息。”

“上层说，说不定有些八卦杂志爆料过。他们认为大白天怎么可能轻易诱拐，又是成年女性。”

“爆料？他们根本没有证据。他们认为没必要一开始就跟十年前的事件连接吗？”

“他们说等一个晚上，人还没有回来的话再说……对不起，学长，没帮上忙。”

永松也很困扰。将过去以嫌疑犯死亡作结的案件重新翻出来检视，就等于否定当时的调查结果。换句话说，这等于批判当时指挥办案的高层人士，这在上下级关系极为严格的社会中意义重大，当过刑警的人都知道。

“当时的凶嫌在短短数十分钟内，夺走两条人命，而且用非常残忍的手法。”

假使佳菜子正和十年前的凶嫌在一起——光想到这点，就让人咬牙切齿。浩二郎很懊恼。他责怪自己竟然让佳菜子在事务所遇上十年前逃过一劫的凶嫌。放任佳菜子在自己的地盘被人带走的屈辱感让浩二郎全身颤抖。

“要是到了晚上，橘小姐还没回来，请联络我。”

“我知道了，我会自己想办法。”

“学长，不要太过勉强，也要考虑到大嫂的情况……”

浩二郎一言不发地挂断电话。

“警察不肯行动？”

“GPS 也没用，就只能寄希望于附近店家的监视器了。”

浩二郎仔细思考，板波不太可能突然绑架佳菜子。既然他假装是坐轮椅的青年，最有可能出现的情况是他让佳菜子辅助他，再趁机把她带走。他利用佳菜子的善良，把她引诱到自己的车子旁边，甚至想好借口，要佳菜子替他开车。

浩二郎听板波在录音机中说话的声音，似乎可以感受到他这样的企图。

“不习惯操作轮椅的人，要自己坐轮椅来到事务所，表示他停车的地方应该不远。”由美摊开周边的住宅地图，用马克笔圈起四周停车场的位置。

“东边是京都御所，西边停车场靠近府警本部，他应该不会选那儿。”

如此一来，可能的停车场就剩北边一个，南边两个。

“再远一点的话，就容易引人注目。”

“好，就锁定这三个。”由美将三个停车场附近的店家整理成清单，浩二郎照着名单上的电话号码一家一家打去询问。他问店家有无装设监视器，并说明自己正在寻找一名推着轮椅的女性。但装设监视器的店家，也只愿意配合警方调查，没有一家愿意让他们调阅影像。

打到第七家，终于获得目击者的情报。一名卖线香的香木店女店员印象中看见一名女性推着轮椅经过。

事务所的位置正好面对贯穿京都市区的大道乌丸通，与此条路平行，往西边隔一条街的道路称作室町通。从这条路往南一百公尺左右有一家投币式的小型停车场。停车场再往前十公尺远，就是香木店。

浩二郎事先问过由美佳菜子今天的服装，他向店员确认，确定是佳菜子。

“他们两人往哪个方向走？”

“室町通是南向的单行道。至于我们的店，前面那间是京都店，后面那间是本店。两家店大概隔一百公尺。”这家以药材行起家的老铺是在室町通一带发迹，由于名声响亮，仅隔一百公尺就开了第二家店。

“两家店之间有一座停车场吧？”

“没错，我在京都店看见那位小姐。她往南边走，坐上一辆深蓝色轿车往丸太町方向开。”

“深蓝色轿车吗，请等一下，停车场应该在京都店的南边吧？”

既然是往南的单行道，往南的车辆应该不会从店家门前通过。

“我正好从京都店回本店，刚好在那名小姐后方。”店员说自己是在京都店目击佳菜子经过，同时在本店前面看见车子通过，“我们这里离红十字会很近，时常看见他们的女员工推着轮椅。可是那位小姐似乎推得很辛苦，我印象很深刻。大概还不习惯。”

如果坐轮椅的人也不习惯轮椅的话，一定更难控制，难怪平常看惯轮椅使用者的女店员对她有印象。

“你确定是深蓝色轿车吗？”

“是的，她推轮椅时一副提心吊胆的样子，开起车来突然变得很敏捷。”

“开得很猛吗？”

“我那时心想，这小姐开起车来怎么性格大变。”

佳菜子开车离开，而且是以不符合她个性的驾驶方式。

“车牌号码呢？”

“这个没注意。”

当然，浩二郎不至于期待对方连这点都注意到。

“谢谢你，帮了我很大的忙，感谢。”

浩二郎让三千代留在事务所，并要她联络雄高和持续拨打佳菜子的手机号码，自己则跨上由美的机车。没有重机驾照的浩二郎坐在后座，让由美载着。浩二郎要由美推掉与“少女椿的梦想”一案中担任通译的女儿杉山沙也香的约，因为他突然想到，接下来须借助重机的机动力。由美的重机型号是GSX750S“KATANA”[1]，外形如其名，非常帅气，由美骑上去时身体须前倾。重机的坐垫并非分开的两个座位，而是一体成形但有高低落差，坐在后座的人不得不贴近前面的人的身体。

[1]“刀”的意思。

“抓紧我的腰。”由美穿着红黑相间的骑士装，一瞬间露出不好意思的表情。

“好，我们从乌丸通南下！”

他们的目的地是位于第二个红绿灯的餐厅。靠着由美迅速换挡以及灵敏地换道，转眼间他们就抵达餐厅。餐厅老板从浩二郎还在当刑警时就认识他。这个老板以前在北区一家柏青哥店当店长。当时浩二郎在调查某件杀人案件，偶然揪出一名手段阴险的诈骗师。

所谓的诈骗师，就是对拉霸机的PC电路板动手脚，运用插入芯片等手法，控制概率的变动机制，借不法手段大捞一笔的人。由于这名诈骗师曾加入危及店家经营的诈骗集团，警方抓到他后，店长的喜悦之情自然难以言喻。此后，他一直很乐意帮忙浩二郎收集情报。这名店长后来存到一笔钱，开了一家梦想已久的创作料理餐厅。

浩二郎根据板波把车停在事务所南边的停车场，以及他随口说出枚方一带地名的态度，猜测他应该朝南前进。同时，他也想起一家位于乌丸通设置了监视器的餐厅。假设板波的车往南开，应该会被那台监视器照到。餐厅的老板因为招牌被人恶作剧弄坏过，所以设置一台镜头朝外的小型监视器。浩二郎赶到餐厅找到老板，说明自己正在追踪某辆车，直截了当地提出调阅录像带的请求。

“当然没问题。”老板立刻带浩二郎穿过厨房，到旁边的办公室调录像带。

浩二郎抱着祈祷的心情盯着画面。假设板波的车子沿着乌丸通往南，就不难推算出车子经过餐厅的时间带。

“就是它！”浩二郎发现深蓝色轿车时大叫。

运气不错，监视器刚好照到一辆短胖型的深蓝色轿车停在红灯前的画面。

“可以拉近吗？”

“没有这种功能。”

“我要借录像带。”

“只要实相先生开口，我义不容辞啊。”店长开玩笑地说。

“感激不尽。”浩二郎取出录像带，转身和还在店外头等候的由美会合。

“有什么需要随时跟我说。”他身后传来店长的声音。

5

两人乘着 KATANA 朝位于伏见的研究所前进。他们找前科搜研的茶川大助商量过，对方介绍他们到一间分析仪器厂商的研究所，他的学生在那里当所长。据说那人是分析录像带画面的权威，也是平时很少称赞人的茶川少数肯为之打保票的人。

他们超速抵达研究所。浩二郎逐渐习惯前倾的姿势，但一路上疑神疑鬼，担心有伪装警车出没，一段路程下来仍相当疲累。若因为超速被当场拦下来，大概就百口莫辩了。不过由美十分熟悉附近，反而骑得光明正大。

浩二郎和由美走进研究所，机器已经待命。似乎与浩二郎同时代、自称小田切的所长接过录像带后插入放映机。录像带的影像出现在计算机屏幕上。当那辆深蓝色轿车一现形，画面就被暂停。“就是这辆车吧？”

茶川似乎已告诉他有关深蓝色轿车的信息。浩二郎点点头。

“我会截取这辆车出现的每一格暂停画面，用影像处理软件去除噪声。”小田切手指飞快地敲打键盘。屏幕画面变成十六分割，都是蓝色轿车的车影。小田切在键盘上敲了几下，原本朦胧的轮廓随着画面闪烁变得鲜明。很快，车型确定了，深蓝色三菱 Outlander3.0L。与其说它是普通轿车，不如说是更接近现在流行的 SUV。

他接着锁定驾驶人。那是从副驾驶座的窗户看进去的画面，隐约可以看到人的侧脸，但看起来和打了马赛克没什么两样。陆陆续续去除噪声后，可看见驾驶人的头发及肩部。

“是佳菜。”由美伸长手指，指着屏幕上的一个小白点说。

“这是？”浩二郎问。

“这是我买来送她的缩缅布发夹，我很确定。果然是佳菜在开车。”

“小田切先生，再来我们想知道……”

“车牌号码是吧？”小田切很快回应。

“没错，看得到吗？”浩二郎盯着只能用键盘操作的屏幕。

“最后一格可以看到变绿灯后车子往前移动的画面。监视器的镜头偏南，幸好是广角，运气好的话应该可以看到。”

“拜托你了。”小田切将在画面中呈现斜面的车牌放大至全屏幕，开始进行噪声清除作业。和刚才不同，这回小田切似乎陷入苦战。他眉头深锁，嘴唇抿紧。

但是，现在只能等待了。

小田切面对模糊的车牌画面，研究了将近三十分钟。

“小田切，进行得如何？”突然，一个声音窜进研究所。

“茶川先生。”由美看着门口。

门口的茶川一脸怒气，他把帽子从头上取下。

“出租车费待会儿再跟你算。”

“茶川先生，你也来了啊。”浩二郎也抬起头。

“听到这消息叫人怎么工作，事情这么严重。不是我说你啊，浩二郎，怎么回事啊？我想说这么重要的小姐交给你，你应该好好保护她才对啊。”茶川鼻息粗重，可见他有多么担心佳菜子。

“我太大意了。”浩二郎低头道。

“这可不是说一句大意了就能交代过去的。对了，小田切，目前状况怎么样？”

“老师，好消息是监视器镜头是广角的，但修正需一点时间。”小田切敬畏地回答。

“这样啊。对了，浩二郎，画面分析就交给小田切，那先借我看一下，就是那张素描。”茶川走到研究所中央的长桌旁。浩二郎从由美手中接过素描画的复印件并将它递给茶川。“就是这个记号吗？确实很像案发现场的记号。不过现场的记号是用黏糊糊的血画的，歪七扭八。”

“我直觉就是这个记号没错。”浩二郎望着茶川。

“这个案子因为嫌犯留下遗书后自杀，最后没对记号做进一步的调查就作结了，真是愚蠢。”

“假使就是把佳菜带走、自称板波的男人画下的记号，他要不是十年前的嫌犯，就是熟知当时事件的人。”

“不过，都已经过了十年，为什么突然又……”

“一定是变态。”由美转头对着茶川说。

“原来如此，大概是跟踪狂那一类。”茶川眨眼点头。

“你是说，那个人这十年来一直跟踪佳菜？”

“所以才叫变态啊，浩二郎大哥。”由美说她当护理师的时候，曾有七年被跟踪狂跟踪。但很奇怪，当中空了三年没有跟踪。“我猜那人是白领精英，那三年被派到国外工作了。”由美说。

“所以说，那人回国后又继续跟踪由美？还真执着啊。”

“就是有这种人啊。”

“就是心理有病嘛。咦？”茶川拿出放大镜。

“发现什么了？”浩二郎看向茶川。

“这张图有拿去影印吗？”

“有，我印了一张放在雄高的桌上了。”由美回答茶川的问题。

“也就是说，你以这张图为原稿，又印了一张是吧？”

“没错。”

“原稿上沾到了某种东西，然后再透过静电吸附在复印机的玻璃板上。之后，你们以这张图为原稿再复印一张，所以将它放在复印机的玻璃板上，结果玻璃板上的东西又沾到这张图上，说起来有点复杂，总之，如果真是这样，或许我们又多了一条线索。”茶川向研究员索取培养皿和羽毛刷，他用羽毛刷在影印纸表面来回拂拭。一会儿，茶川转头看看四周，突然起身，把培养皿的粉末放入一台类似洗碗机的大型仪器中。据说那是最新型的粉末分析仪器，茶川熟练地使用起来。

“主要成分是碳酸钙。然后还有磷、铁，还有……”看着分析结果，茶川的脸色变得红润，“氨基酸。里面有十八种氨基酸。这粉末营养充足。”

“胶原蛋白？”

“不愧是由美小姐，对美容与健康的知识很有研究。没错，我猜应该是胶质。”

茶川补充说明，胶质有百分之八十七由胶原蛋白组成，其他还包含百分之十的水分以及钙、磷、铁。而这些沾到的东西，成分除了色氨酸，还包含其他氨基酸。

“可以说白话文吗？”浩二郎觉得自己正在上化学课，没有听懂。

“我不知道这张素描是什么时候画的。不过上面的粉末是重要的物证，从中我们可以得知板波的生活环境。这浩二郎应该很清楚。”

“因为那是人体遗留的证据。”

“除了刚才说的碳酸钙，这些粉末中还包括富含蛋白质的营养物胶质。这两种成分的组合，只有一种可能，那就是日本画用的颜料。”茶川将培养皿递给年轻的研究员，交代他放进电子显微镜下。“等我一下。”茶川换座位，盯着与显微镜连接的屏幕。然后他充满自信地说，“你看这么漂亮的细微粒子，错不了，是白色的颜料。”

“白色？可是，为什么颜料会含胶质？”浩二郎问。

“胶质颜料，特别是白色颜料，通常由贝壳和胶混合制成。”

“也就是说……假如这张技巧精湛的素描画是板波自己画的，就表示他是个懂画画的人，而且有日本画的底子，当然身边就有这种白色颜料。”浩二郎激动地说。

“现在的颜料通常会添加氧化钛，但这是天然物，而且纯度相当高。这么天然细致的颜料我是第二次看见。”

“你之前就看过？”

“是啊，我家的大姐也很会画画，所有道具都要用最上等的。京都府的U市有一间专门卖颜料的店，那里就有卖这种白色颜料，叫‘胡粉’。”

“胡粉？”浩二郎高声复诵陌生的名词。

“胡粉的原料采自一种叫板甫的牡蛎品种，不过现在全日本还维持纯古法制造的店，大概就剩下那家了。”

茶川说明，这种颜料用历经十五年风吹雨打的贝壳为原料，并将上下壳分别捣碎，再加水磨制而成。若不做到这么讲究，画出来的画就无法呈现温润的白色。

“像日本湿气这么重的地方才做得出这种颜料。”

“板波平时的生活环境中会有这么稀有的颜料？”

“这就是重点。素描画中的女子长得和佳菜十分相似，但脸型和五官不一样，这是相当高明的技巧。”

“对方是画家？”

“只有专业的画家才会使用这种等级的颜料。”

“打电话到那家店问问看。”浩二郎麻烦由美用她的手机搜寻店家电话。

“车牌解读还需一点时间，不过，你看这个。”浩二郎正要拨打由美刚搜寻到的联络电话时，小田切拿一张放大到A4纸大小的照片给浩二郎。

“是他，他就是板波。”

照片刚好捕捉到昏暗的后座中，男人的脸往左前方一瞥的瞬间。

“就是这个男的，就是他来事务所。”由美看了一眼大叫道。

“本来以为画面太暗可能看不清楚，现在至少看得出轮廓。”小田切语气兴奋。

“谢谢你。”浩二郎道谢，转头对由美说，“由美，请把这张照片传给店家。”

浩二郎打电话给颜料店时，照片已经透过电邮传过去了。

“他是从事绘画方面工作的人，请问他是你们的客人吗？”对方已经知道他们是回忆侦探社的侦探，正在找人。

“啊，是磐上，磐上敦老师。”

“磐上！”浩二郎听过这个姓。

“老师又开始画日本画了吗，真是太好了。他父亲淳三郎老师一定很高兴。”

“是啊，后继有人。”浩二郎随口敷衍几句便挂断电话。

“茶川先生，嫌犯是磐上。”浩二郎对着茶川大喊。

“什么，磐上？”

“对，磐上敦。”

十年前浩二郎调查那宗案件时，曾见过磐上。当时，浩二郎怀疑嫌犯的自杀动机不单纯，彻底调查他周遭，磐上正好是嫌犯交友名单中的一员。但当时只询问了他关于自杀少年的事情，因为佳菜子双亲遇害的时间，他有不在场证明，不至于颠覆调查结果。

“一开始看到素描画的时候就要发现才对。”

难不成浩二郎内心熊熊燃烧的愤怒之火，已被十年的时间冷却了吗？

“认出车牌号码来了！”此时，小田切的欢呼声响彻研究所。

6

深蓝色的轿车停在四方形的水泥建筑前，建筑周边种植着整齐排列的树木。佳菜子的手表指针指着三点半。她已经和这名叫磐上的男子一起行动超过五小时了。

这人知道那宗可怕的事件。说不定他早就知道我是被害者的女儿，特地来造访。若真是如此，他的目的为何？佳菜子的大脑飞快地运转着。

“到了，辛苦你了。”磐上的关西腔突然消失，他用另一种语调对佳菜子说话。

到底怎么回事，难道连关西腔都是假的？不过，一个人说话的方式会改变听者的解读，他现在的说话方式让佳菜子产生错觉：好好跟他交涉的话，说不定他肯放我走。

佳菜子思考着有没有方法可以从这名陌生男子手中脱逃。下车瞬间趁机脱逃吗？但这里杳无人烟，她也不知道自己身在何处。车子开上小路已有一段时间，对没有地理概念的佳菜子而言，这里简直和迷宫没什么两样。

逃跑对她绝对不利。更别说她从小就不擅长跑步。

不行，一定会马上被抓住。

佳菜子告诉自己，自己不再是当年软弱的高中生，而是遇到任何问题都能找出解决办法的侦探社一员。现在不能轻举妄动，当务之急是确认这里的位置。

“这里是父亲为我准备的工作室。”男人的口吻变得很有礼貌，侧脸也很沉稳。

“这里原本是染色工厂，面积大概六百坪，而且离马路有一段距离，必须经过好几条错综复杂的小路才能进入。所以，若想对外求救……不，我个人觉得，佳菜子小姐应该不至于有这么愚昧的想法。”

听到他叫唤自己名字时，佳菜子不禁毛骨悚然，她提醒自己千万别小看对方的敏锐。佳菜子的眼神和表情变化都逃不过他的双眼，而且每每说中佳菜子的心思。佳菜子提高警戒，自己须面无表情，否则老被他看出自己的想法，就只能被牵着鼻子走了。

磐上下车，从外面拉开后座车门。

盛夏的热风扑打在佳菜子的脸颊上。

“我要回去了，请问这里是哪里？”佳菜子下车后对磐上说。

“我很不喜欢说谎，不过佳菜子小姐对我来说是必要的存在。我不可能让你回去。”

“就算你需要我，我也要回去。而且我没有道理听你的话。”

她的心脏跳得很快，但一开口说话，似乎又慢慢平复下来。

“道理吗？关于这点，我们进工作室再慢慢说。”磐上的手放在门上。

“我没有话要和你说。”佳菜子知道，进这扇门后一切就都完了，她站稳脚步，转身想离开。“好痛！”佳菜子感觉有人抓住她的脖子。磐上紧抓她的颈部，力道十分强劲，佳菜子难以抵抗。“没想到你有这么鲁莽的一面。”

磐上强行把她拉回来，拖进建筑物内。里面像极了老旧的学校礼堂，空气中飘散着类似香木和蜡烛的味道。一股无力感笼罩着她。她觉得自己很没用，今天若是由美被抓住，至少会回磐上一巴掌吧。

进到里面，磐上才把手从她的脖子上抽走。她抚摩着脖子，观察内部。四周立着许多屏风画当作墙面。在佳菜子眼中，这里的每一幅画都像是日本画和西画的折中版，有一种故弄玄虚的味道。因为这些画乍看之下，主题都是外国风景、建筑和人物。

“你应该听过磐上淳三郎这号人物。”

“我知道磐上淳三郎……”

“很不幸，我是他儿子。”磐上微微抽动右脸，一脸厌恶且不屑地说道，但并没有粗鄙的感觉。

“既然你是名门之后，为什么又……”佳菜子的话被打断。

“你听过磐上淳三郎，但应该没听过磐上敦？”

“不是这样的，那只是因为我孤陋寡闻。”佳菜子低头。她根本没有必要道歉，但现在的他似乎具有某种魔力，逼她不得不这么说。

“大家都看不到我，只看到伟大的淳三郎画家。我父亲的画根本就不是艺术，至少和我追求的境界完全不同。但大家那么推崇我父亲，把他的画当作宝。”磐上强迫佳菜子坐在坚固且有靠背的椅子上。佳菜子眼前有一张榻榻米大小的木桌，上头随意摆着和纸以及素描用的炭笔。“我已经抓到美的精髓了。早在十年前，我差点就完成了，要不是遇到障碍——直白地说，那些碍手碍脚的人妨碍我了。”

“十年前？”她又听到磐上说出令人不舒服的字眼。

“十年前，在京都的伏见。”

“伏见……”

“这和在御香宫画素描完全是两码事。”

“那段故事是骗人的吗？”

“不是骗人的，但也非事实。”磐上站起身，盯着佳菜子的脸，他的表情十分沉稳。

“现在说这些都无济于事。我亲手将阻碍清除掉了。”磐上在佳菜子面前挥动自己的右手手掌。

“……阻碍？”

“你应该听出来了。我清除障碍、杀死碍手碍脚的人，他们也就是佳菜子小姐的父母。”他冷静地说。

佳菜子失去思考能力。难道说，从刚刚到现在满嘴胡言的磐上，只有杀害她父母这件事是在说实话吗？她不相信。

“我割断了佳菜子小姐父母的喉咙。”

这人到底怎么回事？正常人能面无表情地说出这种话吗？佳菜子摇头，告诉自己不要被骗了。“我的父母怎么会碍到你？”

“但他们确实如此。很遗憾，他们只能死了。”磐上静静地坐在旁边的椅子上。佳菜子不自觉地转过头。慢了一拍的怒火和憎恨从内心深处涌上来。她想把所知道的最肮脏言语都骂出口，但脑中一片空白。相反，她的泪腺有反应。当她想起曾经相信永远能与父母围着餐桌同声欢笑的自己时，眼泪流了出来。

“很难过吗？都过了十年了。”

“恶魔！你是恶魔！”

她仅吐出平凡的咒骂。她太无能为力，这种心情令她泪如雨下。

“太遗憾了，追求美的人竟被唤为恶魔。”

“你连恶魔都不如！”其实她想展开更激烈的咒骂，但声音哽咽在喉头。

“我不觉得我做的是善事，但他们挡到我了，行大善前，这是必要的小恶。”

“你居然说这是小恶！”

“没错，仅止于此。”

“你到底把人命当什么……把我的父母还来！”

“不可能，我不是神。”

“为什么，为什么，我父母到底哪里碍到你了？”

“我只是想追求极致的美。”

“美……”

“我想创造出极致的美，但磐上一族的血液不够格。”磐上拿起红色炭笔，随手在一张和纸上涂起来，“你见过这个记号吗？”

一个旋涡般的记号。佳菜子似曾相识。

“这是一千多年前，中国云南省少数民族使用的象形文字，叫东巴文，你应该有听过。这个记号在东巴文中是血的意思。”

佳菜子竭尽全力理解他说的话。

“这是流传在科学时代之前的文字，你不觉得它长得很像某种东西吗？”

“我不想听杀人魔承认杀人的借口。我只想知道你为什么杀死我父母。”佳菜子挤出最后一丝力气问道。

“这是双螺旋 DNA。”

磐上这么说时，佳菜子重新凝视他画的记号。看起来确实像是仿照双螺旋画的，但无法想象这个记号就是 DNA 的意思。

“而且它很像音乐符号，让人感受到蕴藏在血液里的基因以及生命的律动。”

“这跟我的父母又有什么关系？”

“我非常尊敬活在文明时代之前的人。他们保有敏锐的感性，而这正是欣赏美不可或缺的要素。相较之下，21 世纪的人类正在堕落，当然包括我和我父亲，因此，我须毫无保留地相信自己的感性，清洗磐上一族堕落污秽的血液。我想留下我认为美的东西，为此，我必须找到配得上我的审美的材料。”

磐上陶醉在自己的言辞中。

“材料？”

“橘佳菜子，就是你。不要哭泣，因为你是万中选一，应该感到光荣。”磐上移动到桌子另一头说，“这就是完成型。”他将挂在画架上的白布取下。上面挂着一幅画，画中少女和她在事务所看到的素描画一样，正对着佳菜子微笑。

“如何？不觉得这就是美的极致吗？眼睛、鼻子，还有嘴唇。尤其上唇形状很完美，匀称好看，尖端如富士山尖窄的峰顶。”

“这到底……”

“这是我们一起创造的孩子。佳菜子小姐和我的小孩，明白吗？”

“我不懂！”

“我马上就让你了解。”

“住手！”她双手压紧裙摆。

“你别误会，那是十年前的事了。现在我最大的愿望就是和佳菜子小姐合二为一，一起死去。”

“不要！我死都不要。”佳菜子猛地从椅子上起身。她往玄关方向跑，但头发被揪住而退后几步。由于太过疼痛，她蹲了下来。

“这里不会像十年前一样，出现碍手碍脚的人。”他拉扯着她的头发，强迫她坐在椅子上。佳菜子这次流泪是因为疼痛。为什么我会碰到这种事？这个男的和我一点关系都没有啊！佳菜子怨叹自己的不幸。

“十年前，我希望将你据为己有。我试着接近你，想好好跟你说话。”

“你就是戴棒球帽和墨镜的男生？”

“我怕被别人认出来。”

“你太乱来了，那种装扮，哪个高中女生看到不害怕？”

“所以我直接进你家，拜托你父母，让我见你一面。没想到他们居然责骂我，要我不准再靠近你。”

“所以，你就把我父母……”

“我的动机十分充足，他们妨碍我创造极致的美。”

“太荒唐了！你根本不是人！”

我会被这个人杀死。就像当时一样……

恐惧与绝望使佳菜子全身虚脱。

十七岁之后约莫有十年的时间，她一直因为这个男人的罪行，饱受后遗症之苦。她生命的时针宛如静止在那一刻，多年来不断与恐惧做斗争，早已身心俱疲。直到在回忆侦探社工作后，她总算慢慢找回自我。就在她好不容易找回些许自信，相信以后不用再心惊胆战地过生活时，直接跳到人生的句点，这样的人生未免也太苦了。几个小时前，她和由美吃午餐时还聊到浩二郎、雄高以及目前接手的案子，她内心深信今天一定又是充实的一天。

我想活下去。

只要能活下去，其他的我什么都不要。

但我又不想照着这个男人的话做。既然如此……

“你为什么想死？”

只好争取时间。

大家回到事务所发现我不见后，一定手忙脚乱。侦探社的同伴们说不定有办法找到这里来。由美亲眼看过磐上的长相，这是唯一的希望。佳菜子试着思考各种可能，但她发现自己似乎没留下任何线索。把轮椅推到磐上的车子旁之后，自己应该立刻回到事务所，居然连一张纸条也没留下。

录音笔。

对了，我有把和磐上的对话录下来。

不，他说谎伪装自己，根本没有线索可以连接到他的身份。

“你应该没有理由寻死。”佳菜子看着一脸讶异的磐上。

“我感到绝望。”

“为什么？你明明有画画的才能。”

“十年前，你还是少女。但现在二十七岁的你已经被玷污了。我失去洗涤血液的机会，继续活下去也没什么意义了。”

“既然你觉得我不再具有利用价值，那就放过我。”

“找另一个替代你的人吗？我在法国等地花五年遍访，就是找不到与我契合的材料。你不了解你的优点。”

佳菜子听到禽兽赞美自己的言语，感到反胃。“从十七岁开始，因为你做的事，我人生中所有的事都停滞不前。你打断了我的人生，你知道吗？”

“够了。”磐上按下遥控按钮，设置在四个角落的喇叭播放出钢琴乐曲，是拉赫曼尼诺夫的钢琴协奏曲第三乐章。音量十分惊人。“来，让我们许下永恒的爱的誓言。”

音乐放得这么大声而不怕吵到邻居，意味着这里有多么偏僻。再这样下去真的会被杀掉。橘家的血脉就会断送在这个禽兽手上。

我绝对不会让这种事发生。

佳菜子冷静下来，再次环视房间。

车钥匙放在桌上。

对了，手机放在磐上车内的仪表板抽屉里。有没有办法跑回车子上？只要能把手机拿出车外，边跑边开机，打电话回事务所求救，他们应该可以用GPS定位出这里的位置。佳菜子思考有没有办法分散磐上的注意力。她想到一个方法，但必须磐上还保有一点对艺术的执着，否则无法成功。

主动出击才有可能获救。

佳菜子豁出去，伸手去拿某样东西。

7

桌上并排放着各种绘画工具，佳菜子把手伸向其中一个黑色容器。她迅速打开瓶盖，果然如她所料，是墨汁。

“你要做什么？”

“我梦想成为一名书法家。”

“现在说这个做什么？”

“我最喜欢墨汁的味道。”

“我问你现在说这些做什么？”

“反正都要被你杀了，你不是想要我的命吗？”

“我希望你和我一起死。我希望你来给我的绝望陪葬。”

“还不都一样。反正我再也没办法拿毛笔了，不能写毛笔字了。啊，这味道真香。”佳菜子把脸凑近墨汁，努力装出着迷的样子。她不知道什么样的表情才是超出常规的。不过现在有模板，那就是磐上说话时一连串的表情。

“我承认书法有书法的美。我也知道书写者的灵魂就蕴藏在微妙的运笔中。”

“你不可能明白，你说谎。”佳菜子紧握墨汁容器，尽可能地压抑感情说出这句话。

“别小看我，日本画也包含书法的要素。以前的人甚至提倡‘书画一致论’。”

“吴道子？”佳菜子说出中国唐代书画家的名字。吴道子主张书画同源，认为两者笔法共通。

“你很清楚。没错，我认为书法和绘画在本质上拥有相同的内涵。”

“这不过是牵强附会。”

“牵强附会？”

“你不可能真的了解。”

“真会说大话。我和你不同，至少我是日本画画家。”

“那又如何？”

“你只是一个外行人。”

“吴道子说书法和绘画都是人格的表现，作品会直接呈现画者的人格，你应该知道这点。”

“人格吗？照你的说法，好像暗示我缺乏谈论书画的人格。”

“是的，你没资格谈论美感。”

“也许你说得没错。”磐上双手交叉在胸前嗤笑道。

现在一定要让他保持亢奋，否则计划就不会成功。佳菜子对着一副事不关己的磐上重复道：“你没资格谈论美感。”

“这我可无法下定论。”磐上用一副无所谓的样子直视佳菜子，大言不惭地说。他的眼眸闪烁出一股莫名恶心的光芒。佳菜子看到他眼中发出怪异的光彩，确信磐上就是杀死双亲的凶手。她终于醒悟，怪自己太天真，难怪一直有一种与现实脱节的感觉。杀人对眼前的人来说，根本不痛不痒。如果没办法顺利脱逃，自己一定会没命。佳菜子想到这里，持墨瓶的手指不禁微微颤抖。

“但美感和人格毫无关系。”

“怎么会没有关系？”

“现实就是如此。”

“你弄错了，不是这样的。”

“我亲眼见到，世间如何赞赏那位代表日本的日本画画家。”

“你说磐上老师？”

“那个男人根本毫无品格可言。可是又如何，你应该看过他的代表作《缀文之女》吧？”

佳菜子不知道画界泰斗磐上是一位怎样的画家，不过她在美术杂志封面上看过《缀文之女》这幅作品，里面画着一位梳着丸髻[1]的女性，手肘撑在长方形的几案上，手持小楷沉思，表情引人遐想，似乎正斟酌字句写信给某人。特别是那位女性持小楷的手指非常纤细，令佳菜子印象深刻。

“你觉得那幅画怎么样？”磐上用仿佛看穿人内心深处的视线盯着佳菜子。

“我不记得了。”

“骗人。”

“真的。”

“你脑中浮现出画中女子的手指。”

“……不是，才不是……”听到磐上一针见血的指摘，佳菜子心头一惊。

“世人都觉得那幅画很美，目光都被女子拿笔的手指吸引，你也是吧？”

“我觉得很美，有什么不对吗？”

“我说过了，那家伙品格低下。”

“每个人在家里和在外面表现出来的样子，本来就不一样。你们是

[1] 已婚女性的发型，呈椭圆形包头。

家人，或许比较容易看见私底下随便的模样……”

“你说那家伙是家人？不要再说这些废话了。人格和艺术本来就没有关系，这是千真万确的事。你不能因为我杀害了你父母，就说我没资格谈论美感。圣人君子的美反而陈腐，缺乏独创性，无趣。话就说到这里了。”

“我还以为你对美的爱恋会更执着些，真遗憾。”佳菜子盯着墨汁容器说。

“什么？”磐上身体前倾，车钥匙就在他前面。

“我最爱墨汁乌黑的色泽。”

“什么？”佳菜子起身用双手握着墨汁容器，像握枪一样伸向前方，矛头指向一张图，正是磐上画的想象两人结合后所生下的孩子。

“住手，你要做什么，别动我的画！”

“这种烂画！”

“这可是我死前最后一幅作品！”

佳菜子举高晃动的墨汁，接着紧捏瓶身，顺势往下挥。黑色液体越过桌子，喷洒在脸庞带着稚气的仿佳菜子的画作上。画布溅满黑色飞沫。

“开什么玩笑！”

磐上急忙冲到画布旁边。佳菜子照着先前的盘算，赶紧拿起车钥匙，一溜烟往出口跑去。

“我的作品……”

佳菜子无视磐上的哀叹，打开门冲到外面。

她打开车门坐在驾驶座上，接着转动钥匙，引擎立刻发动。总之要尽量远离磐上的地盘。她将自动变速器打到D挡，接着松开手刹并握紧方向盘，踩下油门。车子往前滑行时，佳菜子左手伸进仪表盘抽屉，摸到手机吊饰的娃娃，觉得它比平时可爱百倍。她顺着手机吊饰抓住了手机。

然而，前方竟是死路。佳菜子惊吓地闭上眼睛，急踩刹车，然后她左手紧握手机，右手操作方向盘，赶紧回转。大概是单手操作不熟悉的车子，再加上大部分注意力都放在手机上，她没意识到前方有异，再度猛踩油门时，前挡风玻璃似乎撞到了什么。

她用右手确定车门有上锁，接着提心吊胆地张开了眼睛。

“啊！”

前挡风玻璃一片鲜红。难道是那个人？佳菜子直打哆嗦，全身僵硬，前挡风玻璃下方缓缓伸出一双手。那双鲜红色的手掌紧紧抓住雨刷。

8

“我是磐上。”磐上淳三郎接起电话，不悦地说。浩二郎先打去淳三郎家中，但不巧对方外出。浩二郎连续打了不知几家画廊的电话，终于在位于东山的某间画廊逮到他。

“唐突地请教您这个问题，请原谅我的无理，因为这件事非常严重，关系到人命。请告诉我令公子磐上敦先生人在什么地方。”浩二郎表明自己的职业后立刻问道。他怕心里着急讲太快，刻意放慢速度。

“侦探找敦做什么？而且，你说关系到人命，恐怕言重了。”

“敦带走了一位女性。”

“带走女人？”

“应该说他绑架了一名女性。”

“既然如此，那你应该去报警才对。”淳三郎冷淡地说。

“我已经联络警方了。因为时间紧迫我就直说了。敦可能和十年前某桩杀人命案有关。而且他现在打算犯下更严重的罪行，所以请告诉我他可能逗留的地方。”

“十年前……”浩二郎听淳三郎的语气，感觉他正在搜寻过去的记忆。

他知道些什么——淳三郎的沉默给浩二郎这种感觉。

“磐上先生！”

“你是说敦涉嫌杀人？开玩笑也要有个限度。”

人说话言不由衷的时候会有一种空洞感。现在磐上说话正给人这种不舒服的感觉。浩二郎觉得磐上父子之间存在着某种隔阂。

“没有时间了。不赶快阻止他的话，敦又要犯下罪行。”

“等等，你说‘又要犯下’就太过分了，传出去多难听。”

“让我来阻止他。我是负责十年前那宗案件的刑警。”

“你是刑警？”

“是的，曾经是。正因如此我非要阻止他不可。”

“我儿子敦和杀人命案无关。”

“磐上先生，我们对敦的很多行为都无法理解。他绑架一名女性，却在我们这边留下指纹、声音，还有一幅画，我感觉不到他有任何想隐藏罪行的意图。”

“我不懂你的意思。”

“他在自暴自弃。”

“……”

“现在分秒必争啊。”

“如果他带走的人是女性……”

“如果是女性……”

“我想应该会去他的工作室。但你确定是敦吗？”

“他已经被人指认。”

“真傻，怎么会那么傻？”淳三郎发出低声的吼叫。

“工作室在哪里？”

“工作室……”

“到底在哪里？”为了斩断淳三郎心中的犹豫，浩二郎高声催促。

“京田边市高船I町的一个废弃学校。门牌是京都府，不过靠近奈良县的生驹。”

“感谢您的协助。”

“喂……”淳三郎叫住正要挂断电话的浩二郎。

“是。”

“他从国外留学回来之后，我看得出他很努力，虽然还不成熟，但我对他有很高的期许。千万别让敦做出傻事。”

“我会尽力。”浩二郎简短地说完便挂断电话。

他立刻拜托茶川联络府警的永松，并指示事务所的三千代监视淳三郎的行踪。

下午五点过后，刚好是国道一号线开始堵车的时间，但对由美骑的KATANA来说，完全没有影响。机车每变换车道，后座的浩二郎的身体就会跟着左右摇摆，像流水一样在车阵中穿梭。他们穿过高速公路和高架桥，在穿过木津川大桥后，附近大卡车开始变多。

即使如此，由美仍毫不畏惧，丝毫没有减速。

进入京田边市的住宅区后，从太秦回来的雄高打电话来。

机车停在路肩后，浩二郎脱掉安全帽接电话。

“实相大哥！”雄高发出沉痛的声音。浩二郎告知雄高他们正前往磐上的工作室。

“我这边也一直持续追踪佳菜的电话，不过都没有回应。”

“有件事要拜托雄高。”

“什么事？”

“三千代正在东山的画廊监视磐上淳三郎。”

“他的父亲吗？”

“我觉得他们父子之间的关系不单纯，我也说不上来，感觉不到温暖。你先联络三千代，和她交接。”

“他们的父子关系会是这次事件的导火线吗？”

“不知道。总觉得他们父子感情不好。”

浩二郎挂断电话，他一戴上安全帽，由美立刻发动机车前进。

车流量越来越少，由美再次加快速度。就在右边的天空化为一片火红时，机车离开住宅区，沿着田园地带往南奔驰，上下坡度增加，连续经过好几条像产业道路般的小路。行驶路线稍微转为偏西，道路坡度越来越陡峭。茶田层层叠叠，附近天色逐渐昏暗，原本绿油油的景色逐渐变成墨绿。车子爬上坡道，道路豁然开朗，生驹山仿佛近在眼前。再稍微往前行驶，出现一幢大型木造建筑物。

“浩二郎大哥，就是那里。”由美大喊。

“好，我们直接骑进校园。”木制的校门早已腐朽，失去分隔作用。KATANA 行驶在土地柔软的校园中。每当车子轮胎空转快要失去平衡时，由美立刻修正拉回，两人逐渐接近老旧校舍。

但环视周遭，不见磐上的车。机车一停下，浩二郎立刻拔腿往前冲。他被松软的泥土绊住脚，但依然朝校舍玄关全力冲刺，冲进旧学校内。

“佳菜！”

没有人回应。浩二郎喊着佳菜子的名字，在走廊上奔跑，探查每一间教室。昏暗的教室中，随意摆着画架、画布、和纸、屏风。教室的隔间被拆掉，二楼的天花板也被打通。从挑高的天花板的采光窗投射进来的光线十分微弱。

浩二郎靠着微弱的光线，屏气凝神寻找人的踪迹。但他没发现任何人的气息。

难道已经——浩二郎甩开脑中的杂念，走遍工作室的每个角落，但还是一个人影也没有看见。他靠着手机的亮光重新搜索越来越昏暗的工作室，连桌下和屏风后面也不放过。

“浩二郎大哥。”由美进入校舍。

“刚才没有人出去吧？”

“没有，一个人都没有。虽然天色越来越暗，但若有人经过，我不会漏看。”

“我这里也是，一个人都没有。这就奇怪了。”浩二郎用手机的光照着走廊。走廊上清楚地印着浩二郎的脚印。

“你看，只有我的脚印，这里很久都没人使用了。”

“真的，从玄关到这里，只有我们两人的脚印。再往前就只剩浩二郎大哥的脚印。佳菜会不会不是被带到了这里？”

“这里确实很像磐上会逗留的场所，但或许是他父亲猜错了。”

“怎么办，浩二郎大哥，天已经要黑了。”

“我先打电话给雄高，看磐上的父亲现在在做什么。”浩二郎按下雄高的手机号码。

“佳菜她没事吧？”雄高一接起电话就立刻问道。

“工作室一个人也没有，而且看起来好一阵子没人使用了。”

“怎么会这样？”雄高沮丧地说。

“你那边如何？”

“永松刑警带着鉴识人员来事务所了。”

“永松肯出击真是太好了，我们这边也要想办法跟上。淳三郎呢？”

“我和大嫂换班了，现在正在跟踪他。”

雄高开着事务所的轻型车，追在载着淳三郎的出租车后头。

“这样啊，那你们现在在哪条路上？”

“二十四号线往南，刚进入大久保。他从国道切出去，转了好几条路，我不太清楚目前确切的位置。左手边……刚经过大久保的陆上自卫队屯驻地。”

“我知道了，你小心开，继续追。我会用手机的GPS确认位置和你会合。”

浩二郎直觉，破解整个事件的关键掌握在磐上的父亲手上。

“由美，磐上的父亲现在人在大久保，我们赶紧追上。”浩二郎边戴安全帽边说。

9

红色的手掌紧贴在玻璃窗上，一动也不动。

从鲜血的量来看，磐上应该受伤不轻。佳菜子心想，自己必须做点什么才行，至少先确认他受伤的状况。佳菜子想要按下电动窗的按钮，但即使按钮只离她三十公分远，她的手却完全不听使唤。

她想，要先叫救护车。

佳菜子想打开紧握在左手上的手机掀盖，但打不开。她想用手指抠住手机的掀盖，手指却滑开。她讶异手机怎么变得那么薄。为了确认，她把手机拿到眼前，但这时车内已经一片漆黑，一时什么都看不清楚。

什么？

她倒抽一口气。手机被折成两半，屏幕的部分不见了。

什么时候被折断的？

面对磐上深不可测的恶意，佳菜子眼前一片昏暗，快喘不过气。过度换气症发作了。

不管吸多少空气进入肺部，呼吸仍无法缓和，还是觉得脑部缺氧，忍不住张大嘴巴一开一合地帮忙呼吸。

她的胸口非常激烈地鼓动，却觉得像是破了洞的风箱似的，不断地漏气。她听专科医生说过很多次了，过度换气症不会致命。她从理智上可以理解，但从情感上却觉得自己经历的痛苦或许和其他病患的不同。

溺水的人，都是这么痛苦地死去的吗？佳菜子拼命地告诉自己，这里并没有水，而且空气应该还足够，不可能窒息。但平时她一旦出现这种呼吸困难的症状就难以平息，更何况在车内这么狭小的空间内，状况更加严峻。她浑身发抖，鼓起勇气再次把手伸向电动窗按钮。她全身都趴在门边，脸紧贴着玻璃窗。

她将力量集中在僵硬的手指上，伸向按钮，好不容易才抬起中指，再加上身体的力量按下按钮。门框咔嚓一声，窗户下降了约十公分。夜晚的暖风从缝隙窜入，抚过佳菜子的额头。外面的空气流进车内，但佳菜子依然觉得喘不过气来。

黏腻的汗沿着鬓角滑下。

我想要空气。她在心中呼喊，并尝试腹式呼吸，但无法鼓起肚子。

呼吸，我无法呼吸。她开始记不得自己平时怎么呼吸。当她意识到自己快失去意识时，一股蠢蠢欲动的不安感仿佛从四面八方袭来。

她把力量再度集中在手指上，窗户又下降了十公分。

她看见窗外昏暗的夜空与建筑物的阴影逐渐融为一样的黑色。突然，一只白色的手臂从半开的窗户伸进车内。那只手臂像条蛇一样灵敏，倏地打开门锁。

她发不出声音，只能瞪大眼睛看着。窗户外，磐上的脸像大特写般贴在玻璃上。他笑了笑，站起身。

“你用墨汁，我就用红颜料，这是日本画用的红颜料，是从胭脂虫的雌虫身上萃取出的胭脂虫萃。简单说就是虫血。你看这颜色真美。”

“……”

“怎么，惊吓过度说不出话来了？看你喘得那么辛苦，来，我帮你。”

“不要……”佳菜子肺部的气不够说话，体力也不够用来抵抗。磐上打开车门，手臂旋到佳菜子背部抱起她。佳菜子被抱进工作室时，远远看着磐上的车，发现前轮下躺着一个画架。

原来佳菜子撞到一个画架。

工作室里面有一张简易床。

“你很痛苦。”磐上让佳菜子躺下后坐在一旁的椅子上，“马上让你舒服一点。”

我好想放松。佳菜子内心深处如此渴望放松。溺水的人也没有痛苦这么久吧。现在只要能让我从痛苦中解脱，要我做什么我都愿意。

“你把我最后的作品毁了，反而让我对这世间没有任何留恋。”磐上起身，消失在屏风的另一头。不久，他手上拿着一只塑料袋回来。

“你想舒服一点吧？”

佳菜子点点头。虽然这是自然反应，她的眼角仍不停地流下温热的泪水。

“我说过了。我希望和你分担绝望，不是要你像人偶一样顺从我。”

“……”

“让我来帮你。”磐上对着塑料袋吹气，接着将塑料袋口对准佳菜子的嘴。

不行……

10

雄高在淳三郎下出租车的地方待命。没多久，由美的KATANA也抵达现场。

淳三郎下车的地点，其实离大久保的陆上自卫队屯驻地不远，是一间废弃工厂。

“他在这里下车，然后走进里面。”雄高指着被车头灯照射的工厂大门。

“这里以前好像是染色工厂，招牌有点模糊，不过还看得见。”浩二郎走到从车窗探出头的雄高旁边。

“这里占地面积很大，大概是工业区的等级。”

“完全可以避人耳目。”

“连大白天进来这里都很危险。”雄高把车上的手电筒递给浩二郎。

“进去吧。”浩二郎走在前面，由美和雄高跟在后面。

“他没有带灯进去？”浩二郎问走在由美身后的雄高。

“应该没有。”

“只靠月光啊。”

东方天空挂着十六的月亮，月亮上面蒙了一层雾。

里面似乎是多个工厂合并设置，到处都看得到围栏，像迷宫一样。大概是每栋建筑物看起来都一样，加上天色昏暗，浩二郎感觉他们一直在同一个地方绕来绕去。走了十分钟左右，他们发现唯一一栋有光线从天窗流泻而下的建筑物，前面正好停着一辆和监视器录像带上一模一样的轿车。

“那是？”雄高喃喃道。车子的前挡风玻璃上有一块污痕，但光靠建筑物流泻出来的灯光无法确定它为何物。

“快去看看。”浩二郎使了一个眼色。

“是佳菜子。”由美制止两人。大家停下脚步，确实有女生的尖叫声传来。

“还有男人，一定是磐上父子。好，待会儿我和雄高直接冲进去，佳菜子就交给由美负责了。”浩二郎和雄高压低身子，小跑着靠近发出声音的建筑物。浩二郎先绕建筑物一圈后，和雄高分别紧贴在门的左右两侧。由美也缩着身子跟在浩二郎身边。“入口只有一处，待会儿听我的指示一起冲进去。”

浩二郎仔细听里面发出来的声音，慎重确认三人的位置。

“别碍事！”

“醒醒吧，敦。”

“我是认真的，别阻挠我，否则我连父亲也一起排除。”

“你先放开她。”

“我要带她走。”

“不要，住手，放开我。”

佳菜子在最里面，磐上在她身边，最靠近出入口的是淳三郎。

“佳菜和磐上离得太近，几乎紧靠在一起。”浩二郎小声告诉雄高。

“要想办法分开他们两个。”

“磐上打算拉佳菜一起陪葬。”

和十年前不同，磐上越来越大胆。十年前，他犯案后会做好周全的隐蔽工作，警察上次也确实没逮捕他。但这次手法相当粗糙，假使他打算拉佳菜陪葬，一切就说得通了。

“他手上很可能有凶器。”

“应该没错。”不过，人的注意力很难长时间维持，一定会露出破绽，哪怕两人只稍微分开一点点。必须抓住磐上离开佳菜子的那个瞬间。“时机是关键。”

他试着唤回当警察时培养的敏锐直觉。“只要有足够的魄力，对方就会照你心中所想行动。”这是精通剑道的哥哥对他说过的话。赢得胜利的关键在于，能不能自由自在地控制对方的行动。真正的胜利者不是看裁判宣判有效击打是面或小手这种小地方，而在于他能否驾驭对手的心。

这股能量的源头来自自身的魄力。

浩二郎集中精力，仔细感受里头传来的气息。

“难道说你打算用那东西杀死自己的父亲吗？”

那东西应该是指凶器。就他十年前的手法来看，应该是刀械。只要有过成功的经验，罪犯使用的犯罪手法就不会发生太大的变化。

“不要再让场面见血了，父亲。拜托，让我做我想做的事。”

“如果你不想再让场面难看，就放开那位小姐。”

“佳菜子不一样。不能和她一起的话，就没有意义。”

“放开我。既然要杀我，你刚才为什么不杀死我算了，为什么要把我救回来再刺死我，你怎么这么残忍？”

佳菜子的声音有些嘶哑。她刚才一定经历了很大的刺激，大哭大叫过才会这样，完全听不出她独特的怯弱嗓音。

“她提到刺死？”雄高警觉地看着浩二郎。

“他离佳菜很近，伸手可及。”

“对了。”雄高把身子弯到手快碰到地面，然后跑到轿车前面。那里有一个画架。他捡起画架，再保持低姿势回来。“拿这个当盾吧。玻璃上面的斑痕我看应该不是血，它干掉了，但还是红色，没有变色。”

“是颜料吗？”

“嗯。”

“好。”浩二郎开始觉得在哥哥的剑道场磨炼过的雄高越来越可靠了。

两人继续屏息探听里面的动态。

“听佳菜的声音，她好像快不行了……”竖耳倾听的浩二郎喃喃道。

“我先进去吧？”由美冷静地在浩二郎耳边悄悄说。

“你进去太危险了。”

“我进去的话，佳菜应该会安心不少。我不觉得那个人会不由分说地对女生动粗。”

即使一瞬间也好，只要让磐上对佳菜子稍微分心，或许就有机会压制他。但不可否认，这个行动伴随着一定的风险，我不能轻易答应由美的提议。浩二郎犹豫了。

“浩二郎大哥，虽然我力气不大，但应该比佳菜有力气。”由美十分认真地盯着浩二郎说。佳菜子已经筋疲力尽，大概无力抵抗。但若是由美，说不定能和磐上过上一招。

“雄高，趁磐上被由美分散注意力时，我们就冲进去，没问题吧？”

“好。”

“那么由美，我待会儿开门，你就朝右前方走进去。”

“右边吗？好。”

“佳菜和磐上现在应该在我们左前方，大概位于建筑物正中央。你对磐上说话，分散他的注意力。等那家伙离开佳菜一段距离，你就大喊‘佳菜’。淳三郎就站在门的后面，我们会从他背后冲过去。”

浩二郎观察里面的状况，把手放在门把手上：“由美，不要太勉强，知道了吗？”

“知道。”

“好，那拜托你了。”

听到浩二郎这么说，由美在门前摆好姿势。

11

“过度换气症可以靠吸二氧化碳治愈。”磐上对着塑料袋吐气，让佳菜子呼吸。但他这么做不是为了救佳菜子，而是为了拉她做陪葬。由美教导佳菜子发作时如何应对时曾说，外界盛传吸二氧化碳就会好，但这样做其实非常危险，很可能丢掉性命。但佳菜子早已身心俱疲，即使想抗拒，也一点力气都没有。

正当她打算放弃一切时，有人敲门。

“敦，是我。”听到这句含糊不清的说话声，磐上像弹簧一样弹离佳菜子。

“开门。”

“有什么事吗？”

“别闹了，快开门。”淳三郎语气转为强硬。磐上老老实实地整理衣衫，打开门锁，又立刻回到佳菜子身边。

“敦，你到底在做什么？”这位初老的男性身材高挑，鼻子下面留着一撮胡子。

佳菜子想到自己可能获救，稍微恢复元气。

“父亲想做什么？”

“原来就是这位小姐啊。你把人家抓来干什么？”

“我并没有抓她。”

“救命！请救救我。”

“别吵了。”磐上抓住佳菜子的手臂，把她拉到跟前，目不转睛地盯着淳三郎，“我想我们有些误会。我只是没经过她的同意，要她当我的模特而已。”

“不是，不是这样的。”

“闭嘴！”磐上朝佳菜子怒吼，“父亲也不能阻挠我画画，谁敢阻挠就排除谁。”

“排除是什么意思？”

磐上从简易床架下取出一把收在原木剑鞘中的匕首。

“你连这都拿出来了吗？”

“磐上家家传的‘肋差白鞘拵’[1]。你看这把肋差，做工精细。”磐上把肋差从原木剑鞘中拔出挥舞，刀身上印着类似云海图案的刀纹。

“不要！”佳菜子尖声大叫。

“你最好住手。冷静一下。”

“和这名女性一起死，才能终止我的绝望。”

“我才不要，绝对不要。”

“别做傻事！”

“别妨碍我。”

佳菜子听着父子的对答，不禁觉得淳三郎根本无心阻止儿子的暴行。言语中似乎还带着“你一个人死就好”的意味。这个父亲到底把他儿子当作什么？佳菜子内心的不安感越来越强烈。

这时，门静静地开了。“是谁？”听到磐上这么说，淳三郎把话吞下去并回头。

“由美姐！”佳菜子大叫。

那是脸庞白净、长发后束、全身穿着皮衣骑士装的由美。

“为什么你找得到这里？”磐上懊恼地怒吼。

“被你们骗得团团转，我们找得好辛苦。磐上淳三郎老师也真过分，指引我们去一间没人使用的工作室。”

“指引他们到工作室？父亲，究竟是怎么回事？”磐上表情狼狈地问淳三郎。

“有一个侦探问我你平时在哪儿逗留，不过我可没说是这里。”淳三郎心虚地说。

[1]“肋差”是武士配备的次要武器，也是平民百姓等非武士阶级可合法携带的防身武器，刀身较短。“白鞘”是指原木制作、素面的剑鞘。“拵”是指刀柄或刀鞘上的涂装或造型。

“为什么你找得到这里？”磐上转向由美，警戒心升高，左手抓住佳菜子的手腕。

“靠你留下的胡粉。”由美一边往右边走一边回答。

“胡粉？”

“没错，人真的不能做坏事。”由美蹬着地板，走向墙壁。

“可恶，别动。”

“这些都是半成品？拿来当完成品也无不可。”

由美无视磐上的命令背对着他，双手交叉在胸前，开始鉴赏起挂在墙上的画。

她毫不畏惧，光明正大。看到由美如此表现，佳菜子心中逐渐鼓起勇气。

“你的同伴也来了吗？”磐上的询问略带胆怯。

“你说回忆侦探社的同伴？”

“无所谓了，你们全都是阻碍！”磐上用力拉扯佳菜子的手。

佳菜子的手被拧痛了，不得不站起来。

“你可不可以不要那么粗鲁，佳菜看起来很痛苦。”

“有些事我不得不做。”

“男性要绅士点，怎么可以对女生这么粗鲁？”由美继续看着墙上和桌上的画。

“这张图和影印的那张一样，画失败了？”由美站在被佳菜子喷洒墨汁的那张画前。

“当你的同伴到达这里时，我和佳菜子小姐已经到很远的地方旅行了。”

佳菜子脖子上传来刀器金属的冰冷感。

“别冲动。这些都是日本画的原料吧？质地真细致。”

“别碰。”

“好，那我让你冷静一下！”由美抓住装白颜料粉的容器，一口气把颜料都洒出来，刹那间四周一片朦胧。

“佳菜！过来。”佳菜子朝由美说话声音的方向跑去。她感觉自己的手臂不知被谁抓住。那是一双柔软的手。是由美的手。被由美拉去门边的途中，她看到两道动作迅速的黑影与她们擦身而过。

体格壮硕的应该是浩二郎，身材高挑的应该是雄高。

“磐上敦。束手就擒！”浩二郎的怒吼声回荡在工作室中。

趁磐上眼睛吃进由美泼洒的胡粉而全身挣扎时，浩二郎用身体撞他。他毫无抵抗力地往后跌倒。浩二郎坐在他身上，夺取肋差往后扔。

“你竟敢对佳菜子……”浩二郎举起拳头往磐上脸上砸。

“呜……”磐上呻吟。

“实相大哥，够了。”身后传来雄高的声音。雄高把肋差收进白鞘，用挂在画上的白布包捆起来。这可是重要的物证。

浩二郎扶磐上起身。磐上嘴巴流出鲜血。

“敦，你一句话都不要说，剩下的事交给律师就好。”淳三郎站在远处说话。

“雄高，帮我联络永松好吗？”交代完后，浩二郎强迫磐上坐在大桌旁的椅子上。

“我是十年前负责橘家惨案的刑警。”

“我知道，我在调查佳菜子小姐的时候，连你也一块儿调查过了。”磐上一边确认口中受伤的状况一边回答。

“敦，你什么都别说。”淳三郎朝他走了几步。

“磐上先生，在警察来之前，请让我跟令公子说几句话。”浩二郎目不转睛地瞪着淳三郎语气坚定地说。淳三郎眼神闪躲，不甘不愿地走到屋外。

这时雄高刚好和他错身走进来。“事情的经过我都向永松刑警报告过了。佳菜的话，由美姐正将她送往饭津家诊所。”雄高说完直接坐在磐上旁边，预防他逃走。

“辛苦了，这里交给我就好，你到外面替我监视他父亲。”

雄高用眼神表示了解，走到屋外。

浩二郎的视线越过雄高背部，盯着一张画看。画中白色盘子上放着一块起司，一旁放着一把餐刀，那是一张平凡无奇的静物画，但就日本画来说，构图很少见。浩二郎目光离开那幅画，转身对磐上说：“十年前的那桩案件是你干的？”

磐上沉默不语。那态度仿佛在说：你又不是刑警，没必要对你说。即使如此，浩二郎仍很想问清楚。

“动机是什么？”

“说了你也不懂。”

“哦，不说关西腔了啊。”浩二郎这才了解为何刚才在外面偷听他们说话时，有一种格格不入的感觉，因为他的用字遣词和从录音笔中听到的差很多。

“果然你也是这种人，喜欢从外表和谈吐判断人。你以为坐轮椅的就是弱势群体？”

“你的意思是被骗的人活该？”

“我的意思是你们看不到人的本质。”

“十年前，你为什么要杀死佳菜的父母？他们并没做错什么。”浩二郎自己也明白这种说法很老套，但忍不住脱口而出。

“没做错什么？”磐上直直地盯着浩二郎的脸。

“难道你认为他们有罪？”

“当然。”

“他们犯了什么罪？”

“我不过想要追求终极的美，而他们阻挡了我，居然把追求美感的人当作跟踪狂。”

“这就是你的动机吗？”

“你根本不懂。”

“你打心底厌恶你的父亲，但又因为超越不了他而觉得懊恼。像小孩子闹脾气，这就是你真正的动机吧？”

“你想说什么……”

“你以为人活着可以完全没有抱怨吗？”

“抱怨？如果你以为这就是我的动机，那我可就伤脑筋了。我追逐更崇高的理想。”磐上转过脸，张望工作室内自己的作品。

“杀害橘氏夫妻是崇高的行为吗？”

“我不想和不懂的人谈论这件事。”磐上遥望远方似的半眯着眼，语气不屑。不想谈论，这是浩二郎当刑警时常听到的回答。会说这句话的，通常都是内心有很多想法，而且亟欲在别人面前高谈阔论的人。至少浩二郎在侦讯室里遇到的嫌犯都是这样的。

沾染犯罪恶习之人，通常在年幼时期，心中就已埋下种子。而播撒犯罪种子的人，通常是家人。当然，家人并不会直接诱发他们犯罪，只是预先撒下种子。包括溺爱导致过度保护、忽视、家庭暴力、性侵害、权力霸凌等行为都会成为犯罪的种子。他们十分渴望别人能理解这些种子如何在他们心中生根、长枝，直到犯下罪行。在说故事的渴望让他们的胸口隐隐作痛之前，他们会说“我不想谈论”。这或许可视为他们预先布下的当自己不被理解还能自圆其说的最后一道防线。

“我已经不是刑警了，不需要分析动机，只想知道折磨我同伴的元凶是谁？”

“知道了又能怎么样？”

“你只是用美这个字来掩饰你的罪恶，你还不懂吗，磐上敦是个污秽之人。”

“你说我污秽？”磐上睁大眼睛瞪着浩二郎。

“没错，懦弱又令人作呕。”

“令人作呕？”

“你十年前留下的怪异螺旋，丑陋至极。这次的素描画也有画出，可见你很喜欢这个图案。但它乱七八糟，无法辨识。”

“闭嘴，你这个外行人，明明连它的意义都不懂。”

“这么丑陋的图案，不懂也罢。”浩二郎刻意露出冷笑。

“那是神圣的文字。是在感性丰沛的时代中，东巴族想象的‘血’之形象。你看，它长得很像双螺旋。”

“那只是妄想。”

“你根本什么都不懂。”

“我不想懂。”

“你不是问我动机吗？磐上淳三郎，表面伟大的父亲，其实是个色情狂。他贪求女人到连我都搞不清楚我现在有几个兄弟姐妹。我妈就是因为这才变得疯疯癫癫的。可是你看世间的人怎么看他？在日本画界，磐上淳三郎换越多女人，身价越是水涨船高。世间的人都瞎了眼，只看他镀金的外表。我父亲真正污秽的部分，是他的血液。他曾大言不惭地对我说，不是只有从纯粹中提炼出来的东西才叫美，有些纯粹的美必须从污浊中诞生。你看看我，我继承了这种人的血液，因此，我下定决心，告诉自己一定要从纯粹美好的东西中创造出极致的美。佳菜子小姐对我来说，就是极致的美。”

“所以你缠着佳菜不放？”

“一开始我只想请她当我的模特而已。我有好好地跟她父母解释。没想到那两个人只凭我的外表就认定我是跟踪狂，根本没看见我的本质。”磐上两眼无神地看着浩二郎。

“你搞错了。”

“什么？”

“你视障碍为敌人，但没有障碍真的就是好事？”

“我只是排除阻碍我的人而已。”浩二郎想起磐上对他父亲说的话，他会排除妨碍他的人。他真的无法忍受眼前出现障碍。

“你太孩子气了。”浩二郎叹气。

“是纯粹。”

“听好了，障碍不全然是坏事，有时甚至会带来助益。”

“怎么可能？”

“我对绘画一窍不通，就像你说的是外行人，但我看你挂在门口的那幅静物画，却感受到一股难以言喻的魅力。它表现出西画和日本画的冲突，我觉得很有意思。你能画出这样的画，全因为你把淳三郎这片高墙视为你最大的阻碍，否则你永远只能当淳三郎的追随者。要将障碍视为助力或是敌视它，像小孩一样闹脾气，全在你一念之间。”

“这种事，怎么可能……”他仿佛要接着说“办得到”，但又把话吞回去。

这时，警车的鸣笛声逐渐清晰起来。

“实相大哥，真的很抱歉。”永松把磐上铐上手铐后，对浩二郎低头。

“哪里，剩下的事就交给你了。”浩二郎没多说什么。被永松带走的磐上，走到门前停下脚步。

“侦探先生。”磐上开口。

“什么事？”

“你刚才说这画很有魅力和冲突，说得头头是道，确实不像个门外汉会做的评论。不过，如果你不嫌弃，这幅劣作就交给你处理。”语毕，磐上走出门外。

“敦，你一句话都别说。你身上带着病。”淳三郎站在雄高旁边，对着坐上警车的儿子大喊。

“病？”浩二郎走到目送红色警示灯远去的淳三郎身边。

“那小子脑部受过伤。”

“脑部受伤？”

“没错。十年前那桩案件，我隐约知情，所以才让他去欧洲留学。但他的言行举止依旧很不正常，最后我只好把他送去法国的医院诊断。后来才知道他脑中掌管价值判断的额叶受损。这个病使他往往重视自身的快乐大于对善恶的判断。”

“他的快乐来源就是美吧？”

“应该是。”

“为了美甚至不惜杀人？”

“我儿子没有正常的担负责任的能力。”

“磐上先生，难道你也希望把你儿子排除……”

浩二郎无话可说。

两天后，永松来到回忆侦探社。他带消息过来，因为磐上敦的脑部核磁共振检查报告结果出来了。病名是腹内侧前额叶皮质损伤引起的“高阶脑功能障碍”，判定他有责任能力的可能性不大。

他们并没有把这个消息告诉住进饭津家诊所的佳菜子。因为，无论如何，只要磐上还活在这个世上一天，佳菜子的内心就无法获得平静。

“实相大哥，磐上的画你要怎么处理？”雄高问。

“我想等现场采证结束后再来拿。”

“那人画的东西令人好不舒服。”由美颤声道。

“他的画有股难以言喻的魅力。我希望有一天，佳菜能够将他的画当作一般的画作欣赏，我相信那天一定会到来。”

回忆确实有难受的时候。但不管辛苦也好，悲伤也好，层层堆叠起来，就是人生。

浩二郎对自己如此低语。

第四章　少女椿的梦想

1

一之濑由美带橘佳菜子去 K 大医院。

由于佳菜子刚经历生死攸关的时刻，实相浩二郎指示由美先带她去饭津家诊所住院一阵子，待她心情缓和后，慎重起见再去大医院做精密检查。浩二郎判断，佳菜子的过度换气症才刚发作过，最好先去饭津家医师那里休养。一方面，饭津家医师比较了解她的个性；另一方面，他希望佳菜子待在自己看得到的地方。中午前，佳菜子就会做完所有检查，下午两点过后就能听取报告。两人先在一楼的咖啡店吃些轻食，等待检查结果出炉。

“今天早上看到你的脸，总算放心了。”由美在自助式餐厅大口咬下刚端来的总汇三明治。

“害你操心，真的很不好意思，我已经没事了。”佳菜子露出开朗的表情。

“磐上敦已经向警方坦承十年前的事件了。昨天在浩二郎大哥底下做事的刑警来事务所跟我们报告了这件事。”

由美没告诉她磐上有“高阶脑功能障碍”，判定有无责任能力仍是未知数。

“这样啊。”

两人将糖浆倒进装着冰红茶的玻璃杯，用吸管搅拌。冰块发出喱啷喱啷的声音。

“听说他自己承认是他怂恿朋友假扮成凶手，然后再杀死朋友，营造成自杀的样子。他还说，他觉得最后大概瞒不过警方，所以才假装去欧洲学画深造，其实是要逃跑。要是当时警察办案时更慎重一点就好了。”

“实相大哥一直觉得凶手另有其人。”

“只有浩二郎大哥最可靠。”由美自吹自擂似的说。

“对了，警察侦讯你的时候，好像讲蛮久的。”

“对啊，好累。”

“这难免。你也挺勇敢，撑了那么久。”由美瞄到佳菜子纤细的后颈上有一道瘀青。

“其实我很害怕，不过我相信你们一定会来救我。”

“你相信？”

“对，虽然我真的一度觉得大势已去。最后还是选择相信。”

“相信浩二郎大哥？”

“相信……侦探社所有人。”佳菜子对由美绽开笑颜。

“我看是浩二郎大哥。”由美抬头挺胸。

“由美姐什么时候认识实相大哥的？”

“第一次见面是我还在医院工作的时候。”

“我记得没错的话，由美姐以前工作的地方，应该就是这家医院对吧？”

“没错。”

“实相大哥哪里不舒服吗？”

“身体不舒服的，不是浩二郎大哥……”不知为何，由美说不出三千代的名字。

“啊，是三千代姐？”

“嗯，因为酒精依赖，把身体搞坏了。”浩二郎来医院，照顾因为酒精依赖住院的妻子三千代。

“所以实相大哥来照顾她？”

“没想到给他看到我凶巴巴的模样。”

由美像是要打断佳菜子的话似的，回忆起当时的情景。由美的学妹被院内重量级的教授性骚扰，她向护理长告状，但护理长似乎屈服于权威，没有给她正面回应。不仅如此，护理长甚至居中协调，希望这件事能用金钱解决。由美知道这件事后，怒不可遏。

她直接找护理长谈判，坚持教授应该向学妹赔罪。

“当我和护理长剑拔弩张的时候，正好被浩二郎大哥看见。”

“由美姐当时一定很可怕。”佳菜子露齿笑了一下。

“因为……我一向疾恶如仇，没办法。”

“后来呢？”佳菜子用吸管喝冰红茶。

“后来，被害者自己慢慢屈服了。”

“怎么会这样？”

“我不知道，也许为了钱，也许她未婚又年轻，觉得丢脸，害怕事情被传出去。”

“怎么会这样？”

“而且，她还对我说：‘这又不关你的事，你气什么？’”由美第一次跟浩二郎说话，是她去病房帮三千代打点滴的时候。

“他问我，刚才看你和护理长起争执，还好吗？”

“确实很像实相大哥会说的话。”佳菜子眼睛发亮地看着由美。

她过去脸上常有的胆怯神情已不复见。由美心想，说不定佳菜子就是那种越挫越勇的女人。她在医疗现场看过许多年轻护理师历经许多残酷的考验后越来越坚强。

“我心想这人真是爱管闲事，不过他的眼神和一般人不同。”

“眼神？”

“浩二郎大哥的眼神，该怎么说，也不是同情，我说不上来。老套地说就是很温暖，感觉这人不只是好奇问问而已。”

“我也有同感。我那时想，刑警先生明明来做笔录，为什么对我这么好。”

“是啊，只是一个刑警。但这就是他会做的事。”由美说到浩二郎时，眼睛看着远方。随即，她回过神来，急忙窥看佳菜子的表情，但她似乎没有特别的反应。由美发现自己又开始自我意识过剩。“看看我，一副好像自己很厉害的样子。不过我和磐上四目交接的时候，却没看穿他的企图，这表示我的功力还差得远。”

“这不是由美姐的错。是我……我觉得很抱歉。”佳菜子低喃。

“抱歉？有什么好抱歉的？”

“因为，实相大哥也好，由美姐也好，还有本乡哥，我觉得自己好像是大家的包袱一样。”佳菜子低头，轻咬嘴唇。

“佳菜你说什么呀？我才夸你勇敢。浩二郎大哥也希望你身体赶快复原，尽快归队。”

“我想过自己也是侦探社的一员，必须有点表现，但仍一事无成。”

“那就努力工作当作报答不就好了？”

“由美姐……”

“我想不管怎样，浩二郎大哥一定希望能守护着佳菜，看着你成长。他就是这样的人。”由美脑中浮现浩二郎的笑容。

“由美姐有护理师的资格，为什么想来回忆侦探社工作？”

“因为我以为每个女生都和我一样会对性骚扰感到愤怒。”

“其他人不会吗？”

“她们只是嘴巴上讲讲，发发牢骚而已。工会也不行动，事情被掀开后，只有我一个人站出来。”由美似乎觉得用吸管喝太慢，直接拿起玻璃杯张口将冰红茶一饮而尽，“……结果就被大家排挤。”

随着医疗技术高速发展，现今的医疗在处理疾病时，大多会编组团队。毕竟，团队合作是降低犯错最好的方法。面对需要高端的医疗技术处理的重症患者，或是面临困难的局面时，扰乱团体合作秩序的人必定不受欢迎。由美就这样被排除在医疗团队之外。

“病患生的病是重是轻，我很清楚。谁的医术高，谁的医术低，包括医生和护理师对我有什么偏见，我也都很清楚。撇开这些不谈，没有成就感也是一个问题。”

“我懂，由美姐想要学习更高级的技术。”

“机会被剥夺，便逐渐失去干劲……”在这样的状态下，由美听闻浩二郎有成立回忆侦探社的想法。由美一开始不能理解浩二郎，但在不断照顾病患的过程中，她逐渐了解到回忆对人生有多么重要。

被宣告余命的人，对着小孩、孙子、朋友热切地聊着自己走过的岁月足迹，那种感觉就像是他希望在死期来临之前，自己能成为大家，或谁都好，成为他们的回忆。即使这个人的人生平淡无奇。

由美过了三十岁才体悟，其实人生不分平凡和精彩。因为每个人的人生都是独一无二的，无可取代。

“每个人都希望能成为别人的回忆。当我深刻了解这点后，就觉得把寻找回忆当成工作也不赖。”

“我也这样想。不过……”

“不过会想说，怎么可能真的把它做成一门生意呢？这全靠浩二郎大哥的品格。”

“由美姐很喜欢回忆侦探社吧？”

“我喜欢这里的人。嗯，不，应该说，我喜欢这份工作。”

由美脑中闪过浩二郎的脸，赶紧换个说法。

“说到工作，因为我的关系，害你取消和那位通译的女儿见面。”

由美从战争结束时担任新闻记者的六心门彰那里，得知曾任 MP（美国宪兵）通译的理查杉山的消息。理查杉山已经去世，但他还有一个独生女住在神户。

“今天晚上我们就要和那个叫沙也香的女性见面。”

“真的？”

“上次六心门先生有事不能前来，今天晚上凑巧他有空，也会一同出席。所以延后反而更好，你不要想太多。”

晚上七点，他们和沙也香约在神户元町的一家中华料理店见面。由美一想到和期盼已久的人见面，以及和浩二郎一起走在夜晚神户的街道上，不禁心跳加速。

2

由美搭地铁来到京都车站，在 JR 京都线的月台和浩二郎碰面。两人搭上通往姬路的新快速列车，在三之宫车站换乘普通列车，坐到元町车站下车。从车站步行七八分钟，他们便来到相约的地点——中华料理店“酒国”。从中华街的主要道路一转进小巷，就看到店家在门口摆着一大口瓮，似乎用来取代招牌，拿来做装饰。

“嘿，你们二位，这边哟。”只见过一次面，却像长年好友一样打招呼的六心门对由美和浩二郎招手。他的头发和胡须已全花白，声如洪钟，感觉不出是八十四岁的人。由美看他脸颊红润，虽戴着厚镜片，但眼神朝气蓬勃。

“耽误您宝贵的时间。”浩二郎鞠躬，走向圆桌。由美跟在浩二郎后头，有礼貌地道谢，但耳边不断回荡着六心门刚才说的“你们二位”。

“这位是理查杉山的女儿，杉山沙也香。”

“你好，我是杉山。”听六心门这么介绍，沙也香起身致意。她五官轮廓深，但看起来仍接近日本人的脸。年纪五十五岁上下，一头短发非常适合。

“我对这种严肃的场合最没辙了，来，先吃饭再说。”六心门叫服务生可以上刚才点好的桌菜。

吃完饭，浩二郎开门见山地询问六心门当时事件的始末。

首先，必须确认日本少年殴打进驻军美兵死伤事件的详细情形。浩二郎说，假设拯救岛崎智代的少年真的打死美兵，必遭到严惩。这件事情关系到少年是否还活着。

“前阵子杉山先生已经去世了，没办法听他亲口说。不过我记得，那一带确实发生过许多事件。有暴力事件，也有杀人事件。只是我当时听杉山先生说，那名美兵并没有死。都怪我当时年少，血气方刚，书里面写的内容其实过于夸大了。”喝了不少老酒的六心门，脸上不见醉意。

“那么，日本少年打死美兵是事实吗？”浩二郎进一步确认。

“关于这点，待会儿就交给杉山先生的女儿来说明吧。”

六心门转头看向身旁的沙也香。他对沙也香微微点头确认后，又继续说：“哎呀，我想当时的日本人大概没有体力或力气去做那样的事。反倒是对日本人记恨在心的进驻军……唉，反正类似的事件很多，时有耳闻。总之，我当时是为了告诉大家黑市的存在是必要的，才写了那篇文章。准确来说，应该是少年殴打美兵的暴力事件。”六心门当时想表达，人民的生活有一餐没一餐，而政府无法提供稳定的食物来源，但黑市做得到。

“当然啦，少部分人士借此大赚一笔，最后甚至变成大企业家。有人批评这些人捞尽油水，但绝大部分在黑市做生意的人，都是为了营生。政府只听麦克阿瑟的指挥，根本不了解人民的痛苦，所以我认为对民众而言，黑市的存在反而是一种救济。”六心门喝着酒，再三强调他的想法。

“你和理查杉山之后一直有联络吗？”由美问六心门。

“关于这点，我可能要从我的故事说起。”六心门端正坐姿，“我从小就喜欢说故事，是个好善疾恶、直肠子的人。”

他印象中当时的大人们用尽各种方法，教导小孩正义必胜的道理。十八岁的时候，他罹患肋膜炎，不用当兵。由于他从小就梦想能进报社工作，认为报社就是正义的代言人，于是想尽办法进到里面当送稿件的小弟。他进入《船场日报》工作，据说那是一份与纤维产业相关的专业报，但对社会议题着力甚大。

“当时我看到那些报社的前辈，因为被迫写些战意高昂的报道而感到苦恼不已。老实说，私底下大家都反对战争。”他捻着胡须一副不甘心地说，当时根本没人敢反抗。“当战败的消息传来，你知道我们第一件事情是做什么吗？”六心门看着由美。

“如果是我的话，大概是唱歌吧。”

“唱歌啊，也不错。”

“不唱歌，不然做什么？”

“天空，抬头看天空啊。”

“天空？”

“看到晴朗的天空就很开心了。只要想到，以后不用再看到B29的机影或躲避烧夷弹的攻击，就觉得这样的天空特别湛蓝，特别漂亮。我们讨厌军国主义，对体制也非常不满意。美国彻底破坏了体制，即使如此，我们也不欢迎他们。当时我们就是抱着这种莫名所以的心情，抬头望着天空。”

“想必您五味杂陈。”浩二郎发出低吟。

“没错，五味杂陈。看到那样的天空，我开始厌倦剑拔弩张的生活。”

“可是，做新闻记者的，从某种程度上来说，不也是在做些剑拔弩张的报道？”由美双手捧起茶杯。

“你说得没错。我们只想采访耸动的消息，对血腥事件的嗅觉特别灵敏。干这行啊，业障太多，罪孽深重啊。”六心门摇摇头，把白发往后拨。

“业障吗？”由美轻轻叹口气。

“总之，这就是新闻记者的天性，没事就到街上闲晃，找找看有什么材料。我当时也和大家一样，四处挖掘有趣的消息，那时已经有报纸肯刊登我的报道。不过，当时纸也缺，都是小型报尺寸，记者同行之间竞争也很激烈啊。”

六心门蹲点的地方在大阪车站周边。

“你有听过‘行路死亡人’吗？就是横死街头的人。那景象我永远忘不了。”

昭和二十年三月十三日，从深夜到黎明，九十几架 B29 投下的烧夷弹将大阪北部御堂筋一带炸得满目疮痍。经过二十多次的空袭，大阪市内有三成化为焦土。大阪车站前挤满了伤者和遗体。没多久，人一个接着一个死去，但车站周边人车杂沓，完全感受不到吊唁死者的氛围。接着，战败后的八月，死伤人数更是不断攀升。

“真的很悲哀啊。里面有撤退的伤兵，也有和我母亲年纪一样大的老婆婆。”

六心门希望通过报纸刊登已确认身份和姓名的人的消息。

“但车站来来往往的人实在太多了。后来外面来了一批卖发糕、番薯的小贩朝车站内探头探脑。他们的目标是那些从内地来的陆军、海军退伍的阿兵哥们，因为他们有钱。结果没想到，连一些平民百姓也跟着排起队伍。大家肚子都饿扁了。”

在“胜前无欲”“奢侈是敌”的标语下，大家都缩衣节食度日，除了忍耐还是忍耐。大家能支撑到这个地步，都是源于对大日本帝国屹立不倒的信任。因为爱国，才能战胜食欲的诱惑。但这个国家不仅打败仗，连食物配给都不足。不管民众怎么要求，政府总是摆出一副物资不足、无可奈何的态度，于是车站前的马路开始升起热腾腾、令人食指大动的食物蒸汽。

“转眼间，不只大阪车站，包括阿倍野、鹤桥、天王寺，小吃摊一个接着一个开。一天到晚在喊物资不足的，大概只有政府。那里真的什么吃的都有，饭团、炒内脏、杂炊、关东煮什么的，要什么有什么。还有人卖清酒、烧酒。”六心门说，这些摊贩不只卖吃的，还卖衣服、日用品，市场规模一下子扩大到五六十摊。

由美回想起祖母说过，听见电视播放《苹果之歌》，肚子不知为什么就饿起来了。

“《苹果之歌》……”

“哦，这位小姐这么年轻，居然知道这首歌。”

“我祖母说她每次听到这首歌就会怀念过往，然后肚子会饿。”

“你祖母多大年纪了？”六心门问道。

“今年应该七十九岁了。”

“战争结束那年，她大概十五六岁吧，难怪会和食欲产生连接。”说完，六心门面露微笑，“《苹果之歌》是战争结束那年十月，由松竹制作的电影《微风》中演女主角的并木路子在里面唱的歌曲。这首歌爆红的时间大概是昭和二十一年春天，刚好在黑市快退场之前，我猜你祖母应该是在那时听到这首歌的。”

“原来是这样啊。”这是主角梦想成为明星的励志故事，和初次挑战演电影的并木路子本人形象重叠，带给观众无限希望。六心门给由美如此描述电影内容，但她听不懂，她无法把战争刚结束的时代背景、歌手的励志故事和《苹果之歌》联系在一起。

“我也是一听到那首歌就肚子饿。”

“我觉得音乐不是用耳朵听的，而是用内心深处去感受。”杉山沙也香瞄了六心门一眼，转头对由美说，“这点我有同感。”由美点头。由美回想起雄高负责的案子“折纸鹤的女人”。《啊，上野车站》这首歌的旋律和歌词恐怕是委托人田村一辈子也忘不了的。

“我们的委托人也是从泉大津运送番薯和青葱等食物到黑市以物易物。”浩二郎说。

“从泉大津啊。还有人从更远的地方来呢。”

“从更远的地方？”

“因为有人在后面控制啊。卖的人也很辛苦，一个比一个住得远。”

“有这种事？”

“我刚说这是昭和几年的事情啊？”

“昭和二十一年春天。”

“刚好是取缔最严格的时期啊。”

“这样啊。”

“取缔很早就开始了。战争结束那年的九月底，有的黑市规模甚至达到一百摊上下。既然是黑市，一定会有人接管。这些人收取保护费，势力越来越壮大。不过也因为他们太过醒目，当局开始盯上他们。”

有谁忍心责备那些为了多活一天大排长龙买食物的人？就这样，民众的需求逐渐高涨，使得黑市的交易更加活络。那些在背后操控的人并非直接把违法进货的物品拿出来卖，而是利用一些容易引人同情的弱势者，像乡下姑娘、战争寡妇、儿子被抓去当兵的母亲等，叫她们摆摊卖这些物品。

“他们暗中操作的技巧越高明，取缔就越困难，到最后双方没完没了。”

黑市的取缔一天比一天严格。造成黑市生意兴隆最大的原因是粮食不足，但最该负起这个责任的政府所采取的策略却是拜托占领军提供物资。但占领军的回应是：“看到黑市以及农村私盘交易如此猖狂，实在无法想象你们缺乏粮食。”结果，占领军反而回过头来要求政府动用警察的力量，严格取缔黑市交易。

“后来大阪府警请求占领军的MP提供协助。确实有些卖家仗着东西好卖，常常漫天喊价。战争刚结束时，白米一升五十钱，同年九月却暴涨到四十元。农家们开始集资去搜购民间的自用米。说得好听点是保有米，其实就是囤积米。当时一块发糕要价五元吧，一般人在工厂工作一个月也才两三百元，实在不便宜。”

换算成现在的金额，大概是两千五百元买一块发糕。

“真的好贵。”由美不禁惊叹。

“黑市是政府和占领军没有积极作为下的产物。可是人民又不得不以物易物，否则活不下去啊。靠取缔没有办法从根本上解决问题。”

“但是，警察反而加强取缔，对吧？”浩二郎说。

由美看着浩二郎的侧脸，觉得他的眼神总是充满认真和热情。

“那是一场大规模扫荡。我当时听到消息，他们一口气逮捕了九百五十人。”

“这可不得了。”浩二郎皱眉。

由美无法理解，但曾做过刑警的浩二郎知道，这样的逮捕人数非同小可。

“当时，沙也香女士的父亲理查杉山就是替MP做通译的。”

话题总算绕回理查杉山。

“昭和二十一年七八月政府颁布废除令，几个黑市就这样消失了。我想当时杉山先生应该时常被找去帮忙，因为大阪车站周边的黑市规模十分惊人。”

“您和杉山先生什么时候认识的？”浩二郎问道。由美来回看着浩二郎与六心门。

“事情是这样的。”六心门准备进入正题前，又点了一瓶绍兴酒。

昭和二十一年初，三名喝到满脸通红的美兵在大阪北部一间酒馆酒醉闹事。那是一家老板急就章用木板搭建的小店，里面已经被那几个彪形大汉破坏得乱七八糟，店里的几名男客早已被打趴在地上。老板拿这几个醉汉没辙，急忙报警。赶来现场的警察急忙制止，但因为语言不通，最后反而火上浇油。

“我得知有人闹事，赶到现场看状况，心想运气好的话，说不定可以赶在其他家记者之前发稿刊登消息。”

当他抵达这家店后，才知道自己的想法有多轻率。

“真的是将近两公尺高的彪形大汉，他们抓起店里的椅子、桌子、酒瓶乱摔。警察的脸也被打了好几拳，血流满面。没人阻止得了他们。”

这时，一名就体格来说绝非对手的日本人赶到现场。他就是理查杉山。杉山用英文大声制止，其中一位美兵露出狰狞的笑容，摆出打拳击的姿势朝他逼近。

“我心想他一定会被打惨，所以对他大喊：‘快跑！’”

但杉山并没有打算逃跑。

“美兵每一拳都挥空，根本碰不到他，就像跳独舞一样，结果美兵越来越火大。大概是美兵的动作太滑稽了，转眼间周遭开始出现围观人群。”

大家都围过来看，没多久，MP 的吉普车来了。MP 把那名拳头空挥无数次的气喘吁吁的美兵带走了。

“美兵被带走后，杉山先生和 MP 交谈，这才恍然大悟，这人是占领军军方的人。”

六心门很想采访杉山。他想知道杉山身为日本人却又替占领军做事的心境，也想知道他对现在的日本有什么看法。

“说得好听点是想知道杉山先生的想法，但老实说我心里打的主意是，只要接近杉山先生就可以打听到占领军内部的消息。”

六心门假装自己也是现场受害的客人之一，以当面感谢杉山相助为借口接近他。

“我想请他喝一杯，结果被拒绝了。于是我说，不然我们去别家店喝吧？”

依然拒绝邀约的杉山反而让六心门对他越来越好奇。六心门实在很想和他谈谈，只好表明自己是为了采访才来这里。

“我对占领军通译的工作很有兴趣，交换条件是我答应不写美兵闹事的报道。”

“杉山先生答应了吗？”

“他说，他和MP一起行动时，常惹来日本人的白眼，假如我能写篇以正视听的报道，就愿意接受采访。附带条件是必须匿名。”

杉山说，他父亲是贸易商，娶了美国客户的女儿，之后生下了他。父亲希望他身心坚强，让他学习空手道。十三岁那年春天，他随着父母从神户赴美。之后他开始诉说与MP一起行动的心情。

“他能识破美兵出拳的动作，是因为入伍前曾在美国的大学当过业余拳击手。他还笑说，因为学过空手道，熟练的速度比一般人快。”

“原来如此，后来你们就认识了？”浩二郎再次询问，日本少年拯救遭美兵袭击的岛崎智代并造成一名美兵受伤的事件和六心门听杉山谈起的事件是否一致。

“在那个纷纷扰扰的时代，我很少听到如此美谈。”

“您的意思是，这是同一件事？”

“我听到的是这样。你们听沙也香女士说吧，她应该会更清楚。”

3

“父亲不太喜欢提那件事。”沙也香说完，喝一口温热的乌龙茶。

“令尊过世多久……”浩二郎赶紧拿起茶壶，把茶倒入空杯。

“他去世十一年了。”

“这样啊，享寿……”

“八十岁。”

沙也香出生于杉山三十五岁那年，也就是战争结束后五年。他们曾暂时回美国居住，直到沙也香念高中时，举家搬回日本，就住在现在神户的这个家。

“我没有结婚，所以在日本和父亲一起生活了三十年。”

“令堂呢？”

“现在也住在一块儿。”

“这次跟您提到那么久远的事，您一定吓了一跳？”浩二郎温和地看着沙也香。

“是的。听六心门先生说，有一位专门寻找回忆的侦探要找我，问我意见如何。”沙也香面露微笑。

“您和六心门先生什么时候认识的？”

“父亲去世时，我通知六心门先生葬礼举行的时间。因为父亲慎重保管的通信录上有他的大名。”

“我不知道杉山先生身体欠安，接到通知时吓了一大跳。”六心门接着沙也香的话说道。

“二十四年前我退休的时候，我想把我的书《黑市的酸甜苦辣》——就是你们看的那本书，送一本给杉山先生。当时刚好有热心人士愿意帮我转送。后来我们就联络上了。当知道他在故乡神户和妻子、女儿住在一起后，我很高兴。不过我们的联络仅止于此，大概就是互相知道对方住在哪里、过得如何等。接到吊唁通知的三年前，我们联络过一次。”

“没错，三年前。我们家收到一封国际邮件。”

“国际邮件？”浩二郎复诵。

“从密歇根州的沃伦寄来的。收件人是我父亲的名字。”

“是令尊在为占领军当通译时认识的朋友吗？”

浩二郎身体前倾。他急切的心情连一旁的由美也感受到了。

“寄件人的名字没有出现在父亲的通信录上。”沙也香从包包中拿出一封国际邮件，摊开对折两回的信纸后，递给浩二郎。

由美凑过来看着浩二郎手中的信纸。信纸上的英文字迹充满个人风格，对原本就英文不好的由美而言，简直就像天书。浩二郎也一样，对由美露出困惑的表情。

“不好意思，我们……”由美对沙也香露出苦笑。

“没错，我的英文也不好。只知道寄件人是法兰克·A. 穆伦。”浩二郎抱歉地说。

“法兰克·A. 穆伦是位二十三岁的男性。”沙也香不知是不是有点紧张，又喝了一口茶。

“二十三岁，好年轻啊。”

“那位年轻人写信来说，他父亲有事相托。”

“有事相托？”

“没错，写得十分恳切。”

沙也香清咳几声，从浩二郎手上接过信纸，一边看着信，一边讲解内容。

亲爱的理查杉山先生：

您收到这封信时想必十分惊讶。但是有些事情我必须转达给您，有些事情也需要请教您。今年六月我即将启程前往日本，去京都的K大学留学，学习日本的传统文化。去日本留学，是我自幼的梦想。

照道理，梦想就快实现，我应该高兴到浑身颤抖，但正好父亲罹病，现正住院接受治疗。幸好医生说他病情稳定，暂时没有生命危险。卧病在床的父亲知道我打算放弃留学后，对我说千万别放弃实现多年梦想的机会。

但我心中仍迟疑不决，所以只回他“我知道了”，暂时不做决定。父亲看到我的态度，或许是猜到我心中的想法，他对我说，希望我去日本见一个人。他说，这件事情非常重要，攸关我祖父的好友爱德华·H.史坦巴哈一生的清誉。我完全不知道这件事的来龙去脉，直到父亲身体状况转好时，才告诉我事情的始末。

一九四六年春天，祖父身为占领军宪兵，留驻日本大阪。

祖父说，他对京都这个城市多少还有点认识，但对大阪则十分陌生，刚调去那里时心里有些忐忑。他来到日本后，看到那些用纸和木头搭建的房子几乎都被烧夷弹烧毁，不管被调到哪儿，眼前所见都一样惨不忍睹，心情十分沮丧。正因如此，总是和他一起行动的搭档、长他一岁的爱德华，对祖父来说是非常重要的伙伴。

当时，祖父他们的任务就是支援日本警察取缔违法市场，但这个问题非常棘手。在美军内部，传出有警察和管理市场的头头私下交易，导致违法摆摊的案件层出不穷，永远取缔不完，警方无法完全杜绝黑市交易。

祖父他们和辖区警察一同前往视察，但表面上看不出他们有私下交易的关系，市场的头头见到祖父他们也是毕恭毕敬地鞠躬，表现出通情达理的模样。但是，店铺依然摆满违法商品，市场买卖仍然活络。前来买东西的人络绎不绝，物价不停上涨，似乎没有极限。

最后他们决定，除了按部就班地一件件举发、取缔之外，别无他法。那天，祖父他们也是抱着这样的心情开着吉普车，走在通往大阪车站的河堤边上。

为何要走河堤边？因为即使在河堤这么狭小的地方都有人摆摊。开车的祖父发现前方有一名推着手推车的少年迎面而来。那名少年身形矮小孱弱，有气无力地推着手推车。市场头头有时会让年幼的孩子当挡箭牌，叫他们贩卖管制品。

不过，祖父他们并不打算为了这点小事停下来，他们想待会儿吉普车和少年擦身而过时，用目测的方式检查他的货物就可以了。接着，吉普车稍微靠边开，和少年擦身而过。这时，少年的手推车车轮滑出河堤，瘦弱的少年无力阻止，手推车就这样往河川的方向滚落。

祖父急忙停下吉普车。

车子还没完全停妥，坐在副驾驶座的爱德华早已冲下车，沿着河堤斜坡往下冲。祖父也跟在他后头追了上去，但斜坡上只见翻倒的手推车，不见少年踪影。两人再往河川走去。爱德华大喊：“在那里！”他走下斜坡，看见那名少年浮在水面上。

爱德华立刻抱起那名少年，把他抬到较为平坦的草丛上。爱德华拍他的脸颊，没有反应，心想少年恐怕是跌倒撞到头顺势滚到河川里了。解开他身上国民服的扣子后，爱德华吓了一跳，原来他救的人不是少年，而是少女。爱德华犹豫了一下，开始对少女施行人工呼吸。当他嘴对嘴吹气时，少女立刻恢复意识。

大概是少女误会了，开始大吼大叫，然后昏了过去。

霎时间，发生了一件令人意想不到的事。

一名穿开领上衣的少年用木刀敲打爱德华的头部。

爱德华反射性地从少女身上跳开，栽了一个筋斗，倒在草丛中。听说流了大量鲜血。祖父本想抓住少年，但爱德华不知为何抓住了他的手臂。祖父判断爱德华的意思是，与其逮捕暴力犯，不如赶快带他去看医生。于是祖父把爱德华扶到吉普车上，开车前往有军医留守的新大阪饭店。

日本警察听到风声后，立刻赶去现场。祖父也一同前去。当然，没有人认为凶手还在现场，赶去那里是为了做现场采证。

但让人跌破眼镜的是，在血迹斑斑的现场，那位日本人居然闭着双眼，正襟危坐地待在原地。

祖父跟警察说，他就是打伤爱德华的凶手。少年立刻被带走，接受侦讯。祖父作为证人以及身为宪兵的一员，参与整个侦讯的过程。

当时的通译就是您，理查杉山军曹。

祖父看到少年的脸庞非常稚嫩。少年自报姓名叫 Kodyuna Toshiige，年龄十五岁。他很快就招认，说自己拿宪兵队员的木刀殴打对方。他接着说，他没有逃离现场，而是在原地等我祖父他们回来。至于动机，这位少年主张，他看到美兵想要污辱日本女性，无法坐视不管。

警察很快决定要将少年移送法办，这时头包着绷带的爱德华现身了。

爱德华对杉山军曹说，这名少年什么也没做，希望能立刻释放他。爱德华知道杉山军曹除了能解决语言上的问题，还能理解日本人的心情，避免与日本警察发生不必要的摩擦，所以请求将此事全权交由他处理。

为什么爱德华要做出袒护少年的证词？祖父多次询问爱德华，但是爱德华始终不愿说出真相。一九四九年，两人回到母国后恢复平民身份，各自拥有自己的事业。

祖父开了一家保全公司，他的友人爱德华则是继承家业，经营一家贸易公司。九年后，祖父被爱德华叫到他的病床边。爱德华自从在日本受伤后，一直为其后遗症所苦。这个伤也是导致他的身体逐渐不听使唤的原因之一。祖父去探病时，看到友人痛苦的模样，气到浑身颤抖。当然，他生气的对象是那名日本少年。为什么当时要袒护那名少年？假如当时没有袒护他，那名少年应该会受到严格的制裁。

祖父再次提出疑问。这时爱德华用虚弱的声音说：

“他只是想保护自己国家的少女而已，不是他的错。”

祖父心想，可是爱德华想要拯救溺水的少女啊，若要说没错，爱德华更是无辜。

祖父愤愤不平地离开病房。

半年后，爱德华身亡。

直到最后，祖父都无法得知爱德华内心真实的想法。

这件事祖父一直难以释怀，这使得他对日本这个国家一直存有芥蒂。

我不曾和祖父说过话。

我对日本文化感兴趣，大多来自父亲的影响。父亲的书房有介绍武士道相关的书籍、时代剧的录像带。让我有机会接触这些东西的人也是父亲。他特别强调，武士道的书是爱德华送给祖父的。但我不懂，父亲听闻祖父过去那段难受的经历后，为什么仍对日本如此友善？而且，既然父亲希望我去日本留学，为何又告诉我这段过去？

当我这么问父亲时，他拿出一张照片给我看。照片中的女生开心地笑着，身上穿着像是大学毕业的毕业服。父亲说，这是爱德华的未婚妻年轻时候的照片。我心想，即使给我看照片又如何，我又不认识她。

我问，这张照片和父亲是亲日派这件事又有何干？

我父亲说，当初他问祖父那件事的始末时，祖父也是拿出这张照片给他看。祖父说，爱德华前往日本赴任时，不时地将这张照片放在胸口口袋。

祖父不停地摇头说："那名日本少女长得像她啊。"

祖父只说了这句话。

会不会有那么一瞬间，爱德华把溺水少女当作自己的未婚妻？但这又意味着什么？父亲没有多做说明，只说后来他对日本这个国家产生浓厚兴趣并被其深奥的文化所吸引，很大一部分原因来自那位持木刀少年的影响。父亲希望我去日本时拜访杉山先生，他想知道那位少年后来过得如何。这是他的心愿。

父亲查出杉山先生的地址。然后，我才寄出这封信。

非常希望能和您见面，当面请教关于爱德华事件一事。

4

由美和浩二郎搭上接近末班的普通车。车内空荡荡的，只有几个喝醉酒的上班族坐没坐相地瘫在座位上。他们坐在靠近门边的座位上，每当停车时，夏夜的热风就会吹进车厢来。

“六心门先生从通译理查杉山先生口中听到的暴力事件，应该就是智代女士遭遇的事件没错吧？”由美用手帕擦拭额头的汗水，对浩二郎说。

“老实说，我吓了一大跳。”

“因为没想到会是同一件事？还是……”

“都有。一方面佩服你的敏锐，居然找到六心门先生。不过这么说来，智代女士不是被袭击，而是被营救。”浩二郎盯着对面的车窗说。

“虽然战争已经结束，但当时每个人看到外国人都吓得要死，没办法。”

由美的祖母回想当时，也觉得怕得要命。之后，祖母的外国人过敏症一直没有改善。

“话是这么说没错，但帮助智代女士的那名少年该怎么接受这个事实？”

“他为什么不逃跑？”

“虽然他年仅十五岁，但我猜他完全明白自己在做什么，并带着某种觉悟。如果法兰克在信中写得没错的话，他应该有充分的时间逃跑才对。”

根据六心门的说明，新大阪饭店似乎提供给占领军使用，他们来回的路程需要十几分钟，再加上安排医生看诊等各种手续，警察抵达现场时至少已经过了三十分钟。六心门说，黑市来来往往的人那么多，只要混进去就能隐匿踪迹。附近多的是流浪儿，或穿着开领上衣、短裤的少年。

“我觉得他是个堂堂正正的好男孩。”由美在新闻上常看到许多男人明明犯错，却推脱搪塞，一想到这些人的嘴脸，她就一肚子火。

“这名少年确实很有正义感。而且他不是基于憎恨美兵的理由才拿木刀袭击对方。从他对待智代女士的方式来看，实在让人难以想象他只有十五岁，应对十分沉着冷静。”

“若不是这样，也不会让人过了六十年还想向他当面道谢。”

由美感觉得到智代对他存有爱慕之心。即使是刹那间只有一次的相会，人还是可能坠入情网。

“我可以感受到他的温柔。”由美看着浩二郎的侧脸说。

“温柔吗？希望智代女士能和他见上一面。”

“真的，好希望他们能见面。不过关于线索……”

法兰克在信中写道，帮助智代的少年名字叫作“Kodyuna Toshiige”。沙也香以这个名字做对照，翻遍她父亲的日记、笔记本，就是找不到相符的名字。六心门也滴水不漏地调查过报社的保存资料，但找不到该事件的记录。他还透过以前的渠道搜寻警方资料，也不见有关十五岁少年对美兵施暴的记述。

“或许在美国人听来，这个名字的发音就像Kodyuna Toshiige吧。”

“日本人的名字根本不会有dyu这个发音，这个线索有跟没有一样。”

“不，现在状况越来越明朗。法兰克在信中也提到，不只是MP，任何人只要打伤美兵，即使是小孩都会被判重罪，但被害者爱德华却否认少年涉案。换句话说，少年被无罪释放的可能性很高。至少目前我们已经知道这么多了。”浩二郎看着由美的眼睛说道。

两人的脸靠得太近，由美赶紧转过脸看前方。

“浩二郎大哥。”又过了两站后，由美开口。

“怎么？”

“爱德华给法兰克看的那张照片，我不太懂那张照片有什么意义。”

“照片中的女性长得和爱德华的未婚妻很像啊。”

“这我也知道啊。”由美噘嘴道。

“这就是男人恣意妄为之处。”浩二郎说到这儿，门又打开。他等走进车厢、穿白衬衫的男性找到座位坐下后，继续说，“大概有一瞬间，爱德华对智代女士产生了邪念。”

“这么说，爱德华他……”

“没错，只要从这个角度想，就能理解少年出手帮智代女士的判断是正确的。”

“可是，法兰克的祖父明明就在旁边……”

“所以只有一瞬间。毕竟朋友就在一旁看着，爱德华不可能做出过头的行为。当他知道那名少年是女性的瞬间，觉得她长得和自己的未婚妻相似，我猜就在那一刹那，他的心情有些动摇。”

“这么说来，爱德华是因为内疚才袒护那名少年？”

“我觉得是。因此，法兰克的父亲才会对日本的武士道那么感兴趣吧。”

“什么意思？”

“爱德华拖延时间让少年有机会逃跑，没想到少年坐在原地冥想。爱德华知道这件事后，大概从他身上感受到某种精神，很想知道究竟是什么样的思想依附在这年仅十五岁的小孩内心。”

“就是武士道？”

“我猜他大概从少年身上看到类似自律的思想。两相对照之下，他更觉得自己的行为十分卑劣丑恶。”

“原来爱德华心里是这么想的。”

“很了不起。假使他还活着，我倒很想跟他见面说几句话。还有，我现在想见到那位少年的心情越来越强烈了。”浩二郎说完，一副闷闷不乐的样子。

“怎么了？”由美有点担心该不该问。

“这名叫 Kodyuna Toshiige 的少年要是知道爱德华真正的为人，他会怎么想呢？他打伤爱德华，使他长年饱受病痛折磨，最后抱病而死。假如爱德华是有意污辱日本少女的卑劣外国人，少年的行为就是正义。但爱德华理解武士道，或许一时迷惘曾有不洁的想法，但本质上是个尊重生命的男性。”浩二郎深吸一口气，他与由美并肩，上下起伏。

所以人真的会在瞬间坠入情网，连爱德华也是……

由美边想边别过身子，怕自己心脏的鼓动声会被浩二郎听见。

“爱德华真的有萌生邪念吗？”

“嗯？”浩二郎愣了一下。

“没事，不要理我，喃喃自语而已。”

5

早上六点，由美被女儿由真打来的电话叫醒。

“你果然忘记了。”

由美惊觉女儿说话的语气俨然像个小大人了。学校一放暑假，由美就把九岁的女儿寄养在大原老家的母亲那里。她心想，才二十天女儿就有这么大的变化？

“忘记什么？”由美问。

“你昨天又很晚回家吧？”

“我问你忘记什么？妈妈有很多事情要忙啊。”

“你的声音听起来像刚睡醒。”

“够了没啊？”

“返校日啦。”

“返校日？什么时候？”

“如果是明天的话，我就不用那么早打给你啦。”

由美看日历，八月十号画了一个大圈，下面写着：要去接由美。“抱歉，我马上过去。几点以前要到学校？”

“八点五十分。”

“好，妈妈骑 KATANA 过去一定赶得上，还可以一起吃个早餐。”

“太好了，只要不是味噌汤、鱼和酱菜就行了。”由真低声说完后，后面传来母亲的声音：“和食对身体最有益了。”

“妈妈最喜欢奶奶做的早餐了。”

“我偶尔也想吃吐司、热牛奶，还有炒蛋啊。”

“你叫奶奶听一下。”

“好，等一下。”

“喂？”母亲很快接起电话。

“妈，真不好意思。”

“没关系，我做的东西大概不合由真口味。”

“都是我偷懒，害她胃口被养坏了。”

“这也没办法，你一个人要赚钱养家啊。我想说，趁她来的这段时间，训练她吃和食，以为过一阵子她就会习惯了，没想到她这么挑食。”

电话那头传来由真咕哝抱怨的声音。

“好吧，我现在过去接她，叫她准备一下。”

“骑车小心点，哪有人像你骑那么大一辆机车的？”

“好啦，待会儿见。”由美挂断电话，整理头发，拿了两顶安全帽出门。

“你一个人要赚钱养家啊。”母亲说的这句话不知怎的一直回荡在她的脑海中。

由美像是要抹消这句话似的，一跨上 KATANA，立刻大力催动引擎。

由美和由真走进学校附近的一间咖啡店。时间过了七点半。从咖啡店走到学校不到十五分钟。由真果然如她在电话中说的一样，点了有奶油吐司和炒蛋的早餐套餐，饮料是热牛奶，但她想要加一点由美的咖啡进去。肠胃向来不好的由真即使夏天也不喝冰牛奶。营养午餐给的牛奶也都要含在嘴里小口小口地喝。

“你现在还不到喝咖啡的年纪。”

“这叫咖啡欧蕾啦。”由真噘嘴道。

由美也常这样噘嘴。她觉得由真越来越像自己了。由美并不讨厌自己。尽管还不到自恋的程度，但她对自己开朗的性格挺有自信。不，精准地说，应该是努力让自己有自信。

做护理师这门职业，心理建设很重要。有时秉持好意向别人搭话，换回来的可能是冷言冷语。即使如此还是得持续做下去。但是，任何照护都没有一百分的标准答案，就算自己心里有一套满意的标准，也没有足够的时间一视同仁地施行在每一位病患身上。哪怕只有一瞬间，只要心生胆怯，或许有天抬起头来就会发现自己已经完全丧失自信，再也站不起来了。由美深知这个道理，所以不时鼓舞自己。

她曾听说即使是专业的职棒选手，很少有人的打击率可以超过四成。她常告诉自己，只要持续维持三分的满意程度，最后就能获得自己满意的结果。

当然，性命攸关的事情一定要做到十分满意，追求完美才行。

“而且学校里的小孩也会喝咖啡啊。”

“那是咖啡牛奶。”由美看了由真的杯子一眼。

“人家也敢喝黑咖啡。”

“是吗，那你喝喝看。”由美把自己的杯子挪到由真前面。

由真表情略带困惑，手指穿过咖啡杯把手。

“算了啦，很苦哦。”

“苦才好喝啊。”由真的视线落在杯中的黑色液体上，小心翼翼地啜了几口，“噢，好好喝哦。不过这杯是你的，还你。”说完，她赶紧喝一口加了砂糖和咖啡的牛奶。

“女孩子要老实一点才会有人疼。”由美微笑道。由美知道，其实只要想开点，要求三分满意就足够时，内心就会产生从容感，甚至可以坦率地把“辛苦”“害怕”这些字眼说出口，最后再淡淡地丢下一句“这也是没办法的事”。

医院的后辈们看到这样的由美，觉得她“很强”。

“妈妈工作很辛苦吗？”

“呃？为什么这么问？”

“因为我看你常常沉思。”

“才没有呢。”

“如果是恋爱方面的烦恼，随时可以找我谈心哦。”

由美紧张了一下，因为她感受到了由真锐利的眼神。她一直以为还是小孩的九岁女儿，真的长大了。

“说什么傻话，为什么我要跟你谈心？”

“别看我这样，很多人找我谈心。大概我比较成熟，班上的男生个个都像小鬼头。”

“你少臭美了，小笨蛋。”

由美自从将岛崎智代的案子取名为“少女椿的梦想”之后，一颗心老是七上八下的，而且她隐约觉得这个状况在佳菜子的事件中和浩二郎一起行动过后变得更加严重了。

与浩二郎一起经历佳菜子性命攸关的时刻，由美心中某种压抑的情绪突然获得释放。她有好几次脑中闪过这个想法：浩二郎对三千代的体贴，是丈夫对弄坏身体的妻子的同情，并非爱情。每次，她都得想办法挥开心中这个邪念。

这种事怎么可能对九岁的女儿吐露？

“几点放学？”

“奶奶会来接我，你不用来。她说偶尔也想到街上走走。”

“好，那你快去学校。温差很大，小心不要感冒了。”由美将咖啡喝完。

“知道了，又不是小孩子，放心吧。”

说完，由真又噘了一次嘴。

6

由美想着反正都迟到了，干脆打电话给刚复班的佳菜子，告诉她自己先到饭津家医院一趟，探视智代的状况后再进公司。

她不想看见浩二郎和三千代同时出现的画面。

走进病房，病床上的智代正戴着耳机听音乐。

“由美小姐。”智代急忙把耳机拿下，按下随身听的停止键。

“没关系的。”

“这是医生借给我的。”

“您在听什么？”由美从旁边拉了一张折叠椅坐下。

“医生说，听一些老歌对我有帮助。”智代让由美看卡式录音带的标题。

上面写着“战中战后的怀念歌谣”，其中包含《长崎之钟》《温泉乡悲歌》《苹果之歌》《青色山脉》《夜晚的月台》《怀念的蓝调》《东京Boogie Woogie》《小白花盛开时》《柿子树山坡的老家》《请问芳名》等。

“小姐这么年轻，这些歌应该都没听过吧？”大概身体状况不错，智代对由美露出微笑。昨天她几乎睡了一整天，现在的表情和前天比起来仿佛变了一个人似的，精神了许多。

由美还在当护理师时曾在某场研讨会中听过一则研究，说老歌可以活化脑部，提振精神。她一直没有实践的机会，但现在看到智代的面容，心想或许真的有效。她本来想回她现在已经不是年轻小姐了，但又作罢。在七十五岁的智代眼中，三十四岁的由美确实还只是个孩子。

“里面有我听过的曲子。”

“哦，真的，哪首？”智代眼睛发亮，拿出歌词本给由美看。

“您现在在听哪一首？”

“我最喜欢的曲子，不知道重复听几次了。”

“是《苹果之歌》吗？”由美只听六心门彰描述过这首歌的背景，但不知怎的，脑中却自然浮现出黑市的景象。

“不是，那首歌印象太深刻了……”

“太深刻？”

“当时我们的确很努力地过日子，但印象中，逞强的成分居多。”

“您的意思是，当时你们是被迫表现得这么努力？”由美以为当时从收音机播放出来的《苹果之歌》能疗愈所有人的心，听到智代这么回答有些意外。

“这首歌的旋律很好听，佐藤八郎写的诗也很可爱。只是……”智代说，她感觉周遭的大人们似乎都期许女生要像歌词中的女生一样，天真开朗有朝气。

“您是说，虽然歌词中说道‘苹果真可爱、可爱呀苹果’，但苹果也有不可爱的时候？”

“没错，特别是当时才十几岁的我们。”

“原来是这样。”由美觉得自己似乎能理解智代的心情。苹果在当时被用来作为女孩的象征。面对焦黑一片的废墟，成天悲叹的大人们，心中浮现鲜红色苹果的形象，希望能为枯燥无味、没有色彩的生活增添一点色彩。

由美想，这些女孩们被期许要成为苹果般的存在，压力必定不小。

“或许是我想太多了。但每次听到《苹果之歌》脑中就会出现许多画面，包括有苦难言的痛。”

“对了，您在听哪一首呢？”由美想知道智代喜欢哪首曲子。

“《请问芳名》。”

“噢，这首啊。”在雄高负责的案件“折纸鹤的女人”中有出现这首曲子。她听雄高说，他在上野遇到经营酒馆的砂原谦，靠着说出同名电视剧的详细剧情而获得对方的信赖。

“你听过？”

“在早上的连续剧中听过。”

“新版的对吧？不过作者一样是菊田一夫。录音带上印着那句名台词哦，你看。”

由美翻开歌词本阅读：“忘却本应遗忘。发誓忘却却忘不了的心，何其悲哀。”

智代听到由美直白地念出剧中旁白，忍不住莞尔。

“京都腔的《请问芳名》也挺有味道的。”

“智代女士真是的，别取笑我。”

“很棒的台词。我第一次听到这句话，应该是二十岁的时候。”

“您当时应该也很迷这出剧吧，两人不断擦身而过。”

在烧夷弹如雨下、大家不知逃往何方时，一对男女偶然相遇。他们约定半年后在银座的数寄屋桥再会。两人分开前未告知对方姓名。之后，因为女主角发生了一些事情，两人一直无法相见。由美记得看这出晨间剧的时候，看到男女主角不断擦身而过，只能在心里替他们干着急，怨叹命运的捉弄。

在战争时期，活过今天也不知活不活得过明天，两人相约假如之后还活着，要每半年来这座桥相会。由美想象智代年轻时，看到这么浪漫的剧情，心中不知作何感想。

突然，她豁然开朗。那位少年在她十四岁时救了她。她对他的爱慕之心，不正和《请问芳名》相似？

“我应该见不到他了。”

“什么？”

“再怎么说都过了六十多年了。不过，我觉得很不可思议，每次只要听到《请问芳名》这首歌，明明是好几十年前的事，我就觉得好像是昨天才发生的一样……他的长相，至今仍深深烙印在我脑海中。”

“您是说，帮助您的那位少年？”

由美不相信有人可以记得六十多年前见过的人的长相，因此再次确认。

“当然。”智代的表情充满自信。

“智代女士要不要试着画肖像画。您会画画吗？”由美满心期待地问道。

“肖像画？可是我不会画画。”

“我可以拜托懂画画的人画，您只要描述特征就好，好吗？”

“好，我试试看。”智代看着由美说道，脸上的神色似乎更加快活。

“真的很开心哪。我刚好要打给由美小姐时，手机就响了。俗话说无巧不成书，而且还可以和由美小姐挤在车内双双对对。”坐在副座的茶川大助开心地说道。

由美和智代谈完，立刻联络浩二郎。浩二郎对由美的想法有些迟疑，但一听说智代一副跃跃欲试的样子，立刻赞成进行这场超越时空的挑战。

于是，浩二郎马上联络茶川，请他介绍会画肖像画的人。结果茶川坚持自己就是肖像画达人。

茶川说他现在就有空，所以由美开着侦探社的轻型车来到祇园的茶川家接他。

“茶川先生真的会画画吗？”由美一边操作方向盘一边斜眼看了茶川一下。

“不管是科搜研还是鉴识课，说到画肖像画，没有人比我茶川更在行。因为直接拼贴照片效果不好，大家都知道画肖像画就要找茶川大师。

“将许多肖像照片的发型、眼睛、鼻子分别切割，从中寻找符合目击者印象的部分再拼贴回去，这种照片通常会流于刻板。比较起来，靠目击者强烈的印象，画出稍微变形的肖像画，更容易用来认人。”茶川滔滔不绝地说明。

“那我就放心了。”由美知道不赶快应付他一下，茶川的自吹自擂可不会停止。

“我唯一担心的就是时间跨度太大。”茶川神情转为严肃。

“她本人说，她记得十分清楚。”

“我了解她说的是真的。只怕已经经过美化了。”

“你是说，她下意识地把他美化成美男子吗？”

“不，她没下意识才是最大的问题。”

茶川说，若知道目击者有美化的作为，只要稍加修正就可以画出接近实物的图。但若目击者本人没有下意识地美化或人为添加的意图，反而容易画出完全不像的图。

“你是说，她信以为真的模样，其实只是她的想象？”

“很有可能，对吧？”

“确实如此。毕竟只是个十四岁的女生……而且又幻想自己是故事中的女主角。”

由美将从六心门和杉山沙也香那里听来的情报说给茶川听。

“已经快找到人了，才发现事情的立场完全相反是吗？”

“是的，原以为是加害者的人变成被害者。所以，我没把这件事告诉智代女士。”

“不想公开的事件和怀念的回忆同时发生，光是这样我想她的心境就已经够复杂了。真难抉择，我觉得还是不要告诉她好了。”

“话说回来，茶川先生会把肖像画画好吧？若画得好，我们找人一定顺利多了。”

“那我责任可大了，不过既然是由美小姐拜托，我一定会助你一臂之力，不不，两臂之力也可以。”茶川说完便大笑。

“你刚说正好要打给我，什么事啊？”

“跟浩二郎说也可以，不过这个案子是由美负责的嘛。”

浩二郎的名字出现的刹那，由美心脏跳动速度加快。自己太过头了。由美一边惊讶自己居然还保有少女情怀，一边决定忽略这种感觉。

“难道是护身符的事？”

“没错。”

“终于解读完成了？”由美询问时，载着两人的轻型车正好停下来等红灯。

“今天是五十日吗？难怪这么堵。”

在京都的生意人中流传一个习俗，每五天要收一次款。只要遇到五十日[1]，一整天都会堵车，也比平时容易遇到红灯。

[1] 翻开日历见五或十就要去收钱，故称“五十日”。

“还不够用来当线索，必须再调查一下才算完成。不过差不多了。”

“好想知道啊。”由美发出撒娇的声音，踩下油门。

“护身符袋的部分，现正交给研究家徽的专家调查，要不了多久对方就会回复了。真正的问题是里面那张纸。”

“有写字的那张纸吧？”由美知道护身符里面有一张半纸[1]大的纸，上面还写了字。而且里面的字刚好从正中间被切成两半，只剩半边。

“那张纸是和纸，我用仪器分析，知道它是有点古老的玩意，不过年代不够久远——而重点就在这里。”

“太复杂了，茶川先生，请说白话好吗？”

“那张和纸顶多属于江户时期，字迹的墨水也是差不多年代。”

“重点在哪里啊？江户时期对我来说，只觉得是很久以前的事情。”

“这个嘛，一边开车一边说有点危险，画完肖像画后，我们喝冰啤酒再……”

“又来了。”

由美斜眼瞪对方一眼，茶川害臊地用右手摸摸头，面露微笑。

7

茶川画的肖像画连由美这个外行人都觉得画得很好，把握到许多特征。不过更让由美讶异的是，智代居然能精神奕奕、流畅地回答茶川的问题。

三角形的脸，下颚有点宽，但下巴呈锐角。招风耳，耳垂不大。高耸的鼻梁。两撇眉毛从眉心像海鸥展翅一般往两边延伸。下唇比上唇薄，

[1] 和纸的规格，横二十五公分，竖三十五公分。

紧闭。头发比三分头再长一点，鬓角整齐。眯眯眼，看起来像在微笑。

“还有其他特征吗？”茶川问的同时，手上的铅笔仍不停地东修修西修修。

“这个嘛……”坐在床上的智代抬头望着天花板。

“比如说黑痣、胎记之类的，都可以。”

“啊……”

“想起什么了吗？”茶川的头往智代方向探了探。

“他的右下巴有一条五公分左右的疤痕。”

“像被割到的伤痕？”由美出声。

“我从下面稍微瞄到一眼而已。不过我记得伤痕是从下巴往喉咙的方向……我明明记得他右手的伤，为什么现在才想起他下巴也有伤痕？”智代似乎连自己也不敢相信。

由美想起刚才在车内和茶川聊到，这个事件对智代来说虽然属于怀念的回忆，但同时也包含不想对外人公开的片段。

由美脑中浮现智代拜访侦探社时描述的那个画面。

智代以为被美兵羞辱，羞愧到全身颤抖，这时少年出手相救，并扶着她的背起身。说完这段体验，智代便取出装着氰化物的瓶子。那时的她心中应该交织着两种心情：抱着必死的绝望，以及初次被男性拥抱的惶恐。对她而言，当时的景象虽然令人怀念，但也有不愿回想的片段，所以一直把它藏于内心深处。不，或许对当时处于多愁善感年纪的智代而言，这段回忆大多是美好的，所以才能完整封存少年的风貌至今。

“正面看不到伤痕吗？”茶川在智代指着的肖像画下巴之处，淡淡地画上一道伤痕。

“或许……”

“这个特征太重要了，你想得起来很不简单。侦探们一定觉得帮助很大。”

“多亏大师的帮忙，完全照我说的画出来，真的画得很好。”智代对茶川露出微笑。

“称不上大师。”

“茶川先生干吗害羞啊，您不是说，您画肖像画无人能出其右？”由美忍不住调侃脸红又笑得腼腆的茶川。

茶川画完肖像画没多久，饭津家医师走进病房。这是饭津家暗示时间到了的暗号。由美和茶川拜访智代时，饭津家答应他们可以绘制肖像画，但前提是遵守一个条件。他当时静静地说明为何他必须这么要求。“心肌的问题和我之前说的差不多。但更严重的是，她的肾功能下降得太快。现在虽然持续观察，不过不排除小块血栓脱落的可能性。总之，只要她太过疲累，随时可能丢掉性命。我认为最好不要超过两个小时。”

由美才刚对饭津家医师说智代气色看起来很好，因此一时她无法理解饭津家医师的话。她知道肾功能下降会立刻反映在气色上。那时的饭津家看着由美惊讶的表情，侧着头并感慨万千地加了一句：“看来人真的是靠气运作的生物啊。”

“很谢谢你，有这么多特征还找不到的话，那我这个侦探也太不称职了。接下来就请您静候佳音。”

“这幅画能给我一张吗？”智代不好意思地来回看着由美和茶川。

“没问题，我影印一张，顺便帮你放大，做成一张海报好了。”

“太好了。”智代绽开笑容，闭上眼睛对开玩笑的茶川微微点头。

8

由美和茶川一起坐在四条乌丸的居酒屋内。由美不太想和茶川独处，所以打给浩二郎，但没联络上，只好改请雄高来这里会合。

“实相大哥因为佳菜的事件被警方传唤，之后又有事情要处理。”雄高坐下后说，他从店员手中接过毛巾。四人座的日式餐桌上只放着小菜和盛生啤酒的啤酒杯。

“你们等很久了吗？”

“由美小姐说想等你来再点啊，没办法。”茶川不甘不愿地说。

“会不会打扰到你们啊？”

“不会啦，雄高偶尔也要放松一下啊。”由美瞥了茶川一眼。

“本来应该是实相大哥过来才对。”

“没关系，没关系，茶川先生才不会在意这种小事呢。”由美递过菜单一笑。

“真拿由美小姐没办法，今天我请客，你们两个不要客气，尽管点。”

由美和雄高尽情点菜。由美喝姜汁汽水。雄高因为待会儿还要拍戏，所以点了乌龙茶。几杯黄汤下肚的茶川，大概是肖像画受到认可，兴致相当高昂。随着酒越喝越多，大笑次数也随之增加。

“浩二郎看到我的这幅大作，应该会吓一跳。”心情大好的茶川从背包中取出肖像画。

“这张肖像画画得真好，很有味道。”雄高望着肖像画说。

“很棒吧，连我都觉得太厉害了，画成这样。”茶川噘起下唇，口中夹杂着叹息声。

“还有哪里不满意吗？”

“本乡老弟，你要不要猜猜看，我接下来担心的地方。”

“接下来担心的地方……你是指这幅画尚未完成？”

“说未完成也对，接下来，我须更慎重处理。”茶川动作夸张地把双手交叉在胸前。

“啊，我懂了，茶川先生。”由美高声道。

“说说看？”

“是不是岁月的痕迹？”

“正确答案。智代女士和这个男生会面已经是六十多年前的事了。我还得在他脸上增添岁月的痕迹，这可就难了。”

“不是画几条皱纹这么简单吧？”雄高问。

“没错，岁月的痕迹说穿了就是一个人的生活态度。那人之前度过什么样的人生最后都会写在脸上。以我看过无数犯罪者长相的经验来说，所谓岁月的痕迹就像某种无法摆脱的气质，紧紧跟在人的脸上。”

“无法摆脱的气质？”由美被“无法摆脱”这四个字吸引。

“不管本人再怎么掩饰，善怒的人看起来就像魔鬼，贪婪的人看起来就像野兽，这和容貌五官无关。一个人只要进入那条道路就再也出不来了，就像被恒星引力拉住的行星。”

“贪婪的恒星周围围绕的，也都会是贪婪的人吗？”

雄高的比喻又比茶川的比喻更复杂。

“这就是同类相吸。同一山丘的貉注定要住在一起，一起行动。”

“讲得充满深意，太难懂了。”

“简单地说，如果没有笑口常开的话，就不会长得好看。”

“这道理我也懂啊。可是，我已经失去看人的自信了。”由美对两人说明自己没有看穿绑架佳菜子的磐上的本性，导致后面一连串事情的发生。

“由美小姐，磐上是例外，没办法，不能怪你。”茶川拿起见底啤酒杯旁的芋头烧酒就喝。

“为什么？磐上就比较特别吗？”

“倒也不是特别，他太纯粹了，全神贯注地追求着艺术。”

“我倒是认识很多技艺一流，但和社会常识脱节的人。”雄高拿起一串串烧。

“演艺圈里面可能更容易出现这种类型的人。不管怎样，这些人比较特殊，由美小姐就算没能看穿磐上的本性，也不用气馁。不过对于由美小姐挑选男人的眼光我就有意见了，像我这么优秀的人，怎么可以连续拒绝邀约呢？”大声喧嚷起来的茶川说。

顺着茶川的玩笑话，由美趁机提出这次和他喝酒的理由：

“因为有件事还必须请教这位美男子。”

“护身符袋里的那张纸是吧？”茶川露出一副我就知道的表情，又喝了一口烧酒。

“到底怎么回事？为什么说这是江户时期的东西，但年代不够久远？”

“那张纸上写着‘本字壹号’，还有墨印，被印章之类的东西盖过。文字只有一半，因为这是符节。”茶川说明，“本字壹号”是在室町时期日本和明朝贸易时使用的“勘合符”，也就是符节，“但那张纸是江户时期的东西，所以上头的文字不是真正的‘本字壹号’。而且本字共有一百号，哪儿那么巧刚好是壹号，感觉很像赝品。”

“原来是赝品，为什么要把假的东西放进护身符袋？”雄高一脸遗憾地喝着乌龙茶。

“重点就在这里。很自然地让人怀疑，为什么要把这种东西当作护身符？再者，为什么它长得和寺庙门口卖的纪念品不同？它真的被当作护身符吗？感觉比较像是代代相传的传家宝。”

茶川从由美描述的故事以及智代回忆中的少年样貌推断，那名少年可能志愿从军后没多久战争就结束了，导致心里产生一股无处宣泄的失落感。正当他对敌国怀着满腔的愤怒彷徨度日时，碰巧遇到智代的事件。

“总之，他既然志愿加入军队，就表示已经抱着必死的觉悟。由此可知，他带在身边的护身符绝对不是一般的纪念品。我知道有些军队会要求阿兵哥身上随身携带能够辨识身份的物品，因为出去一趟可能再也回不来了。”

“如果真是这样，这只护身符对我们来说就是非常珍贵的情报。”

“假如这是室町时期的东西，我就能拍胸脯保证他的祖先是做勘合贸易的。”茶川半叹息地说完，又点了一杯烧酒加冰块。很明显他喝酒的步调加快了许多。

“你的意思是，如果这东西年代更久远一点，反而更好下判断？”雄高叹道。

“我还以为找寻回忆，越新的东西越好找呢。”由美也同意雄高的说法。

“就算是赝品，会把勘合符当作护身符的人，应该是住在海边的居民。‘本字壹号’是与明朝交易时合符节用的……”茶川酒喝多了，说话开始含糊不清，身体开始晃动，眼睛充血，“……这么说来，应该是比京都还西边的地方。我想濑户内海的可能性最大。中世以后，那里是朝廷每年运送贡品的重要水路。一开始只运送贡品，后来也用来运送货物、商品。民间开始出现拥有船只的平民，懂得行船的人才应该也都往那里聚集。尾道、鞆、因岛的备后、安芸等地方的港口，当时应该都已经建造起来了。”

一口气说这么多话，茶川深深叹一口气，手伸向酒杯。

雄高看到他半合双眼，蒙眬恍惚，抓住他的手：“茶川先生，不要再喝了。”

“没关系，再让我喝点。”

“你喝太多了啦。”

“再差一点点，我就找出答案了……”

“茶川先生……”

雄高看由美一眼。由美了解雄高的心情。茶川先生并非侦探社的人，但却拼命地替智代寻找那名少年。雄高对这件事的惊讶表现在他的眼神中。

“只要知道家徽出处，就能找到发行护身符之处，我的肖像画就派上用场了。”

茶川说完，往旁边应声倒下。没多久，他开始鼾声大作。

“怎么办？”雄高来到茶川身边。

“没办法，谁叫他喝这么猛。”由美替四脚朝天的茶川把脉，观察面容，轻轻举起他的手、脚，再瞬间放开，观察他的肌肉反应。

“茶川先生，您没事吧？”

“噢噢……有美人照顾我啊。送我回家好吗？”茶川握着由美的手，合上双眼。

“不要紧，应该只是太累。”由美对一脸忧心的雄高说。

“茶川先生真的很厉害，懂很多，又很有毅力。”

“是啊。”

“他每次都说不用酬劳，请他喝酒就好。”

“现在这种世风，真的很难想象还有这种人呢。”

“我感觉他似乎很喜欢实相大哥。”雄高直直地盯着一脸平静、吐息沉稳的茶川。

“你几点要拍戏？”

“凌晨三点在大觉寺。”

由美的手表显示快要十二点。

“演什么角色？”

“今天演屋形船的船夫。为了拍到大泽池的晨霭，三点就要集合。”

“那我们走吧。”由美拍拍茶川的脸颊，茶川蠕动几下嘴角，没打算起身。由美和雄高只好一起扶起他。

付完账走出店内，由美拦一辆出租车。出租车车门打开，两人合力把茶川扛进车内。喝得烂醉、任人摆布的茶川歪七扭八地躺在后座，嘴里不断嚷着由美的名字。由美跟司机报茶川家的住址，麻烦他送茶川回家。由美目送载着茶川的出租车离开，转头看雄高一眼，只见雄高呆望着出租车的车尾灯。

由美迎着风伸一个大懒腰，和雄高一起默默地看着路上来往的车流。

过了一会儿，由美出声，脑袋后的马尾随暖风摇曳。

“什么？”回过神来的雄高大声回应。

“怎么？你在想什么？”

“没有……”

“好像不太对劲哦。”由美抬头看着雄高。

“茶川先生真是一个好人。我只是在想，多亏实相大哥，我才能认识大家……”

“发生什么事了吗？有话直说。”由美追问。

“实相大哥真的很有魅力……在这里遇到的每个人都很棒，所以……”

“到底什么事啊？”

“我很喜欢回忆侦探社。”

“大家都是啊。不管对回忆侦探的工作，还是对实相浩二郎大哥……”由美顿时语塞。她知道若把喜欢说出口，情绪可能会溃堤。

“我拿到角色了。”

“真的？角色是指像电视时代剧的配角之类的？”

“大河剧。”

“太厉害了！时代剧的殿堂啊。”

“上次我从东京回来后拍戏，正式开拍时，主角突然问我一句：‘掌舵的，身体好点了吗？’我很自然地回答：‘多谢。’根本忘了镜头。上次拍戏请假时，听说那位主角问工作人员上次那位船夫呢，他说他拿到大河剧的主角，想带我一起过去。”

“一定要告诉浩二郎大哥，大家一起庆祝一下，恭喜你了！”由美握住雄高的手。

“由美姐，这是我实现多年梦想的好机会。”

“当然！”

“所以我不想错过。就算是从随从演起……”

“千载难逢的机会啊，没什么好烦恼的，你努力那么久就是为了这一刻。”

“拍摄时间要十个多月，不过大概要被绑一年以上。”雄高有气无力地说。

“因为要一直跟着剧组拍戏嘛，那也是……”由美正要说“理所当然”时才发觉雄高的烦恼——以后不可能像现在一样，一边拍戏一边在回忆侦探社工作，“这件事你还没对浩二郎大哥提起？”

雄高微微点头。浩二郎若知道雄高得到大演员赏识，一定很高兴，然后马上对雄高当头棒喝，要他不用犹豫。雄高也知道浩二郎的个性，所以才对由美倾诉。

由美看到雄高眉间的皱纹，感受到他挣扎的心情。

“暂时先把委托人的回忆放下。想办法让自己成为别人的回忆也不错啊。”

“让自己成为别人的回忆？”

“嗯，成为看大河剧观众的回忆啊。”由美拍一下雄高的背，“看到本乡雄高演大河剧，正是我人生最烦恼之时。我记得当我看到他那么努力精进的演技时，心里好感动，最后终于果决地做出决定。你就好好地当一个这样的演员。”

“由美姐的意思是，不管演随从还是什么，只要全心投入在演戏上，当一个好演员，就是我最好的报答方式吗？多亏由美姐提醒，我豁然开朗了。”

“没错，这是最好的报答方式。”由美又用手掌拍一下雄高的背。

“今晚船夫这个角色，我也要拿出我最好的表现。”

丝毫不带凉意的盆地热风吹拂而来，扬起雄高的头发。

9

浩二郎与妻子三千代坐在琵琶湖畔一家家庭餐厅内，桌上摆了一本名叫《湖风》的杂志。那是一位滋贺县名叫穴井的退休警察和一群住在草津的同好出版的同人志。穴井当时负责打捞浩二郎儿子浩志的遗体，他近期看到俳句同好会的成员藤村知足在杂志上刊登了一首引起他注意的俳句，便把同人志连同一封信寄给浩二郎。

三千代一坐下，就打开不知已翻过几回的《湖风》，盯着知足的文章。

琵琶湖某岸原本可以游泳，现在为了保护芦苇，两年前开始禁止游泳。夏天的琵琶湖熙熙攘攘，只有这一角，不知是不是早秋轻风吹拂，显得特别寂寥。我在一片绿色的芦苇中，发现一束鸡冠花。

芦苇之岸　少女上供　鲜红花朵
湖面起风　悲戚摇曳　鸡冠红花
宛如生根　鸡冠今仍　花开灿烂

藤村知足

那里正是七年前发现浩志遗体之处。根据穴井的调查，在此之前和之后，此地未曾有过溺水死亡的记录。穴井在信中写道："若俳句中少女献花代表供奉，表示她可能知道令公子的事件，于是我自己多管闲事地进行调查了。”接着，穴井还安排藤村知足和浩二郎见面。

下午一点多，穴井与知足一起现身餐厅。今年春天进入五十五岁、从警察一职退休后改为务农的穴井，虽然才退休没多久，但比起当巡查部长时，皮肤更加黝黑。理短的头发上，白发的数量变得更多。相较之下知足皮肤白皙，介绍自己从事酪农业。

“我全心投入工作，尽量不想儿子的事……但偶尔还是会浮上心头。”打招呼过后，浩二郎说。

“本来我也不想提起这件事，怕让你感到痛苦，但实在忍不住，只好联络你了。”

“谢谢你还记得我儿子的事，感谢。”浩二郎一低头，一旁的三千代也一起行礼。“恕我冒昧，我们直接来看藤村先生写的俳句吧。”浩二郎盯着桌上翻开的同人志。

“那时，我为了思索吟咏秋天的俳句，刚好也来这里找题材。就坐在后面窗边的位置。”知足往浩二郎背后的位置瞄一眼。

“我看到外头的芦苇十分翠绿，但苦于不知怎么把它化为诗句。”知足说，他非常不擅长推敲诗句。为此他想出一个办法，那就是持续观察吟咏的对象。“就在这时，一名高中生年纪的女生拿着鸡冠花束出现了。在一片翠绿的芦苇之中，那束供奉用的红花显得特别鲜艳。看到这个景象，我才写出杂志上的这首俳句。”知足的视线落在浩二郎手中那本同人志上。

“那束花看起来像供奉用的吗？”三千代问知足。确认的语气带点紧张。

“错不了。”穴井替知足回答。

“这样啊。”浩二郎身体前倾。浩二郎通过过去与穴井交流的经验，知道他这人绝不会说大话。当时，其他的搜查官都草率地以自杀案件处理儿子的事，唯有穴井独排众议，拼命搜寻目击情报。

“担任同人志的编辑委员后，我看到藤村先生的诗句，恍然大悟。”

“恍然大悟？”

“没错。藤村先生写的俳句有个特征，就是忠实地描述眼见景象。当我读到‘宛如生根／鸡冠今仍／花开灿烂’，隐约觉得他想表达有人频繁地更换花束，仿佛花生了根。”

“是这样吗，藤村先生？”浩二郎问藤村。

“是。不过，第三句是很久以后才写出来的。之前，我三度前往那片湖边的芦苇丛观察，原以为早该枯萎的鸡冠花依然鲜红地开着。看来有人专程将旧花回收，摆上新的。”

“知道这件事后，我们两人一起在湖边芦苇丛附近埋伏。藤村先生的诗是上个月写的，其实能否再顺利见到那名女性，我们都没把握。”穴井顺着知足的话尾说下去。

“然后呢，你有见到那名女性吗？”

“有。”穴井深深点头。

原来那名女生一个月中总会有几天从自家庭院摘花送来这里。

“那名女性拿花供奉谁呢？”

最重要的是，她知不知道浩志的事件？但她现在是高中生，就代表浩志死去时，她还只是小学生，不太可能是浩志的好友。假如不是朋友，那她献花的理由为何？浩二郎努力在心中寻找合理的答案。他内心抱着一丝希望，那名女生虽不是浩志的朋友，但可能是事件目击者，所以前来供花。

“这就不得而知了，实相先生。”穴井看着浩二郎和三千代。

穴井确实和这名女性见过面，也说过话，但她绝口不提献花的理由。

“我长年在警界工作，查问的功夫还算了得，但她口风真的很紧。”

“她真的是高中生吗？”

“她有点头回应，应该没错。”

“那边除了我儿子的事件，没有其他的死亡意外。假如她是来对我儿子的事件表达哀悼，表示事件发生时，她就在现场。就算她是事件的目击者，也不至于特地来供花……”浩二郎侧着头说。

“没错。所以我很慎重地询问她。毕竟我也调查过了，在她供花的地方，除了实相先生的儿子之外，没有发生其他不幸事件。”

穴井向女生表明自己以前是警察，曾处理一名高中男子在湖岸自杀的事件。

“她说什么？”三千代着急地问。

“她默默低头，什么也不说。”

束手无策的穴井只好请她用点头或摇头的方式回答，尽可能地问出情报。

“供奉花束的人是你吗？”“有人叫你做的吗？”“你知道曾经有一名高中男生死在这里吗？”

“她对我的问题时而点头时而摇头，虽然动作不大，总的来说，我们知道她是照自己的意思前来供花，不过不知道是从什么时候开始的。而她最近就要搬家，不能再来，所以从上个月起大概每周会来一次。另外，我们从别的问题得知她知道浩志的事件。但一提起那个事件，她又毫无反应。”穴井一边摇头，一边用纸巾擦脸上的汗。

“不过可以肯定，她知道浩志的事件吧？”

浩二郎心想，少女有看见杀害浩志的凶手吗？

“是，没错。只是……”

“只是？”浩二郎目不转睛地看着穴井。一旁的三千代转头看一眼浩二郎。

“我想尽办法，从各种角度切入，但现场似乎没有第三者。”

“你说什么？”浩二郎提高分贝。浩二郎一直认为浩志并非自杀，而是被他人杀害。他曾发誓要逮到杀死浩志的凶手，替浩志报仇，这几乎成为他的信念。当时他竭尽全力也找不到的目击者，现在终于出现，照理说离抓到凶手就差这么一步了。

“由于事关重大，所以我特地确认好几次。当然，对一个目击死亡现场的小学生来说，可能因为过于恐惧而丧失记忆……”

“就算是这样，那她……”

“我问过了。我问她在现场有没有看到打架、拉扯或有人跑走等，但她都摇头。”

“那么我儿子……不，他不可能自杀。穴井先生，浩志绝不是视自己性命如草芥的孩子。”激动的浩二郎用力敲着桌面。

“我知道，打从事件发生，实相先生就一直强调这件事。所以我才这么注意令公子的事件，即使退休了……”

“……”

“我想真的没有第三者涉入。更重要的是，那名少女说了一句关键的话。”

“什么？”

“她最后默默地冒出一句话：‘他是我的救命恩人。’”

“救命恩人……”浩二郎身体更往前倾。

“她确实这么说，接着就当场跑走了。”穴井说，之后就再也没看到她了。他发出叹息，似乎对女孩做了什么坏事似的，露出十分过意不去的表情。

“救命恩人吗……”浩二郎盯着岸边的芦苇。

“实相先生，你想和她见面吗？当时我怕引起她的戒心，没有交叉询问，但只要想找，还是找得出答案。”穴井很自然地说出警察的行话。

“不，已经够了。是吧，亲爱的？”三千代用湿纸巾压住眼角。

“什么？”浩二郎转头看三千代。

“那位少女不是说没有其他人看见吗？还拿花来供奉浩志。这样就够了，不是吗？”

“……”

“就算把她找出来又如何？”三千代用湿纸巾捂住脸。

“没错，够了。”浩二郎像是说给自己听似的低喃。

“什么意思？”听到浩二郎和三千代的话，穴井面露讶异。

“穴井先生、藤村先生，非常感谢你们为我儿子的事情奔波至今。我想她应该也有难言之隐。”

“是这样没错，但要是她真的搬家了……”穴井语气中带着困惑。

“我希望从她说浩志是她的救命恩人那句话中推测浩志究竟做了什么，即使只是我一厢情愿的想法。”

“一厢情愿？”

这大概是穴井在职的时候，绝对不会用到的字眼。

“既然现场没有第三者，就代表我儿子的死并非特别的案件。而且从她口中说出‘救命恩人’这四个字，我就能确定我儿子不是自杀。所以我们觉得不继续追究可能是最好的选择。没错吧，三千代？”

三千代仿佛全身虚脱般，深深点头。

这么多年来她持续憎恨一个假想的凶手，或许也感到疲倦了。

“这样啊……”穴井浮现半信半疑的表情。

“真的很谢谢你。”浩二郎深深一鞠躬。

三千代低头，似乎正在啜泣。

“‘宛如生根／鸡冠今仍／花开灿烂’，当我拜读到诗句时，我所感受到的不只是那名少女替换花束的场景，还有一种她连心也生了根的感觉。我猜她也有自己的痛苦要承担。”浩二郎对知足道谢，因为这句诗疗愈了他的心。

知足眼睛湿润。

与穴井他们分开后，浩二郎和三千代在湖岸附近散了一会儿步。夏天已步入尾声，但钓客络绎不绝，散布各处垂钓。

“事情能这样解决，真是太好了。”浩二郎对走在前面、打着遮阳伞的三千代说。

“哪样呢？”三千代停下脚步，转头并将遮阳伞侧向一边。

“就像穴井先生说的，还是有办法追查到那名少女的住处的。假如我们直接跟她见面，或许她肯告诉我们真相。”

两人一起低头拜托，或许能打动她的心。

“但你也认同我的想法吗？”

“是啊。我没关系的，只要你下定决心就好。”

“‘我需要坚强的心灵’，记得浩志的诗吗？”

“我需要坚强的心灵。遭遇困难，宁大勿小。遭遇艰难，宁深勿浅。”

浩二郎仿佛仔细玩味般，一字一句地念出来。

“你也一样，忘不了这首诗吧？”

“我感觉这是他内心深处的呐喊。”

“我觉得他说的坚强，是指健壮、健康的意思。”

“像个男子汉吗？”

“也有这个意思。不过我觉得还包括坚持做对的事情，有一点修行者的味道。”

“修行者？”

“这样想的话，就能理解他说的‘艰难’。”

“嗯。可是，就算是修行……”

普通的高中生为什么会想到做这种带有浓厚宗教色彩的事情？

“我猜因为他恨自己看到朋友遭霸凌，却无法出手相救。”

“他实在想太多了。”

两人伫立在湖波微微荡漾的沙岸边。再往前踏出一步，浩二郎的鞋子就会碰到湖水。

“他很痛苦。所以才会看到那名少女就……”三千代盯着湖面。

“你在想什么？”

“和你一样。”

“说得也是……”浩二郎捡起脚下的石头，往湖面丢。涟漪往四周扩散。

没有第三者。浩二郎听到这句话的瞬间，脑中已浮现出一段情节。浩志在冬天的湖面发现溺水的少女，他下定决心，这次一定要展现坚强的心灵。他脱掉上半身的衣物，投身入水。少女得救了，但浩志他……

浩二郎心想，少女为何在湖中？不知道。既然噤若寒蝉，相信她一定有不得已的苦衷。少女认为浩志是她的救命恩人，前去岸边供花，但绝口不提事件的经过。什么原因让她在天寒地冻的日子靠近湖水？或许她遭遇了某些事。

但现在知道这些又如何？对少女来说，浩志是她的救命恩人，这就够了。

“你看这个。”三千代从包包中拿出一本文库本。

“《夜航》。圣修伯里的作品？”

“我在浩志书桌抽屉里找到的。”

“你进他房间了？”

他告诉过三千代，在她心情尚未稳定前，千万不要进浩志的房间，因为里面堆满了浩志的遗物。医生告诫过，情绪太过兴奋或沮丧都是让她再次接触酒精的重要诱因。

“一个月以前吧，有偷偷进去一下。放心，我没喝酒。”

“结果发现这个？”浩二郎看着书的封面上画着一架双翼小型飞机。

“我觉得奇怪，为什么他不放在书架上，要收在抽屉里面，所以就拿出来看看，结果发现里面夹着一张纸条。”

浩二郎打开文库本，里面夹着一张对折两次的纸条。他摊开纸条念道：“人生没有解决方法，只有持续向前迈进。你必须创造出那股力量。只要有那股力量，一个人也能找到解决方法。”

“这是浩志的字吧？这是故事中的一个段落。他一定很喜欢这段话。”

“他看到朋友被欺负，自己却无能为力而痛苦挣扎，同时又急切希望往前迈进。”

“我一辈子都忘不了那孩子，只是我不想再原地踏步了。就在这时候，穴井先生刚好带来那封信。”

“原来如此。”

“嗯。”

“那我们就往前踏出一步吧。”

“我会努力的。但搞不好会累到走不动。”

“到时候再翻开这个。”浩二郎拿起《夜航》。

“也对，就让浩志鞭策我吧。”三千代微笑着回应。

“这下我放心了。”

“知道我不喝酒，所以放下心？”

“这也是。我只是很高兴，原来浩志已经拥有坚强的心灵了。”

浩志赌上性命，坚持做对的事情。内心丝毫没有想要自杀的消极想法。浩二郎知道这点后松了一口气。

“接下来你就全心投入在智代女士的案子上吧。”

“只要有持续向前迈进的力量，事情一定能解决。”

浩二郎将文库本还给三千代时，铿锵有力地宣布。

10

两天后的傍晚，茶川来到侦探社。

“由美小姐在吗？”

“这不是茶川先生吗，前几天在电话中失礼了。”浩二郎将浩志的事情告诉茶川。

“嗯？只有浩二郎在啊。”茶川转头环视事务所内部。

“由美在医院。”

“身体不舒服吗？浩二郎让她加班加得太凶了，中暑了吗？你也别这么过分。”茶川一屁股坐在会客用的沙发上。

“由美身体很健康。是智代女士转院了。”

“这样啊。前几天看到她，她精神还不错。”

“以防万一而已。”

“就算是这样，我们这边也要加快脚步才行。”

“没错。我这两天通过朋友，和大阪府警的退休警员协会接触，认识一些战后时期当巡查部长和刑警的退休警员，他们辖区刚好在那名少年事件发生点附近。”

“大家年纪都很大了吧？”

“对啊。不过，我还是访问到十几个人。”浩二郎透过法兰克·A. 穆伦写给理查杉山的信，为他们厘清受害美兵的姓名、立场以及在新大阪饭店接受治疗等信息后，成功地勾起他们的回忆。

“太厉害了。从你的表情来看，应该收获不少。”

“但实际上能否借此追踪到那名少年就不得而知，不过确实得到一些线索。”

“我今天也带了不错的情报来哦。”

“谢谢。”

“那你收集到哪些情报？”茶川端正坐姿，眼神如孩童般看着浩二郎。

“根据某位巡查部长的描述，当时日本人对美兵动手的案子不多，他隐约记得几件。虽然大多是小争吵，但警方为了杀鸡儆猴，以及顾及美军的面子，通常先把这些人关进拘留所。不过，毕竟那名少年打伤了美兵，大家都在猜他会被怎么处置。”

“成为话题人物就是了。”

“当时警方因为和杉山先生的立场相左，都不敢站出来说话。”

但有几个人回忆，他们内心其实是在为少年的勇气喝彩。

“少年正式释放前，有人在形式上将他关进拘留所，但私底下对他给予鼓励。”

浩二郎让对方看茶川画的肖像画。对方不记得细部了，但伤痕看起来很像。

“我果然宝刀未老吧？”

“是的，多亏那张肖像画，他们才回想起来，真的很有效果。”

“我就说嘛，我就说嘛。”茶川大悦，摸摸自己光秃秃的头。

“他对Kodyuna Toshiige这个名字没印象，只记得少年说过一句话，至今印象深刻。”

“记得少年说过的话！人的记忆真不可思议。”

“少年似乎把‘揍’[1]说成‘kurasite’。”

“原来如此，应该是某个地方的方言。”

“那位警察的亲戚……”

“等一下。”茶川伸出手掌打断浩二郎。

“怎么了？”

“那名警察的亲戚是伊予那边的人吧？”

“太令我惊讶了，茶川先生，没想到你连伊予的方言都懂。”

“不，我从来没听过。”茶川摇头否认。

---

[1]“揍”一般口语是“naguru”。

“这名警察的亲戚确实住在松山。为什么你知道他是伊予人？”

“今天来找由美小姐就是为了这件事。护身符袋的分析结果出炉了。”

茶川将护身符袋上的家徽经过扫描和修复后的照片放在桌面上。照片上的图案看起来既像六片花瓣，又像水车。

“图案是仿照毛茛科植物——铁线莲的花瓣制作的，据说家徽的名称叫六瓣铁线。”

“这个家徽和伊予有什么关联吗？”浩二郎拿起照片问道。

“光靠家徽还没办法锁定。你记不记得护身符袋里面有一张墨印？”

“听说是勘合符。”

“我和K缝制的人聊到，把这东西当作护身符的，很可能是古时候靠船维生的族人。据他所知，当时有一支以伊予周边岛屿为据点的水军，他们的旗印就是使用的六片铁线花瓣。”

“伊予的水军？旗印？”

浩二郎觉得这些字句听起来有一种与世隔离感。不过，就算脱离现代也没关系，只要最后能找到智代想找的那名少年就好。他脑中浮现智代手上的那个药瓶，里面装的是氰化物。如果少年没救智代，智代一定会毫不犹豫地打开瓶盖。

救命恩人。

浩二郎脑中浮现这四个字时，耳朵仿佛听见芦苇在湖风中摇曳的声响。

“那支水军的名字叫忽那水军。”

“kutsuna[1]吗？”

[1]此为忽那的日文念法。

浩二郎想，在外国人耳朵里的确可能变成“kodyuna”。

“没错。”

“kodyuna 和 kutsuna 有些相近。”

“对，我再请K缝制的人帮我查这条线索。”

“拜托你了。”

“下次由美小姐回来时我再过来一趟。对了，浩二郎，我大姐说，芦苇的‘苇’原本读作‘ashi’，因为会让人联想到‘恶’[1]，所以后来才改念作‘yoshi’[2]。换言之，人心才是最重要的。”茶川一边说，一边离开事务所。

浩二郎看了一下时钟。雄高曾说有重要的事要谈，但这两天一直见不到面。他这时应该正在片场拍戏。他到底在烦恼什么？希望不是什么严重的问题。

在心中如此祈祷的浩二郎，视线落在茶川放在桌上的六瓣铁线家徽图案上。

接着，他打从心底希望当时的少年还活着。

11

两天后的早晨，茶川和一位打扮奇特的女性来到事务所。那位女性穿着传统和服，上面白衣，下面红色高腰褶裙，乍看像极巫女的装扮。她一头长发往后绑，长度及腰，面容看起来五十五岁，实际上或许更大些。

茶川将带来的女性晾在玄关，一看到刚归队的佳菜子就往她的座

[1] 与有恶、坏之意的“悪し”（ashi）同音。
[2] 与有好、善之意的“良し”同音。

位走。

“身体好点没？”

“都好了，让您操心了。谢谢您鼎力相助。”佳菜子起身道谢。

“没事就好。小心一点，不是每个男人都像我这么绅士的。”

“是。”佳菜子绽放笑容。

“我说茶川啊，你都还没介绍我。什么绅士，我都快听不下去了。”穿和服的女性大声地说。

“好好好，歹势。”茶川把女性带到会客区，然后悠悠地说，“浩二郎，由美小姐今天又不在啦？”

“智代女士今天安排检查，她陪在智代女士身边。”浩二郎回答时考虑到一旁正显得不耐烦的女性。

“那本乡呢，拍戏吗？真认真啊。”

“茶川先生，这位是？”浩二郎看看女性，催促茶川介绍。

“哦，这位是土屋夕纪女士。她是我们家附近算命的。很久以前当过巫女。”

“很久以前就不必说了。您好，我叫土屋，请多指教。”夕纪对总算肯介绍她的茶川说了一句话后，向浩二郎行礼。

“我是这里的负责人，我叫实相。”

“她可以从姓名判断很多事情。上次说的‘忽那’很少见，我就试着问问夕纪，不抱太大希望就是了。”

“茶川，你真多话。”说完，夕纪转头面向浩二郎，“忽那这个姓氏最早可以追溯到藤原氏。只是这件事情年代久远，所以有很多版本流传，我现在也搞不清楚哪一个才是真的。不过，在《忽那嶋开发记》这份文献中，开头明载藤原道长的子孙亲贤被流放到濑户内海的中岛，也就是现在爱媛县松山市的中岛。”

“爱媛县吗？”

从大阪府警退休警员协会打听到的伊予腔“kurashite”，正好符合爱媛县的口音。

“有的文献将忽那称为kotsuna，写作骨奈，据推测早期的名称应该就是骨奈。现在的中岛又叫作忽那岛，以前大概叫作骨奈岛吧。”

忽那氏开垦这里的小岛，后来逐渐成为支持藤原氏的重要力量。

“濑户内海的小岛多如繁星，他们利用特殊的地理环境，发展出独特的文化，例如他们研发出一种渔夫专用的掌舵术。但世事无常，这支族人实质上已经在战国时期灭亡了。”

忽那氏确立海上霸权后，受各方势力看重，南北朝时期被纳入伊予国的守护，属于河野家旗下。但河野家受到大内、细川、大友、长宗我部氏的压迫，在丰臣秀吉四国征伐的战役中，被没收领土，走向灭亡。忽那氏也因此灭亡。

“有趣的是，忽那氏在南北朝战乱之际，曾一度投靠朝廷，只是后来又变节投靠足立尊氏。根据历史，勘合贸易始于第三代的足立义满，所以忽那家的子孙会把勘合符放进护身符袋里也是合情合理的。”

“茶川，事情没那么简单。”一旁的夕纪转头对茶川说。

“没那么简单？什么意思？”

“水军的旗印或许是六瓣铁线没错，但据我所知，忽那家的家徽是杏叶牡丹。既然用来当护身符，牡丹的可能性应该更大。”

“杏叶牡丹的家徽长什么样子？”

“把牡丹叶子的部分画作杏叶形状，左右对称，上面是牡丹的花蕾，下面是牡丹花，很漂亮的家徽。”

“所以说，这两个家徽长得完全不一样。”茶川点点头，抬头挺胸地说。

“你说过，你怀疑里面的勘合符是假的，所以我觉得……”

“请等一下，您的意思是，不只里面的勘合符是假的，连护身符袋也是假的。”浩二郎插入茶川和夕纪之间的对话。

“不是这样的。我的意思是，所谓的水军不是只指忽那家族，而是泛指拥有在海上讨生活技能的一群人，不是只有懂得行船贸易的人才会继承忽那这个姓。”夕纪满腔热情地回答。

“土屋女士，可否请您说得再明白些？”

“我想说，你可以不要那么钻牛角尖。”

“钻牛角尖？”别说钻牛角尖了，现在连可能性的范围都不知从何划起。浩二郎端正坐姿问道。

“不要因为勘合符是假的，就认为和勘合贸易无关。或是因为勘合符被放进护身符袋，就认为持有者一定来自靠海维生的家族。把这些框架通通拿掉。”

“原来如此……土屋女士有什么高见吗？”

“高见倒不敢当。不过我认为可以从同时符合这三个条件的地方下手：第一，讲伊予方言的地方；第二，护身符袋的家徽不是使用忽那家的，而是采用水军的旗印；第三，护身符袋里面有放勘合符。先从符合这三点的地方找人。”夕纪稍微喘口气，继续往下说，“假如是像菩提寺这种祭拜祖先的神社所制作的护身符，应该可以从 K 缝制的人身上得到情报。即使是他们的竞争对手制作的，也可以查得到，我想他们对全国制作护身符的寺庙都有掌握。假使循着这条线找不到，再从手工，或是个人的小寺庙下手，一间间找出符合这三项条件的神社寺庙，除此之外别无他法。”夕纪正襟危坐，侧眼看着浩二郎。

浩二郎感受到自己的决心正受到考验：“地毯式搜索……”

“这个要求听起来有点无理，但或许最快。最好的结果就是少年回到故乡之后，健健康康地活到现在，就算搬去别处，应该也可以找到相关线索。”茶川靠在沙发上说。

“这就是您刚才说的拿掉框架吧？”浩二郎看着夕纪。

“姓氏也是。”

“姓氏？”

“如同我刚才说的，忽那又写作骨奈，所以可以找爱媛的松山里面，有没有人的名字发音近似忽那（kutsuna）或骨奈（kotsuna）。”

“啊！kotsuna！kotsuna 念起来更接近 kodyuna。”听到浩二郎实际念出这两个字的发音，茶川恍然大悟。

“kutsuna 和 kodyuna 听起来有点格格不入。但如果是 kotsuna 就十分吻合。而且英语圈的人不太会发 tsu 和 dsu 的音。外国人到我大姐那里听都都逸（dodoitsu）[1]的时候，都说成要去听 doudouichu。”

“好，那就从 kotsuna 下手。”浩二郎一颗心早已飘向濑户内海了。

12

隔天，浩二郎从由美前阵子拿到的 K 缝制顾客名单中，挑选出广岛、山口，以及四国一带的客户，带着这些资料，准备搭下午一点多的飞机。

创业一百多年的 K 缝制，至今仍保存战前战后与他们有往来的神社

[1]唱出有一定格律的口语诗，搭配三味线伴奏的日本表演。题材以歌咏男女爱情居多。

寺庙客户资料，包括他们定制的图案与素材。浩二郎决定这趟调查先排除这些地方。除此之外，还要考量到有些神社寺庙可能因为火灾或自然灾害而消失，或后继者的问题无法经营。只是这些问题，只能向当地公所和附近的居民一一打听了。

无论如何，若不亲自到现场，事情不会有进展。他的提包中收着濑户内海周边的地图、少年的肖像画、想象少年过了六十年后的画像、少年的护身符以及法兰克·A. 穆伦来信的译本。

关于要不要把信拿给少年本人，浩二郎有些犹豫。毕竟智代的委托是要向他道谢，而不是厘清事情的真相。

知道真相不一定比较幸福。

浩二郎眺望窗外。窗外的云朵白得发亮，刺痛他的眼睛，他忍不住闭上眼。

《夜航》。

一瞬间他眼前一片黑，眼睑内浮现三千代拿在手上的文库本。不知道调查需要多少时间，他决定先出差五天。虽然三千代已重新振作，但他还是忍不住担心，拜托佳菜子到他家住几天。佳菜子大概也怕一个人住，二话不说立刻答应浩二郎的请托。除此之外，他还没和雄高见面。虽然这件事挂在他心头，但现在也只能专注于眼前的案子。

浩二郎睁开双眼。

没多久，广播播放信息，要大家系紧安全带。机身大幅度倾斜，底下已经看得见松山机场了。

离开事务所三个多小时后，浩二郎降落在松山机场。从机场搭伊予铁道，经过大手町站，最后来到高滨港。从高滨港再搭乘渡轮，在中岛的本岛登陆。中岛是由三十几个小岛组成的忽那诸岛中的九个有人岛之一，也是忽那水军的根据地。

附近有一间神社，有列在 K 缝制的名单上。保险起见，他还是到该神社的社务所一趟。他向神官说明来意，并拿出护身符与肖像画给他看。神官摇摇头。浩二郎问这里有没有“kotsuna”这个姓，并翻阅乐捐芳名簿寻找，但皆一无所获。

无可奈何的他朝下一间 T 寺前进。从 K 神社走了四十分钟左右，终于来到 T 寺庙门前。这间寺庙和 K 缝制没有往来，住持看过护身符和肖像画后说没有印象。他爬上陡峭的阶梯，来到一个高台，眼前出现一片大海与群岛，这里确实是天然的要塞，得天独厚的地形。毛巾手帕转眼间就吸饱他的汗水。夏季的太阳依然毒辣，但和京都不能比，这里的海风吹来凉爽。

步行十分钟左右，他看见一间八幡宫，但依然没有斩获什么。

他只好原路折回。

回过神来，附近天色已是一片朱红。西倾的太阳发出鲜艳的橙色，正要沉进海中。浩二郎看手表，已经是下午六点半。他从提包中取出地图，寻找事前预约的民宿位置。

进到房间，浩二郎立刻打电话回事务所。

“等你好久了，浩二郎大哥。”电话那头传来由美开朗的声音。

“发生什么事了吗？”

“没事。你一直没联络我们，让我很担心。我还以为飞机坠机，一直盯着网络新闻看。”

“我一到这里就立刻调查，没打个电话，真抱歉。”

“真拿你没办法，原谅你。对了，进展如何？”

浩二郎从她语气的变化中感受到，一直照顾智代的由美，比谁都关心他的调查结果。浩二郎老实告诉她，今天全部落空。“今天时间比较赶，明天我会跑更多地方。”

“知道了，不过也不要太勉强。”

“谢谢。智代女士的身体状况如何？”

“检查并不乐观。她的心肌无法获得足够的营养，加上冠状动脉硬化状况很严重，有点可怕。虽然可以用冠状动脉血管成形术治疗，但身体受不受得了也是一个问题……”

“当初决定转院是对的。”

“既然是饭津家医师的建议，应该可以放心。”

“的确。智代女士有说什么吗？”浩二郎问这句话时才发现智代几乎都是由美在照顾。

“她现在情绪起伏不能太大，对心脏不好，所以我不太敢主动开口。她只说希望自己的身体能恢复健康，不希望在医院和对方见面，问我有没有景色漂亮一点的地方等。和对方见面是她与病魔缠斗的唯一动力。我在一旁看着也觉得难过。”

“一定要让他们两个见面才行，对吧？”

那名少年还活着。一定要活着，要是没活着就糟糕了。这是智代这辈子最后的愿望。

浩二郎紧握话筒。

“浩二郎大哥。”由美的声音听起来有些犹豫。

“怎么了？”

“我觉得应该通知智代女士的儿子。”

智代的儿子自从二十年前和有夫之妇私奔以后，一直行踪不明。当时他三十五岁，现在应该已经五十五岁了。

“我是打算查出她儿子的下落。”

“智代女士曾说二十年前，她先生用电报和儿子断绝关系，自此音信全无。但我怀疑她知道儿子的消息。”

由美说，办理转院手续时，必须在住院申请书中填写保证人和紧急联络电话、地址等资料。她说智代写到这里时，忽然抬起头遥望远方。

“你认为她看着远方时，想起了自己的儿子？”

“不仅这样。她后来总盯着她最宝贝的贴身小包。我的直觉告诉我，那里面藏着她儿子的住址。”

由美是个直觉敏锐的女性。

“原来如此。但这样的话，我们必须慎重考虑智代女士的想法。”

“没错，可是她现在依然不打算依靠儿子。”

这就是人心最难掌握之处。一方面对自己做出违心的行为而痛苦，一方面又不肯坦率说出内心真正的想法。别人从旁劝说非但无效，反而使当事人更顽固抗拒，最后干脆封闭心灵。

“想办法问出地址，让她和她儿子见面吧。趁智代还活着。”

“我想不出好办法。”

“太过勉强的话，智代女士的身体也会受不了。”

“没错。”

“我知道了，我再想想看。”

“不好意思，你已经这么累了。”

“哪里，幸好你有发现这点。”

“然后……”

“还有什么事？”

“佳菜从今天开始会住在浩二郎大哥家吗？”

“是啊，我拜托她的。”

“这样啊……”由美的说话声越来越小。

“怎么了？”

“毕竟还是会担心吧。”

“对啊，毕竟刚发生过那种事。虽然抓到凶手，但心理层面的恐惧感还没消失。”

“你担心佳菜……”

“佳菜有什么不对劲吗？”

“没事，她恢复得很好。年轻就是本钱，我相信她一定很快就可以转换心情。”由美说完便挂断电话。

浩二郎挂上电话的同时心想，由美说话的声音怎么和平时不太一样。

刺眼的阳光唤醒浩二郎。调查已经进入第五天。

他走遍所有的岛，挨家挨户地调查，但结果都一样。

他打开最后一座岛——二神岛上民宿的窗户，潮水的香气吹进房内。今天也是晴空万里。他走到楼下的食堂吃早餐。其他客人都是来这儿钓鱼的，一大早就出门了。食堂中只有浩二郎一人。他正在思考今天的路线时，民宿的老板娘前来搭话。

“这位客人，你好像不是来钓鱼也不是来观光的。”老板娘露出和善的表情，看起来很好相处。

“是的，我来找人。”

“讨债？”老板娘起了戒心，瞪着浩二郎。

“不，不是这样的。”浩二郎递过名片表明身份，并说明自己要找某位女性的救命恩人，希望向对方道谢。

“噢，原来是侦探。”

“我是专门寻找回忆的侦探。无论如何，我一定要找出那个人。”

“他是岛上的人吗？”老板娘的眼神又转为柔和。

“我想是，不过没有确切证据。”

“那人的名字是？”

“应该叫kotsuna，这部分也还不太清楚。”

“那他是做什么的？”

“老实说，这也……”浩二郎不好意思地看着老板娘。

“什么都不知道怎么找，太难了。还有没有其他线索？”

“请你看一下这个。”浩二郎取出肖像画。

“哦，画得不错。咦，好像在哪里看过。等一下，我叫我先生和儿子过来看。”

老板娘把在内场的二人叫来。

“有印象吗？他叫kotsuna。”浩二郎让他们看肖像画。

“会不会是那个人啊？”

“你有印象？”浩二郎激动地问。

“那个造船师傅，帮我们做祭典用和船[1]的那个人？”儿子问父亲。

“噢，确实很像那位造船师傅。”

“你们说他是造船师傅？”浩二郎这时终于了解夕纪说的拿掉框架的意思了。

“说是船，其实只是模型，不过也有一个榻榻米那么大。”

[1] 西式船舶尚未引进前，在日本使用于渔业或移动用的木造船统称。

现代人对于和船的需求几乎消失，据说有些修复古船的造船师傅老早就转行，改做赠送用的模型木船。

“真的很像他。”父亲大力点头。

“请问他叫什么名字？”

“我翻一下青年团的出纳簿就知道了。”儿子说道。

“快去帮他找。”老板娘拍了儿子的屁股一下，他马上跑进房间内。

“不好意思，让你们费心了。”

“我们这里的客人大多来游泳或钓鱼，而且很少有客人从京都来呢。”老板娘开心地笑起来，这时她儿子回来了。

“上面只写小谷船渠，没写师傅的名字。”儿子左右摇着头说。

“没关系，这已经足够了。小谷船渠在哪里？”浩二郎面露微笑。

“照上面的记录应该是在吴。”

浩二郎询问住址，并立刻记下来。

“他不是我们岛上的人，不知道为什么被请来这里。”儿子淡淡地说道。

浩二郎想，事到如今任何琐碎的情报都不能忽视。他赶紧问儿子：“感觉他不像是普通的雇工？”

“此外，我觉得他好像对岛十分了解。”

“原来如此。印象很重要，绝对不可以小看。”

“这样吗？”民宿一家人，每个人都用难以置信的眼神望着浩二郎。

浩二郎前往“株式会社小谷船渠”的所在地，那在广岛县吴市W町一番地。他先从二神岛回到中岛，抵达小谷船渠的时候，已经过中午了。周边有几栋长得像造船厂的建筑，再往前的沿海处可以看见海上保安大学的白色建筑物。

小谷船渠的船坞和事务所合并。浩二郎走进事务所，里面飘散着不知从哪儿来的海水味以及铁锈味。浩二郎向柜台小姐递过名片，告知自己要找人。小姐和事务所内一名初老男性交谈过后，将浩二郎带到会客室。

“麻烦将这张画当作参考。”浩二郎说明这是搜寻对象的肖像画，然后把画交给她。

“我收下了，请稍等。”小姐走出会客室。

浩二郎将提包放在沙发上，环视室内。墙上的架子上摆了几艘精美的模型船做展示。其中一艘是风格独特的和船。浩二郎走到那艘木造船模型前。那艘船看起来有些历史，但仍散发出桧木的香味。不知是不是手工太细，尽管时代久远，但不老旧。一旁的木制名牌上写着“大安宅船”。

浩二郎看着名牌下面的作者姓名，心头一惊。小纲利重。浩二郎把名牌拿近看，确认自己没看错。就是他。

“小纲利重，就是信中写的 Kodyuna Toshiige。”浩二郎忍不住大叫。

终于找到帮助智代的少年——小纲利重。突然涌现的兴奋感使得浩二郎忍不住颤抖。追寻已久的人物即将出现在自己的眼前。这段超过六十年的回忆虽然仅剩细细一线，但确实系着另一端，并靠着智代的执念，一步步拉到跟前。

有人敲门。

浩二郎起身注视着门。从门后现身的人，是一位长得和肖像画一点也不像的五十岁上下的男性。男性走到浩二郎面前，拿出名片。“听说您特地从京都过来一趟，我是这里的负责人，我叫中谷。”

“冒昧打扰，深感抱歉。我正在找人，但手上的情报实在太过模棱两可，失礼之处还请多多包涵。”浩二郎十分过意不去地低头致意。

“哪里哪里。我看过这张画了，非常佩服，居然画得这么好。刚才专务也跟我说，画得真像。”中谷邀浩二郎坐沙发。浩二郎和中谷同时坐下。

“画中的人是这里的吧？”

“对。”

“我刚才欣赏这里的和船模型。我之前还不确定他的名字，现在我完全清楚了。”

“他是我的岳父，小纲利重。”

“岳父？”

“是的，利重是我妻子利子的父亲，也是这家公司的前任社长。我接任社长时，把公司名称改了。”

小纲把中谷的“谷”加进公司名称。

又有人敲门。柜台小姐端茶进来。

“小纲先生还健在吗？”浩二郎知道这很失礼，仍硬着头皮问。

“他现在赋闲在家，把做模型当作消遣。”

“做工这么细，不像业余爱好者。”

“那当然，他原本就是一位造船师傅。”中谷说，公司内部并没有做船模型或仿制品的部门，但最近需求量不断攀升，最后决定积极接受订单，交给以利重为首的团队制作，顺便替公司做宣传。

“毕竟有这么高超的技术放着不用太可惜了。他自己也下定决心，希望从做模型出发，慢慢将自己的功夫传下去，还可以避免老年痴呆。”

“请您看看这个好吗？”浩二郎将一张照片放在桌上，那是茶川将护身符袋上的家徽扫描放大后的照片。

“请您翻到刚才那张名片的背后。”浩二郎照中谷所说，把名片翻过来看。名片左上方印着六瓣铁线以及公司名称的标志。

“这是公司的徽章吗？”

“这是我岳父非常重视的家徽，忽那水军的旗印。每逢他喝醉都要听他说一次。”

“忽那水军的……旗印？”

“请问，实相先生，找我父亲的人是什么来历。该不会有什么纠纷吧？”

“这我可以保证，完全没有利害关系，对方只是单纯地想找寻回忆而已。不过，我的委托人现在身体状况不好，事情迫在眉睫，我希望尽快见您岳父一面。”

“这样啊……”

“可以见您岳父一面吗？”

“他现在人在青森。”

13

下午六点半，由美小跑着飞奔出K大医院，直接拦一辆出租车。她告诉司机开到京都车站后，便盯着手中的名片看。上面写着Bana Drinco有限公司代表取缔役社长的职称，名字是岛崎智弘，住址在静冈县富士宫市。

由美取出手机，按下联络电话。

“您好，这里是Bana Drinco，敝姓梅垣。”

“请问岛崎社长在吗？”

“社长不巧外出，请问您有预约吗？”

“不，我从京都打来的，岛崎社长的……”由美顿时语塞，不知该怎么说好。

“一位叫岛崎智代的女士住院了，在京都的K大医院，我现在人就在医院。”由美衡量之后决定豁出去说谎，“这名妇人身上的物品中有一张岛崎社长的名片，我猜想会不会是她的亲人。”

“什么？我是岛崎社长的女儿，叫泰子，因为嫁出去所以改姓。奶奶确实是智代，智慧的智，代表的代，没错吧？你说我奶奶住院，她身体……”

断绝关系的儿子虽然音信全无，但孙女马上能认出智代的名字，由美觉得事有蹊跷。但现在没闲工夫确认这点。由美简单说明智代的病状。“她的心脏原本就不好，上个月从三重来到京都，病情稍微缓和，不过今天早上开始发烧，可能感染了肺炎，体力也下降很多，病情堪忧。”

“好的，我立刻联络父亲。”

泰子说完，由美告诉她自己的手机号码。

一抵达京都车站，由美立刻联络浩二郎。

“这样啊，智代女士她……”由美说完病情，浩二郎无言以对。

“果然和我的想法一样，她从不离身的贴身小包里有她儿子的名片，就像护身符一样收着。她的烧一直退不下来，医院给她打点滴，她嘴里不断呓语，即使如此手上仍紧紧抓住贴身小包。”待药效发作，由美趁智代睡着时，把贴身小包从她手上拿开。接着她犯了一个禁忌——打开贴身小包。“对不起，我知道这样做不对，可是事情紧急。”由美告诉浩二郎自己是抱着必死的决心才这么做的。

“这事再说。因为我没下适当的指示，才逼得你这么做，是我不好，对不起。”

“哪是这样，明明是我不对。”

“你的处分或我的责任问题，事后再讨论。不管任何理由，未经别人同意拿走其私人物品，这明显违反规定。可是，现在赶紧让智弘先生和智代女士相会比什么都重要。”

“浩二郎大哥，谢谢你。”

“我这边也终于掌握当年那位少年的行踪了。”

“真的？”由美睁大双眼叫着。

“我想快点见到他。我快到新大阪了，待会儿直接到伊丹机场坐晚上七点的飞机去青森。”

“从濑户内海到青森？”

“小纲利重先生就在那里。”

“原来是小纲利重这个名字！”

“对，就是智代女士想找的那名男性。晚上十点，我和小纲先生约在青森车站附近一家饭店见面。我一定会想办法让他和智代女士见面。由美，她儿子那边就交给你了。”

“我就算用绳子套住他的脖子，都会把他带去智代女士身边。浩二郎大哥自己小心一点，不要太勉强，尽力做就对了。”说完，由美才发现自己的话有些矛盾。

至于浩二郎，他十分犹豫该不该将事件真相告诉对方。智代其实不是被袭击，相反，她是因为溺水被美兵救起来。由美察觉到浩二郎内心的挣扎，替他感到心疼。

"我会努力。只要尽力去做，一定会有好结果。"

"没错，我也会尽力。"由美一挂断电话，立刻接到智弘打来的电话。

"为什么我妈在京都？"对方的声音给人猜疑、阴沉且冷淡的印象。由美将刚才告知他女儿泰子关于智代女士的病状重述，接着继续说："至于智代女士为何住进京都的医院，这事情有点复杂，等我们见面后再慢慢告诉你。"

"你要我去京都？"他听起来似乎没有这个意愿。

"岛崎智代女士是你的母亲。做儿子的不在母亲身旁照顾她，谁来照顾？"由美为了不让自己太情绪化，极力避免使用京都腔说话。

"我妈才不想见我。"

"那你呢？以后都看不到母亲了，这样也无所谓吗？"

"为什么你这个旁人要管那么多……就算是护理师，也不必管那么多吧？"

"智代女士现在情况很危险，你现在出发，三个小时应该就能到这里了。"

"我和我妈已经……"

"那又怎么样！"由美喊得太大声，一对路过的年轻男女转头看着她。她躲过那道视线似的别过身，继续诘问，"你母亲正处于生死攸关之际，你这说的什么话？到京都车站后再打我手机。"

"我不能去。这件事情不劳你操心。"

"喂……"电话挂断了。

由美心中有一个预感——人到了五十多岁这个年纪，内心容易封闭，不肯老实地接受他人的劝言。她过去当护理师时，见过好多次这类型的病患与家属。更何况智代和她儿子还曾断绝关系，想必他的态度更加强硬。

所以由美才会直接来到车站。由美用手机上网，在搜寻引擎中输入 Bana Drinco 的住址，确定最近的车站是新富士站后，直接赶去商务车厢的柜台，查询到有停靠新富士车站的最近一班新干线是晚上七点。由美买票之后直接冲上月台。由美担心，要是不趁这个机会让两人见面，智代很可能永远与儿子断绝关系。

当然，智代不一定会死，还有复原的可能。而且，由美当然希望智代恢复健康。

正因如此，她希望可以给智代一个机会，让她弥补这段断绝了二十年的关系。

她知道自己管得太多了。

由美告诉自己：我一定要把他带回来。

这时，列车缓缓驶入月台。

14

浩二郎搭的飞机降落在夜晚的青森机场。和秋老虎肆虐的四国、大阪相比，这里的空气有些凉意，但浩二郎快步走了一阵子后，额头依然开始冒汗。搭乘机场巴士三十五分钟可抵达青森车站。浩二郎知道自己急也没用，发车时间不会提早，但他仍忍不住加快脚步。他当刑警时抓强盗犯也没有这么着急。

若没让我亲眼看到小纲利重，我就无法相信这六十多年的时间之墙能被打破。但假如认错人怎么办？想到这里，他心头纠结了一下。从由美转述智代的病情看来，“少女椿的梦想”这个案子已经没有时间重回原点了。

若不能在她意识恢复前和小纲相会，那就一点意义也没有了。

浩二郎心里着急的同时，另一个重担是法兰克·A. 穆伦在信里描述的真相。

第一步，先验明正身。他回想起好久以前在学校学过的刑事侦讯步骤。

这时，他脑中忽然想起警察学校某位老师的话：

“剑道比赛，一方擅长打面，挥竹刀的速度全校最快；另一方擅长打体，但挥刀的速度不怎么样。可是最后擅长打体的人获胜，为什么？”

年轻时期的浩二郎以为剑道首重速度，回答不出老师的问题。

“擅长打体的，知道自己速度不快。擅长打面的对自己的速度很有自信，因此他自恃比自己速度慢的人不敢打他的面。没想到对方不打体，打他的面。不过那一记面打得很普通，要躲一定躲得了。可是擅长打面的没躲开，反而相信自己的速度可以挡掉。结果，他来不及。知道自己弱点的人才能变得更强啊，实相。”

弱点啊。浩二郎在心中低语。

浩二郎自身的弱点多到数不清，但现在重点不在此。在“少女椿的梦想”中，小纲利重是最重要的人物。他与智代偶然见过一面，浩二郎一开始势必要与他周旋一番。想要打破这个僵局，浩二郎必须冷静地找出问题所在。

不是要和小纲决胜负。谁胜谁负不是重点，重点是掌握小纲的性格特质，并让他和智代见面，这才是浩二郎的任务。假使智代记忆中的少年形象，和真正的小纲相差不远，他不像是会逃避问题的人，应该会接受现实，而且体谅智代的心情。

但浩二郎也知道，对于改变一个人的心来说，六十多年的岁月充足过头了。

换言之，浩二郎现在的弱点就是无法确定小纲的个性。

他必须一见到小纲就快速判断。用一刹那的时间，判断六十多年的变迁。

若说要决胜负，这就是了。

但浩二郎依然感到害怕。小纲很可能不记得智代。若是如此，情况恐怕比认错人还糟糕。

六十多年的记忆之墙——浩二郎心中莫名的焦躁说不定就是源自于此。

当浩二郎紧咬下唇的表情映在玻璃窗上时，车窗外突然射入一道明亮的光线，前面就是青森车站的巴士停靠站。走下巴士，海潮香扑鼻，但和濑户内海不同，打在脸上有一股浓厚的海味。

浩二郎在驿前通道上一边漫步，一边看着左边的大海。走五分钟左右，他看见小纲指定的饭店招牌。与周遭的饭店相比，这是一家较小型的商务旅馆。旅馆一楼是餐厅，大渔旗[1]图案的门帘流泻出灯光。

终于要和小纲面对面了。浩二郎紧握拳头，指甲吃进掌肉。这是他以前出发逮捕凶手前的习惯。

店内空荡荡的。浩二郎来回扫视不怎么宽敞的店内，寻找肖像画中的男性。而坐在窗边的短发男性伸长脖子看着浩二郎。他下颚有点宽，但下巴呈锐角，左右一对招风耳，再加上那两撇很有特色的眉毛，毫无疑问就是肖像画中的男子。若说哪里不一样，大概就是刻画在他脸上的

[1] 祝贺渔船满载而归的旗帜，现多用于装饰。

皱纹比肖像画上的还多。

浩二郎面前的男子不是别人，正是小纲利重。

浩二郎压抑高昂的情绪，朝他的座位靠近。

小纲立即起身："您是来找我的……"

"我是侦探实相，初次见面。"浩二郎递过名片，"恕我冒昧，您就是小纲先生吗？"

"是，来，请坐。"小纲伸出关节突出的手，指着前面的座位。

"谢谢，百忙之中来听我叨扰，真不好意思。"

"哪里，我听说你还特地跑去岛那边找我。要不要来一点？"

桌上有一盘烤鱿鱼须，旁边放着一套日本酒的酒壶和酒杯。

"不好意思，我不会喝酒。"为了省去禁酒誓言的说明，他直接说自己不会喝酒。

"真可惜，这是人生的乐趣。"大概已经几杯黄汤下肚，小纲对初次见面的浩二郎露出笑容，"回忆侦探啊，还真没听过有人做这种生意。"小纲看着名片，把酒送入口中。

小纲的右下颚有一道清楚的伤痕。

"其实找人不是我们最主要的目的。我们侦探社主要是帮助当事人寻找他们无论如何都想弥补的那段回忆。替当事人找出他们活过的足迹和证据，是我们的使命。"

"活过的足迹和证据吗？那么实相先生，想找我的人是什么样的人？和你通过电话后，我也问过我女婿。他只说：'你一看到实相先生这个人就会喜欢上他，绝不会给你惹上什么麻烦。'"

他说的女婿，正是小谷船渠的社长中谷。浩二郎从中谷口中得知小纲被青森的铁道联络船博物馆——这座博物馆直接用青函联络船"八甲田丸”当作馆体——招聘当建造和船迷你模型的总监。

小纲对专门寻找回忆的侦探很感兴趣，聊着聊着就和浩二郎打成一片。

浩二郎趁小纲把酒杯放下时，开门见山地说：“小纲先生，我的委托人正卧病在床。她现在的病况非常危险。”

“我听说找我的那个人生病了，但不知道情况危险……”小纲的笑容消失，神情严肃，眼神锐利得如一支箭直射而来。

“正是。那位女士正和病魔斗争，说什么也要在临终之前见您一面。”

“女士？对方是女的？”

“没错，一位叫岛崎智代的女士，我想您应该没听过。事情发生在六十多年前的春天，岛崎女士从梅田回泉大津的路上，在安治川河边，被某个少年搭救。”

“六十多前年……那是败战后没多久的事情。”小纲手指离开酒杯，脸上不见醉意。

“是的。据说当时街上一片焦黑，车站前形成贩卖各种物资的黑市。街上除了取缔非法买卖的宪兵，也常见到美兵来去的身影。”

“确实。说来丢脸，我在败战那年志愿从军，到海军当少年兵，还没能好好表现就……”小纲说，他十三岁加入吴海兵团，后来进入横须贺海军水雷学校就读，并且成为海军少年研究生。历经不到两个月的训练，他成为“少年水测兵”。小纲咬牙切齿，所谓的水测兵就是待在潜水舰内，听声音辨别在水中航行的船舶种类以及它与自舰的距离等情报。

浩二郎心想，原来还有这种任务。

“您这么年轻就当兵？”

“我们家世世代代在由利岛当造船师傅。小纲这个姓，由忽那氏所赐，流传至今。我们家最拿手的船只是在勘合贸易中渡海用的弁才船[1]以及协助忽那水军打造的大安宅船。所以我们才会把忽那水军的旗印六瓣铁线作为家徽代代相传。由利岛现在是无人岛。但打从我出生起，我就把海浪声当作摇篮曲，从我懂事起就开始搭和船。我认为，海水早已渗入我的全身骨肉，一定有报效国家之处，所以志愿加入海军少年兵。”

“海水已渗入您的骨肉？”

“没错，深入骨髓。”

“您以忽那水军的旗印六瓣铁线为傲？”

“当然。”

“小纲先生，请您看这个。”

浩二郎将智代寄放的老旧护身符袋放在桌上，用力地说。

“这是……”

“纹路已经消失了，但上面原本的家徽确实是六瓣铁线吧？”

“……真不敢相信，这是……”小纲将护身符袋拿在手上，从怀中取出眼镜，睁大眼睛盯着。

“这是我的护身符啊。”接着他摘下眼镜看着浩二郎。他大概从未想过有朝一日会再看到它，小纲惊吓的视线不停游移，似乎正在追溯过去的记忆。

“委托人当时是个十四岁的少女，她很小心地保管到现在。”

“十四岁的少女……”

“她帮忙家计，每天把家中摘来的番薯，用手推车载到黑市换米和盐。有一次她在回家途中发生意外。”浩二郎喝水润口。

“意外？”

[1]流行于中世纪末期到明治时期的大型木造日式帆船。

“她和载着美兵的吉普车擦身而过。她为了躲避吉普车，失去平衡。这名柔弱的少女无力导正，手推车整个翻倒，她自己滚落河堤，掉进河中。”

“掉进河里？”小纲皱起眉头探询，接着恍然大悟。

“是的，然后……”浩二郎还没决定，接下来是应该根据智代的记忆描述，还是转述法兰克·A. 穆伦信中提到的版本。

“小纲先生，您记得您在安治川河边，看到一名少女遭到美兵袭击，然后救了那名少女吗？”浩二郎下定决心问道。

“年轻气盛啊……”

“您还记得？”浩二郎看着他紧握手中的护身符袋。

“想忘也忘不了。那起事件因我的懦弱而起。”小纲低眉，自己拿起酒瓶，缓缓把酒倒入杯中。

“懦弱？什么意思？”浩二郎问小纲。

浩二郎遇到过许多退伍士兵，老爱大谈自己在军队的武勇事迹。小纲在战后，从令人闻风丧胆的进驻军手中救出日本女性，这是多么勇敢的行为，根本和懦弱沾不上边。

“我想死却死不了。”小纲呻吟道，他痛苦地对浩二郎描述，“战况陷入僵局，比我长一岁的十五岁学长就这样在海上消失了。人肉鱼雷。可是，我只能竖起耳朵听海中的声音。没多久，日本打败仗……我四处游荡，想找地方寻死。我希望能抹消我曾加入海军这个事实。离开岛前，我把忽那水军的旗印缝在护身符袋上，里面装着勘合符。我只是个在海中听声音、迎接败战的水兵，哪里有脸回故乡？”

的确，智代说少年的装扮是开领上衣和短裤，很难让人联想到水兵。

“或许您不愿回想起这件事，但您确实救下了那名少女。”

“确实有这件事，但当时的我太不成熟了。”

当时，小纲没脸回故乡，一副流浪装扮，像个游魂似的四处游荡。他幽幽地说，一开始他想找一个地方了结生命，但找久了肚子也会饿。内心虽然没有活下去的动力，但本能地还是想找东西吃。有人看上他身手不错，雇他当黑市的守卫。赚钱并有东西吃后，肚子不饿了，但每天内心都要受到自我厌恶的煎熬，一心想着要怎么死。

“我每天都活得非常痛苦。但像条破抹布的我，看到日本女性遭人凌辱，也不可能坐视不管。”

“所以您就用木刀……”

“那是我自己做的木刀，守卫巡逻时就会配在身上。”小纲熟练地做出削木头的动作。

“您用木刀往美兵的头……”

“这也怪我技术不够娴熟。我本来瞄准他的肩膀，只想让他昏过去而已。”

“是误打？”小纲应该没有杀意，浩二郎只想确认这点。

“我的手到现在还记得木刀敲击到对方头部的触感。”对自己的失败有气无力地摇头，小纲摆出一副顽固工匠的表情。

“但美兵真的那么可恨吗？”关于杀意，浩二郎慎重起见再问一次。

“年轻的实相先生大概不了解，当时军国少年几乎都这么想。”小纲喘口气，继续说，“大家都说揍扁他。”

浩二郎听到小纲亲口说出大阪府警退休警员说的方言。

“可是，我当时并没有抱着发泄的心情。我心想，要是这么做，那女生一定会被吓死。打破美兵的头，血会喷出来。打肩膀不但不会出血，还可以让他昏过去。”

“您想先让美兵昏过去，自己好搭救少女？”

“少女大叫之后几乎快昏过去，幸好没有大碍。这点我很肯定。”

“那名少女就是我的委托人，岛崎智代女士。”

“果然是这样，从你刚才说话的样子我就察觉到了。”

“她本来就很怕自己会遭受美兵袭击，甚至随身携带一个药瓶。您应该知道她随身带着药瓶的意义。”

“应该是少女的觉悟。幸好，她没用到。”小纲感慨地说。浩二郎拿起酒瓶想替他斟酒，但里面已经没酒了。小纲挥动他满布皱纹的手表示够了。

“所以您是智代女士的救命恩人。她当时惊慌失措，别说问您的大名，连道谢都忘了。这件事她一直挂在心上，才来找我，还带着这只护身符和装着氰化物的药瓶。”

“你只靠护身符就找到这里？”

“是的。靠这只护身符和她的记忆引导。”浩二郎拿出茶川画的肖像画给小纲。

小纲接过画，又戴上眼镜：“画得真好，像到有点令人觉得不舒服。”

“我觉得不只是画的人技术高超，您的容貌也一直深深烙印在智代女士的内心深处。因为您是她永远无法忘怀的人。”

“就算是这样……这也不是什么……”小纲的表情不是害羞，而是犹豫。

“对小纲先生来说是小事，但对智代女士而言，这是她一辈子都忘不了的事。”

“我刚才不是说过了吗，我打从心底认为自己是没用的水兵。只要听到同伴战死的报告或风声，我就心如刀割。所以……”

“想找地方自我了断？”

“当下我一心只想帮助那名少女。打了美兵之后，我才想到自己。老实说，我当时心想，干脆就这样死了算了。”

法兰克·A. 穆伦的信上写，少年没有逃走而是坐在原地，留在现场。这代表他已经有死的决心了吗？浩二郎再次观察小纲的脸，其中几条皱纹给人一种错觉，以为是在战争时期留下的疤痕。

“可是，我实在是没用的家伙[1]。”

“您的意思……”

“意思是非常没用的家伙。”

“一点也不，怎么会这么想？”

“不，真的很没用。像我这种男人，不值得她记挂六十几年。我没资格接受那位女士的道谢。”小纲轻蔑地说完后低头，接着咕哝道，“我当时真的松了一口气。”

“松了一口气？”

“是啊，松了一口气。我想总算能死一死了，而且是死于美国人之手。”

“死于美兵之手？”

“在美军占领的状况之下，他们大概会跳过法律，直接把我处理掉。我终于可以和战友一样死去。我也是拯救了日本少女后战死的。我当时满脑子都是这种幼稚、不成熟、卑怯的想法。天啊，我真是肤浅的男人。”小纲双手捂住耳朵，低垂着头。

浩二郎感觉，若说智代是个思想纯真的人，那么这名叫小纲的男人，也是一条正直的好汉子。

[1] 此处原文为伊予的方言。

“但结果是无罪释放。”浩二郎刻意用冷静的语气把他拉回现实。

“你连这部分都调查得这么清楚。”小纲的视线落在名片上的“侦探”两字上。

“为了见到您，我可以说是铆劲儿调查。”

“我在拘留所睡了一晚就被释放了。我觉得纳闷，把人打伤还能不被究责。”

小纲果然不知道头被他打伤的美兵否认了这件事。小纲获释后，继续流浪，寻找临终之地。但自从他认识一对经营酒馆的夫妇后，下定决心要活下去。这对夫妇替他找到门路，让小纲把少年时期学到的造船功夫运用在重建商店街上。

“虽然没有材料，不过我想办法用烧剩的梁、柱东拼西凑，总算把大家的店铺修补好。”

被人需要的喜悦总算战胜他内心的死亡阴影。

“重建自信后，我脑中浮现一个想法，何不回到故乡小岛，当个造船师傅。中富爸爸和中富妈妈是我的恩人。我现在仍充满感激。”

“就是您说的经营酒馆的那对夫妇。中富夫妇？”

“他们的店被烧毁，儿子战死，中富妈妈，实在是很呛[1]——噢，我是说非常非常开朗的人。”他们两人约在二十年前相继过世。每逢他们忌日，小纲必定会扫墓，顺道到商店街绕一绕。“中富妈妈名叫芙久子。她这人和钱没有缘分。不过她这里非常富有。”小纲往自己胸口拍两三下。

“心灵吗？”

“真的，她自我调侃地说：‘我其他地方都很穷，只有心灵，简直就和财阀没两样。’”

[1] 小纲又忍不住使用方言。

小纲说，他双亲早逝，由叔叔收养，从小到大从未感受过真正的亲子关系。

“说起来很抱歉，我对所谓的父母恩情一点感觉也没有。但芙久子妈妈真的给我不一样的感觉。自从她过世之后，这种感觉特别深。”

为了说明芙久子的教导如何造就现在的他，他提到一段过去。有一次，芙久子把做菜用的长竹筷塞给少年小纲，要他吃膳盘[1]上装在盘子里的酱烧芋头。由于盘子离得太近，小纲很难夹起芋头。他想把盘子推远一点，芙久子坐在他前面大声说：“不可以动。”

“我是做木工的，手脚还算灵巧，可是筷子这么长实在不好夹。我想，既然不能移动盘子，那我把椅子往后挪。可是，依然被妈妈阻止。”

“芙久子女士说不要动？”

“她的眼神从来没这么恐怖过。”

“接下来呢？”

“后来我好不容易夹起芋头，可是快要放进嘴里时，芋头就滑掉了。妈妈看到我笨拙的模样，笑嘻嘻地拿起另一双长竹筷，把一块芋头夹到我嘴边。然后，她又恢复以往温柔的眼神看着我说：‘怎么啦，吃啊？’”

小纲不明就里，头歪在一边把芋头吃完。没想到，这次换芙久子指着自己的嘴巴。

“她叫我喂她吃芋头。没办法，我就夹了一块芋头放进妈妈的嘴中。结果她又大笑：‘你看，我们两个人都吃到芋头了。’实相先生，你了解这是什么意思吗？”

“我只知道你们互相喂对方吃芋头。”

[1] 膳盘，装一人份餐点的高脚托盘，移动方便，也可多张拼凑变成简易桌子。通常置于榻榻米上使用。

“对吧，我也不懂。所以我就老实问妈妈，这么做有什么意义。”

“芙久子女士怎么说？”

浩二郎听小纲描述芙久子时，联想到心胸开阔的由美。

“她说，筷子太长，夹不到想吃的东西，实在很痛苦。可是，长筷子若用来当作拿给别人吃的道具，倒是相当方便。互相喂对方吃东西，两边都高兴。即使外在的状况和环境不好，人啊，只要有一颗心就能过得快活。我当时想，原来还有这种智慧。然后我才恍然大悟。以前看到芙久子妈妈为了帮别人忙进忙出的，我忍不住问她，为什么要为了别人店的事把自己搞到这么累？”

“答案，就在用长筷夹芋头的道理中吧。”

“芙久子妈妈说，这是她妈妈教她的道理，原本似乎是佛经上的故事。我从这件事中得到一个启发。有时候眼前的东西对自己一点用处也没有，但能拿来帮助别人。所以说，我可以理解那位智代女士的心情。只是，我这人不值得接受她的感谢……”小纲激动地摇头。

“小纲先生，您刚才不是说，只要有一颗心，就能改变一切。智代女士的病情分秒必争。请您去见她一面好吗？这样她的心情就能获得平静。容我说句不好听的，我来这里，不是为了小纲先生的烦恼，而是为了智代女士的心情。”

“实相先生……”小纲盯着浩二郎。

“我不觉得智代女士与小纲先生见面后，病情就会转好。这一点都不重要。我只希望取下那块卡在智代女士心中六十年的那块又重又大的石头，如此而已。”浩二郎一口气说完后，拿起水杯喝水。

该告诉他实情吗？

浩二郎还在犹豫该不该告诉小纲那封信的内容，让他知道的话，小纲或许会更加贬低自己，不肯和浩二郎一起去京都。但另一方面，浩二郎既不希望让爱德华继续当坏人，这让他有罪恶感，同时，他也不希望抹杀爱德华拯救溺水的异国少女这番好意。

但小纲要怎么接受伤害善意的美兵，甚至导致对方伤残的事实呢？从刚才的谈话中，浩二郎深知他是一位重名誉的清高之人。

虽然事过境迁，但一定会对他造成伤害。这些事，浩二郎心里都很清楚。即使如此，他仍无法袖手旁观。每个人都必须背负沉重的负担活下去。换个角度来看，这份沉重的负担反而让人有活着的实感。

告知小纲信的内容，一定会加重他的心理负担，而且没有人可以代替他承受。

“实相先生，请让我考虑一个晚上好吗？”小纲慎重地开口。

“当然可以。”

“她遭遇如此恐怖的事件，之后还能好好活到现在，光是这点，我就觉得她很了不起，很佩服她。”

“小纲先生，谢谢您。不枉费我来这儿一趟。”浩二郎的头快碰到桌子，深深一鞠躬。

“考虑到智代女士的病况，可否先请您把明天的时间空下来。”

“假如决定见面的话，我一定会设法做到。”

说完，小纲又点了一壶热酒，劝浩二郎也喝一杯，浩二郎礼貌地拒绝了。

“对，你不喝酒。”

之后，小纲先到饭店登记入住，然后又回来，两人一边吃着生鱼片，一边闲聊。闲聊中，小纲说，遭遇困难的时候“智者喜，愚者避”。他回到岛上当造船师傅后，从单打独斗开始，到后来在吴开一家船渠公司，这当中吃了不少苦头。当他聊到这段过往时，说出这句格言。他说道，在不景气的逼迫下，幸好有女婿援助，才有现在的小谷船渠。

那句格言正是女婿的父亲，也就是她女儿公公的座右铭。据说小纲自身经营事业时，曾经多次目睹类似的事。每当问题发生，智者总想办法渡过难关，愚者则是怪罪他人，然后逃跑。

“这句话真是于我心有戚戚焉。”

浩二郎看到小纲脸上的深刻皱纹，心中做出决定。

“小纲先生，我还有一件事情相告。”

“什么事？我洗耳恭听。”

“可以请您读封信吗？”浩二郎从提包中取出法兰克·A. 穆伦的信，递给小纲。那封信已由理查杉山的女儿沙也香翻译过。小纲默默读信，浩二郎在一旁守候。

15

由美向泰子问路，抵达“Bana Drinco”的时候，已经是晚上九点多。

“抱歉我晚到了。”由美对在公司前等她的泰子致歉。

“哪里，奶奶的状况怎么样了？”泰子皮肤白皙，圆嘟嘟的脸蛋和智代很像。

“我跟医院说，有什么状况打我手机，我还没接到电话……至少到目前为止没问题。”

“这样。不过，其实我也没见过她。”

“可是，你一听到智代女士的名字就知道她是你的奶奶。”

“五年前我父亲开这家公司没多久，就收到从三重县寄来的长期订购单，上面的名字正是岛崎。我问妈妈，才知道那是奶奶。”

“原来是这样啊。”

“当时我才知道父亲有这段过去。那时候我已经二十岁了。虽然父亲和家里断绝关系，但似乎还是有寄送样品给奶奶。”

由美心想，她五年前二十岁，或许不是智弘亲生的。

“样品就是你们公司卖的水。天然钒离子水。”由美看到公司外面打上灯的海报上写着商品名称。

“是的，因为奶奶心脏不好。”钒是人体必要的矿物质之一，由美知道它可预防动脉硬化和高血压。智弘在电话中回应得那么冷漠，但实际上很担心母亲的身体。智代也是出于支持儿子事业的心情，才申请长期订购产品。这对母子靠着水联系彼此。

搞不好智弘开“Bana Drinco”这间公司的动机，也是受到母亲宿疾的影响。智弘只是固执了一点。由美心中确信，只要让他敞开心扉，就能让他和智代见面。为了达到这个目的，泰子的作用不可小觑。

“泰子小姐，你想见你奶奶吗？”

“要见也是可以……”

“爸爸还在公司里？”

“是的，刚从采水工厂回来，正在整理传票。我照一之濑小姐说的，想办法拖延他的工作时间。”

“谢谢你，给你添麻烦了。”由美对泰子微笑后收起嘴角的笑容，打开事务所大门。

“这什么意思，这么晚了。而且，你不是那个护理师吗？怎么又变成侦探？”由美递过名片自报姓名后，智弘大声斥责。

“这不重要。智代女士——不，你母亲现在病情非常危急。请你探望她。”由美伸手往智弘面前的一张大桌拍下。

“我在电话中说过了，我妈才不想见我。”

“我知道智代女士长期订购天然水的事。这是她作为母亲，关心你的表现。”

“你连这都知道？但我也是为了赚钱而已。”

“不，这是因为智代女士感受到你的心意了。直到现在，你们母子的情缘仍在。这个世界上多的是住在一起却彼此仇视的家庭。你们比那些只会做门面的家庭更加为家人着想。家人遭遇重大事故，却不去看她，这实在太奇怪了。一个月、一周之后再去就来不及了。现在，一定要现在去。如果你觉得你只是遇到一个疯婆子在发牢骚，就报警把我抓走好了。”由美双手交叉在胸前，瞪着智弘。智弘躲开高挑的由美由上往下的视线，假装看传票。突然，由美后面传来泰子的声音。

“爸爸，你去见奶奶一面！”

“泰子……”智弘突然抬起头，视线越过由美看着女儿。

“现在不去的话，可能再也见不到奶奶了。”

“可是啊，泰子……”智弘支支吾吾地望着泰子。

“你是担心妈妈那边？妈妈一定会谅解你的。”

“你妈妈怎么了？”由美问泰子。

“妈妈她身体不好，正在住院。”泰子回答。

“泰子，这种事没必要跟不相干的人说。”智弘大怒。

“这个不相干的人，为了奶奶从大老远跑来这里啊。”

“……”

“去啦，爸爸。”泰子的声音回荡在事务所内。

16

至少对浩二郎来说，这段等待的时间好漫长。

小纲读信时，除了海鸥展翅般的眉毛与眼角时而上下挑动，身体动也不动。小纲不动如山的姿势对浩二郎来说是一种煎熬。人遭受巨大打击时，身体会不听使唤。难道说小纲已陷入这样的状态？浩二郎正要出声关切时，小纲的视线缓缓离开那张信纸。

浩二郎屏息观察小纲的表情。

“到外面去吧。”小纲眉头间的纹路没化开便站起身。

“好。”浩二郎跟在小纲后头，结完账后离开店内。

漆黑的青森湾风平浪静。

两人默默走了十分钟后，来到中央码头，海水味越来越浓烈。附近仓库微微泄漏出灯光。眼睛适应后，并不觉得特别暗，但海边方向一片漆黑，仿佛要被吸进去。

“那位女士知道这封信吗？”靠近海处，小纲停下脚步问道。

“完全不知情。”

“实相先生。你到底想怎么样？”小纲眼神怅然，“为什么要偏袒美国人？”他说话的声音带着威吓，和之前的感觉完全不同。

“我没有偏袒他们。”

“那都是一派胡言。”

“一派胡言？您是说信的内容？”

小纲转身面对浩二郎：“你这家伙是来愚弄我的吗？”

小纲抓住浩二郎的胸口，举起右拳。拳头快要在浩二郎左脸颊上擦过的瞬间，浩二郎立刻改变位置，身体往右侧移动，利用双方身体的碰撞减轻冲击，因此攻击的人应该也受到一定力道的撞击。

但小纲不放弃，又把浩二郎拉近，举起拳头。浩二郎这次不闪躲，脸上承受巨大攻击，嘴唇破裂。浩二郎瞪着小纲，眼睛连眨都不眨一下。

“气消了吗？”浩二郎用手背擦去唇边的血，“我不觉得爱德华在说谎。”他直直地盯着小纲的眼睛。

“这只是他们的推脱之词。”小纲有气无力地说。

“不是。”

“你还说，你这小子！”小纲逼近浩二郎，但没有再出手。

“您打我，事实也不会改变。”

“你说什么……”

“您应该很清楚。您刚才说了，在那个时代，对美兵出手绝不可能全身而退。连没经历过战争的我都能想象到您的行为多么危险。事实就是您想死，您希望被杀死。”

“你到底想说什么？”小纲别过脸，看向海边起伏的浪涛。

浩二郎感觉他气势减弱。他知道打人之后，自己的拳头也会慢慢感到疼痛。想到这里，浩二郎忽然浮现出父亲打完自己后，神情哀伤地抚摩着拳头的情景。

“您获得无罪释放的事实，就是证明爱德华所言非假最好的证据，不是吗？”

“……”

“您一定要知道，帮助智代女士的爱德华是出于善意。”

“太过分了，你啊，明明是不相干的陌生人，却这样践踏我的尊严，我的一切。”

“若不改正错误，您永远无法重新开始。”

“我知道，你刚才故意让我揍你。你的身手很好，一定闪得开，可是你没这么做。我认输了。你没错，长久以来我一直感到困惑，他们为什么没惩罚我。这件事卡在我心里很久了，读过信，我才了解。”小纲没有流泪，但眼睛布满血丝，“那位女士……”

“我应该会告诉她真相，尽管这会成为她人生的重担。”

“实相先生，你这人真是……”

“明天早上七点有一班巴士开往机场。在此之前……小纲先生，请您好好想想，自己的人生路该怎么走。”浩二郎看着小纲。

突然，一阵海风吹来，停泊在港中的渔船船缆激烈地摇晃。带着咸味的风吹得浩二郎的嘴唇生疼。

17

不知过了几个小时。由美和泰子眺望着夜空，等待智弘的答案。由美坐在小货车的货架上，听泰子说她小时候的故事。父亲带着母亲离开三重的时候，泰子才五岁。当母亲得知泰子受到生父虐待便找智弘商量。

“我当时还小，不懂世事，只觉得这人当我的新爸爸好像不错，我开始幻想这位温柔的叔叔其实才是我真正的父亲。我从小就爱自己编故事。”

“你从小就常见到现在的爸爸吗？”

“我后来才知道，我妈在针织工厂工作时，现在的爸爸是那里的主管。听说他很照顾我。小时候我就常在工厂内附设的托儿所看到他。”

“小孩子就是这样，对待自己好的人，总是有着一种想象。”

与智代没有血缘关系的泰子，为何给人一种长得像智代的印象呢？说不定正因为泰子的母亲长得很像智代，所以智弘才会注意到她。

“他真的很温柔，和我的生父比起来，温柔太多了。当初要离开三重时，我好开心，感觉像要去旅行。”

“岛崎先生也是下了相当大的决心。”

“一定是的。”

“因为说得残忍些，他没有选择自己的父母而是选了你妈妈。”

正因如此，他或许会觉得与自己的母亲相会便是背叛妻子。由美觉得智弘果然如泰子所言是诚实温柔的男性。

“或许爸爸就是温柔过头了。”

“可能。”

她们还聊到泰子的丈夫梅垣。泰子似乎将由美当作大姐姐，滔滔不绝地倾诉。

“我先生也很温柔，跟爸爸一样。”由美看过很多例子。经历过负面经验的女性，婚后同样过得不幸福。她照顾过很多有这类心理创伤的病患。

“岛崎先生是位好父亲。我觉得像他内心这么温暖的人，一定会和你奶奶见面。”

“放心，爸爸一定会……”

“一定会的。”

东方露出鱼肚白时，智弘从屋内走出来。

“怎么一直待在外面，快进来。”

“岛崎先生！”由美从货架上跳下来，跑到他面前。

“小货车坐三个人太挤了，我去把车开过来。”

"谢谢你……"由美哽咽地说。而泰子对由美点点头。坐进车内打开窗户，早晨的风轻抚着由美的脸颊。如此清爽的心情让她想起浩二郎。他是诚实的人——所以，浩二郎绝不会背叛三千代。不，正因为他不是始乱终弃的男性，她才……

"天气真好。但京都会很热呢。"由美挥开心中的阴霾，独自细语。

18

浩二郎搭乘的飞机从青森机场起飞。他身旁坐着小纲。两人自从早上简单打过招呼后便不再交谈。抵达伊丹后，他们换乘机场巴士。浩二郎打开自坐飞机就一直关机的手机，立刻接到三千代来电。时间刚过中午十二点。

"智代女士的身体状况如何？"

"还是一样。"

"这样啊。"本以为智代病情会恶化，浩二郎听到三千代沉稳的语气，深深吐出一口气。

"雄高本来一直在这边陪着我，刚刚才走……"

"雄高他怎么了？"

"他接下明年大河剧演出了。"

"他说有话对我说，原来就是这件事。"浩二郎紧咬下唇。

"他说他得赶到岩手县奥州市集合。"

"今天吗？"

"嗯。而且要被绑一年约，想跟你打声招呼，联络你好几次都没成功。他前脚刚走，说再不走就来不及了。"

“因为我在坐飞机。”

“他说，虽然他对回忆侦探的工作还很留恋，但最后还是决定朝自己的梦想努力，不辜负大家的期望。佳菜还哭得稀里哗啦……”三千代的话中也带着哽咽。

“这样啊，他是这么说的啊。我知道了。”挂断电话后，浩二郎看着一旁的小纲，静静地说，“又有一个人，朝他人生该走的路前进了。”

19

雄高正前往奥州市的主题乐园“江刺藤原之乡”。

新干线就快通过富士川铁桥。窗外可见富士山的雄伟之姿。

他尽可能在医院待到最后一刻，最终未能与浩二郎见上一面，也看不到由美负责的案子“少女椿的梦想”的结尾——岛崎智代和小纲利重重逢的场面。

现在，智代身上打着抗生素的点滴，正努力和病魔做斗争。听三千代说，由美会带着智代的儿子和孙女过来。而浩二郎和小纲正从青森赶来医院的途中。等大家到齐后，就一起祈祷智代醒来。

雄高的手机响起，是浩二郎打来的。雄高急忙走到车厢间的通道。

“实相大哥。”

“恭喜你。”

“谢谢。对不起，无法报答你的恩情。”

“雄高。你要成为别人的回忆，带给大家勇气。没成功前，不准回来。”那是严厉却温暖的一句话。

“实相大哥……”雄高低语着。

然后，电话挂断了。

雄高心中蹿起一股暖意，咬紧牙根，忍住泪水。从车厢间通道看出去的风景，不断流逝成为过去。浩二郎与三千代、佳菜子、由美的脸在他眼前一个个浮现，一个个消失，雄高知道，这些都将化作他的回忆。